¿POR QUÉ ME PIDO UN GIN TONIC SI NO ME GUSTA?

¿POR QUÉ ME PIDO UN GIN TONIC SI NO ME GUSTA?

JULIA VARELA RUANO

Papel certificado por el Forest Stewardship Council®

MIXTO
Papel procedente de
fuentes responsables
FSC
www.fsc.org   FSC® C117695

Primera edición: abril de 2019

Printed in Spain – Impreso en España

ISBN: 978-84-666-6557-5
Depósito legal: B-2.358-2019

Compuesto en Comptex & Ass., S. L.

Impreso en Black Print CPI Ibérica
Sant Andreu de la Barca
(Barcelona)

BS 6 5 5 7 5

Penguin
Random House
Grupo Editorial

1

La berrea

—¿Cuándo volverás?

—No lo sé.

El silencio dejó claro que no se trataba solo de trabajo. Todavía no había amanecido en la Selva de Irati y hacía frío. Caminaba de un lado a otro para entrar en calor mientras Rober me esperaba a unos metros, somnoliento dentro del coche y con la cámara en el regazo. «Lo veo venir. El bicho empieza a berrear y nosotros aquí perdiendo tiempo», pensaba inquieta.

—Lo siento, Pablo, pero tengo que grabar —dije con ganas de colgar—. Me espera un ejemplar de doscientos kilos.

—Ese sí que lo tiene fácil —bromeó.

El chiste tenía el mérito de producirse en un momento difícil. Pablo no perdía el sentido del humor ni siquiera en capítulos trágicos. Reí en voz baja para no despertar a los búhos. Nos despedimos con torpeza, sin concreciones ni el «Te quiero» de turno. Rober arrancó y, a medida que el coche se adentraba en el bosque y lo envolvía la niebla, comenzaron las punzadas en la parte trasera de mis ojos. Qué mal sienta no llorar cuando tienes ganas. Le daba órdenes de contención a una mitad de mi cerebro e intentaba repasar el guion de la entrevista con la otra, aunque sin saber realmente qué función desempeñaba cada hemisferio. Menos mal que no era un directo. Me habría venido abajo con la tensión añadida. Desde el pragmatismo, no me podía permitir las lágrimas. El rímel barato habría embadurnado de negro mis mejillas y estropeado la «chapa y pintura» para la grabación.

El primer bramido, largo y estremecedor, me cogió por sorpresa y centró mi atención en aquel camino forestal. Rober frenó en seco. Los faros se reflejaron en los ojos del ciervo, que se detuvo frente a nosotros, encandilado. Fueron solo unos segundos, nos devolvió la mirada, erguido como un bailarín corpulento.

—¿Has visto cómo echa la lengua el muy salido? —dijo Rober moviendo la suya de manera lasciva al tiempo que bajaba del coche.

—Ponte a grabar ya, marrano —le reprendí.

La combinación de gemido y lengüeteo no resultaba nada atractiva. Pero no me sorprendió, iba bien documentada para esta incursión en el «apasionante» mundo del sexo salvaje: el ciervo ibérico es el único rumiante que saca la lengua mientras berrea, o sea, mientras brama impetuoso para reclamar a la cierva.

—Quiero absoluta verdad y realismo —había exigido mi jefa en tono épico—. La idea es reflejar la vuelta al campo, a los orígenes, al ciclo instintivo que mueve el planeta.

Parecía el discurso de Mufasa en *El rey león*. Le faltaba levantar su libreta, cual cachorro, ante los súbditos de la sabana: un equipo de cuatro reporteros acostumbrados a grabar temas sociales y culturales en la ciudad. Cada uno imploraba a su dios particular para no ser el destinatario de la nueva genialidad de la directora. Nunca pensé que me tocaría a mí, urbanita hecha y derecha gracias a años de inmersión en locales de moda, hacer frente a una serie de reportajes donde el denominador común serían los insectos, la gente de pueblo y el calzado Gore-Tex. Hacía una eternidad que no veía una vaca. Recordaba que el campo existía, pero lo llamaba #newrural y era una especie de siesta bucólica y relajante en paradores de diseño. A veces, podía llegar a imaginarme recogiendo tomates cherry en la huerta de una casa reformada al estilo escandinavo. Calcetando en el porche, vestida con camisa de franela y el iPhone muy cerca. Así sería mi huida a la naturaleza o no sería. Y solo durante fines de semana esporádicos. Si pasaba mucho más tiempo entre árboles y moscas, tenía la certeza de que echaría de menos incluso los instantes en que odio la ciudad.

Pues aquí lo tienes, jefa. El ciervo rojo en pleno otoño clamando como un loco para hacerle saber a la hembra que la fecundación se acerca, que está listo. El animal, además de estirar el cuello en un movimiento que recordaba a una jirafa y sacar la lengua como si estuviese a punto de vomitar, se frotaba con energía contra los árboles. Nuestras pituitarias percibían un aire denso cargado de orines y almizcle.

—Lástima que la tele no huela, íbamos a tumbar a medio *share* —vaticiné con asco. Sonó otro berrido sostenido y profundo.

—En la época del celo, están tan a lo suyo que ni las cámaras les molestan —susurró el guarda, y yo di un respingo del susto. Había aparecido como de la nada. Con su linterna y su espalda de jugador de waterpolo. Aritz era navarro norteño hasta en su voz contundente. Llevaba más de una década como vigilante forestal en Irati y, junto con los ciervos, iba a ser nuestro principal protagonista en el reportaje. Tras ponernos cara e intercambiar sonrisas cordiales, coloqué el micrófono de corbata en el cuello de su plumífero y noté su aliento a café recién bebido.

—¿Por qué se aparean al amanecer?

—Porque hace más fresco —resolvió campechano con sus manos gruesas y sus ojos negros—. Berrean durante semanas para atraer a las hembras y, a veces, con tanta intensidad que se les inflama la garganta.

Como a Pablo. Con la glotis extenuada de suplicar procreación. En el último año, su reloj biológico me había comunicado en reiteradas ocasiones que era el momento de plantar semilla. Yo esquivaba los embates con argumentos que variaban según el día y el nivel de estrés: «Tengo solo treinta y tres años, Pablo. Hasta los treinta y cinco no envejecen los óvulos, relájate, que hay margen». Otro: «Mi trabajo es un caos. ¿Quién iba a cuidar del bebé con tanto viaje?». Y un tercero: «No hay espacio suficiente en este piso, tendríamos que mudarnos a uno con tres habitaciones. Eso es una pasta en Madrid, no podemos asumirlo».

Me había convertido en una experta en procrastinar el asunto, pero Pablo insistía en sus ganas de descendencia inminente: que seis años de relación eran suficiente garantía para saber que podíamos formar una familia, que nos queremos y somos un gran equipo, que tengo ganas de hacer algo trascendente y transmitir el legado... y otros argumentos románticos que, desde mi perspectiva, suelen enumerarse cuando tu entorno empieza a reproducirse por contagio, cumples cuarenta años y temes que «se te pase el arroz».

Nuevo bramido. La hembra avanzaba confiada por la tierra húmeda. El macho la iba cercando. Empieza el cortejo.

—Graba, graba, Rober. Funcionan bien los micros, ¿no? Quiero que se escuchen incluso nuestras pisadas sobre la maleza. —Había que intentar crear una atmósfera de intriga. Esto es televisión. O lo que queda de ella.

—¿A cuántas ciervas fecunda cada macho? —pregunté a Aritz, metro ochenta y dos, nariz un poco aplastada tipo boxeador y piernas fuertes de tanto recorrer el monte.

—El harén puede ser de hasta cincuenta hembras.

—Agotador, supongo. —Clásica aportación vacua de

reportera para que el entrevistado se extienda en su respuesta.

—Demasiado. Durante el celo, hay machos que ni siquiera se alimentan, tan solo están volcados en la reproducción. Por eso, algunos fallecen al acabar la época de berrea.

Si es que todo me conducía a pensar que no podía ser sano tanto afán por propagar la especie.

—¿Y ese olor tan fuerte que impregna el ambiente? —Me picaban los ojos y la nariz.

—Es el perfume del apareamiento. —Metáfora cursi que no pegaba en boca de un tipo tosco, pensé—. Una mezcla de la orina que emplean para marcar territorio y las sustancias hormonales que desprenden de unas glándulas que tienen en los ojos. Rascan su cuerpo contra los troncos y sus fluidos se expanden por el aire.

Resuena un nuevo berreo. Otro macho se aproximaba atraído por la misma cierva que aguardaba el coito como quien espera el autobús. Pacífica y resignada al fin reproductivo. No hay nada que plantearse, así son los asuntos animales.

—Olga, no te preocupes. Cuando sea el momento, te darás cuenta. Tu instinto maternal emergerá. —Mi amiga María, que ya va por el segundo vástago, quería ser mi terapeuta en este tema. Es una de esas personas que sientes que nació con las ideas muy claras y siempre habla desde el pedestal de «la voz de la experiencia». Hoy, dos hijos después, es catedrática *cum laude* de la rutina diaria. Que nadie le tosa en cuestión de pañales. A pesar de que infle la mitad del discurso, me da un poco igual porque sus peroratas me sirven de ansiolítico. Me tumba con su rollo de madre.

—¿Aunque ahora ni se me pase por la cabeza? —le di coba.

—Sí, descuida, llamará a tu puerta. ¡Toc, toc! —Golpeó la mesa con los nudillos.

Toc, toc. ¿Hay un útero fértil ahí? Antes de dormir, mirando al techo, o removiendo el café del desayuno, solía elucubrar sobre cómo surgiría en mí la voluntad de gestar. Si ocurriría algo fisiológico, una especie de retortijón en los ovarios como señal. O si el indicio definitivo sería el día en que no me repugne la imagen de una madre olfateando el culo de su bebé para adivinar si ha cagado. «Sí, parece que tiene "cacola". Huele tú, papá.»

Los dos ciervos que compartían objetivo sexual chocaban cornamentas. Se había iniciado un duelo. El chasquido, seco y rápido, contrastaba con el sonido del berreo, bronco y gutural. Por fin, un poco de acción.

—Recréate en los cuernos, Rober. Primeros planos a tope.

Rober levantó el ojo del visor y me cerró la boca con una mirada en la que leí: «Dedícate a lo tuyo, que es preguntar a la gente». En general, reporteros y cámaras suelen tolerarse. Luego están los extremos: los que se odian y los que se enamoran. Rober y yo nos aguantábamos el uno al otro. Suficiente y, sobre todo, eficiente.

—Conviene alejarse, esto es un enfrentamiento —indicó Aritz retrocediendo.

—¿Por qué pelean los machos, Aritz? —Otra típica pregunta obvia pero imprescindible para que el personaje amplíe la información.

—Es una lucha para determinar quién es el más fuerte. El que gane la batalla de los cuernos montará a la cierva.

Cuánta razón tenía Pablo. El ciervo sí que lo tiene fácil. Cuestión de poderío y una hembra siempre conforme. Y tú, Pableras, regalando bonos de *spa* y masajes tailandeses caros a tu novia, porque creías que los agobios laborales eran la única razón de su rechazo a la propuesta de tener hijos. Hasta que decidí soltar una negativa tajante, muy meditada y temida por algunos hombres de su edad: que creía que no tendría ganas de reproducirme jamás, ni con él ni con nadie, que no había sentido la famosa «llamada de la selva» y que dudaba que en un futuro la maternidad fuese a estar entre mis prioridades. Teta o biberón, tanto monta. Me costó mucho llegar a esta conclusión, toda una juventud. Años de carrera, noviazgo y contratos precarios con esta diatriba latiendo en mi subconsciente. Amigas pariendo, mi madre insistiendo y YouTube asaltándome con sus anuncios de Predictor. Masticaba el asunto sin prisa y sin ganas, como un chicle gastado. Pero la urgencia de Pablo precipitó mi decisión. Así que acabé manifestando que mi aparato reproductor estaba en huelga indefinida. Pablo no habló el resto del día.

Después de diez minutos de batalla ritual, el primero de los ciervos desplazó con el poder de sus astas al otro, que se fue «a por tabaco». El ganador se dirigió hacia la hembra que, digna y esbelta, se preparaba para ser «embestida». Rober aproximó el objetivo a los tortolitos en pleno coito y Aritz continuó narrando la escena poseído por el espíritu de Félix Rodríguez de la Fuente:

—Es el clímax de la berrea. Después de varios intentos, el macho monta y penetra a la cierva. Encajan a la perfección. Fijaos en cómo alarga el pescuezo para rozar con el hocico el cuello de la hembra. Animalidad sexual en bruto. En poco más de doscientos días, si todo va bien, nacerá un cervatillo.

«Felicidades a los papás», pensé. Me rasqué la nuca al notar el escozor de una picadura de tábano. Con una naturalidad que resultaba sensual, el guarda forestal describía la escena a un palmo de mi oreja. Eran ya las 7.30 de la mañana, el cielo clareaba entre las hayas de la Selva de Irati. Yo tenía los pies helados y, como un vaivén de olas, entre preguntas y respuestas siguiendo el guion, se acercaba y alejaba de mi mente la cuestión del momento: no quería tener hijos. Hacía tan solo un mes que lo había decidido. Aquel día, después de mi soliloquio ante Pablo, me fui a la redacción con intención de lobotomizar mi memoria a corto plazo. Esa misma mañana, a la directora del programa se le ocurrió que yo, finalmente, sería la reportera «intrépida» idónea para recorrer el campo, interactuar con los paisanos y contarles a los habitantes de la gran urbe que es cierto lo que sospechaban: hay vida ahí fuera. Entre rebuznos y boñigas.

—Pero ¿ya ha acabado? —preguntó Rober sorprendido.

La cópula fue tan breve que casi no nos dio tiempo a grabarla en todo su esplendor.

—Sí, es muy corta —confirmó Aritz—. Largos berreos preliminares para apenas unos segundos de placer. Pero esto es algo habitual, también en la especie humana —dijo dejando escapar una media sonrisa. Hordas de feromonas campestres acompañaron esas palabras del guarda. Mi olfato las captó como una revolución verde y afrodisíaca. «Y yo con las Chiruca puestas», me lamenté. ¿Qué puede haber más antimorbo que unas botas de montaña?

Rober me trajo de vuelta a la realidad:

—No te mosquees, compañera, pero es muy probable que, con tan poca iluminación como hemos traído, no se vea ni la mitad de lo esperado.

—Joder, Rober. Pero tu antorcha funcionaba y los faros del coche ayudan. Y la linterna de Aritz. No fastidies... —No nos iban a dar el Pulitzer, pero confiaba en que la destreza de Rober hubiese paliado la escasez de luz. Era un tipo básico y a menudo demasiado directo, pero también un cámara resolutivo para esta aventura por la geografía rural del país, tan alejada de los reportajes que me habían encargado durante los últimos años.

—Bueno, lo grabado, grabado está. A otra cosa. ¿Aquí no se desayuna? —concluyó simplón Rober.

Iba a quejarme de su pasotismo, cuando percibí que Aritz adoptaba la postura de «Que me voy». Me despedí de él agradecida por su concisión y su tono didáctico y, sobre todo, con la seguridad de que tenía su número de móvil. Una periodista no es nadie sin su agenda de contactos. «Por lo que pueda pasar», me decía fantaseando con el guarda recién salido de la ducha, en una cabaña ignota, después de un revolcón frente a la chimenea, mientras afuera caía la nieve. Aritz me dio la mano para despedirse y la noté áspera, no preguntó si la entrevista había quedado bien y se alejó por el camino forestal casi del mismo modo que había llegado, tranquilo y sigiloso, envuelto en la bruma matinal de la Selva de Irati. «Tantos años en el bosque dan un atractivo feroz, pero también te convierten en misántropo», deduje. Volví a rascarme el cuello. Maldito tábano criminal. El campo y su rudeza no era para mí.

—Necesito cobertura —dije agobiada por tanto verde alrededor.

—Y yo un café con porras —insistió Rober.

Hambrientos, cada uno a su manera, regresamos a la civilización más cercana.

2

Filtro Valencia

—Tendrías que haber sido más descriptiva —criticó Elena mientras visionaba mi grabación. Era la directora del programa. Buena gestora de equipos humanos, constructiva, rigurosa y un poco flipada. En cualquier esquina veía un caso Watergate. Estamos hablando del apareamiento de venados, señora. Instinto puro. Elena me exigía una narración más detallada del coito entre ciervos. A mí, que todavía confundo lo ovino con lo bovino. Que huyo de la habitación si entra una polilla. Que no recuerdo el significado de «artrópodo» y hasta me cuesta pronunciarlo. Que nunca he tenido mascota, a excepción de unos peces de colores y ojos saltones que compré pensando en el equilibrio estético de la decoración del salón. Pero me tocó asumir la queja. Trabajo en un programa de televisión donde cualquier suceso debe parecer interesante y, aquí viene lo esencial, los reporteros siempre deben aparentar saber. Esa es una regla angular en este periodismo de la tele: conozcas el tema o no, la imagen no puede desvelar tu ignorancia. Por la reputación del programa y por la tuya propia. Nada peor que un reportero con expresión de «Me he perdido». Así que, si me piden que sea zoóloga por un día, yo seré tu Frank de la Jungla.

—Sí, no he sido meticulosa en mis comentarios durante la secuencia. Procuraré mejorar este aspecto en el próximo reportaje, Elena. La fauna y la flora no son mi fuerte.

Ella asintió. A pesar de su complejo de concienzuda periodista de investigación, era una jefa comprensiva y me conocía un poco al margen del trabajo. Sabía de sobra que me exigía reportajes muy alejados de mi registro. Pero ahí estaba la gracia. La televisión es un circo y ella, como directora veterana, manejaba a conciencia los hilos para conseguir un resultado entretenido.

Salí de la cabina de montaje. Cruzar los pasillos de la cadena en que trabajo siempre es curioso. Son más estrechos y anodinos de lo que el espectador imagina, todavía predomina el gotelé en sus paredes y una tonalidad beis anticuada, pero me gustan porque tienen muchas puertas que generan incertidumbres. Nunca sabes con seguridad adónde conducen. Puedes abrir una y encontrarte con un decorado a medio construir y, en la siguiente, te topas con una productora hiperactiva de pelo rojo fumando y con los pies sobre la mesa. A las dos semanas, tocas esas mismas puertas y los hallazgos son diferentes. Donde había atrezo, ahora hay un almacén de vestuario, y el despacho de la productora teñida se ha reconvertido en camerino para tertulianos vip. Me divierte pensar que ese factor sorpresa es intencionado y que hay algún equipo encargado de cambiar con frecuencia los escenarios tras cada puerta para hacerle la rutina más llevadera al personal. Como una especie de yincana orquestada por el departamento de Recursos Humanos.

Eran casi las siete de la tarde, viernes, y ni entré en la redacción. Me fui directa a casa de Pablo, mi hogar hasta hacía poco más de un mes. Él seguía viviendo en ese piso porque la hipoteca era suya y no había más remedio. Yo asumí los gastos hasta que se produjo el cisma. Mi decisión de no ser madre y su insatisfacción por no poder ser padre de mis hijos me agobiaron hasta el punto de replantearme la relación. Esto fue el desencadenante de un torbellino de reproches mutuos que venían de lejos. Desencuentros que habíamos acumulado y nunca habíamos resuelto. Conflictos tan nimios como quién pone lavadoras y tan importantes como por qué ya no nos besamos cuando nos vemos. Después de días de drama y discusión, decidimos alejarnos, al menos durante un tiempo, para comprobar si estábamos ante el fin de la convivencia. Lo cierto era que no nos apetecía vernos. Así de claro. Por eso, pedí asilo a Berta, otra de mis amigas de cabecera.

Había avisado a Pablo de que esa tarde recogería algo de ropa. Todavía conservaba una copia de las llaves. Aproveché que él estaba en el *coworking* para entrar en su piso. Primera parada: Pepe, el portero. Que qué tal, que te veo más en la televisión que por aquí. Sí, es que estoy viajando mucho, Pepe. No paro en casa. Segundo encontronazo, nada más salir del ascensor: Josefa, la vecina de enfrente. Jubilada y chismosa. Que si me ha gustado el bizcocho que nos hizo el otro día, que se lo dio a Pablo, pero que no me vio en el piso y no sabía si había sido de mi agrado, porque creía que se había pasado con la canela. Me olió a estrategia de espionaje. Total, que sonreí a Josefa y le dije que no habían quedado ni las migas, que me encanta la canela. Y que qué guapa estás, concluye, que no me extraña que salgas en la televisión. Muchas gracias, Josefa, buen día. Cerré la puerta preguntándome si en realidad Josefa no había echado canela al bizcocho y su intención era pillarme en la mentira, como buena detective de vecindario.

Entrar en casa de Pablo después de un mes no fue fácil. Todavía rondaban mis libros por sus estanterías y mis vestidos en sus armarios. Me fui con dos maletas a la espera de aclarar mi mente y con un juego de llaves que debería devolverle en breve. Comenzaba el frío y necesitaba un par de abrigos que estaban en el ropero del dormitorio. Me senté en la cama, se me retorció el estómago y por la garganta trepó el impulso del llanto. Seis años de pareja daban para muchos recuerdos. Risas y tonterías varias que, con el paso de los días, se hicieron menos habituales. Las sustituyeron preocupaciones y malhumor que derivaron en aburrimiento. O en querer tener hijos, según se mire. Pero, en ese momento, visualicé, en primer plano y con filtro Valencia, los buenos pasajes, que fueron muchos, y allí, ante los restos de la batalla, sentí un mar de pena por dentro. Hoy no sabía qué significaba para mí el que había sido el amor de mi vida, tan ñoño como suena. Me mudé a esa casa seducida por Pablo hasta las trancas.

Su trabajo como diseñador gráfico, su espíritu libre y tro-tamundos, sus ojos castaños y expresivos que me ven-cían de un solo vistazo, su humor y su prudencia. Pero, seis años después, el dilema de la descendencia había aca-bado por espantarme. Y quién era yo para impedir la realización paternal de Pablo con otra persona.

Cogí el par de abrigos y fui a por unas pulseras que guardaba en la que había sido mi mesita de noche. Abrí el cajón y me topé con la bofetada de realidad que borró al instante mi discurso nostálgico. Condones. Uno, dos, tres, cuatro. Solo cuatro en una caja de doce. Y no eran míos. Quiero decir, de Pablo y míos. No eran nuestros. Yo tomaba la píldora. «Si es que me está bien, por in-genua», me reñí a mí misma. Tampoco quería que Pablo estuviese de luto y abstinencia, pero es que, joder, solo ha-bía pasado un mes desde la ruptura. Y todavía mantenía-mos una puerta abierta, por lo que pudiera pasar. O en-treabierta. O eso creía yo. Me fui corriendo a la nevera, que siempre es reveladora. En efecto, pude comprobar como había restos de quesos franceses, *mousse* de *foie* y vino. Era una combinación delatora en el caso de Pablo, porque solía aparecer con estas viandas cuando organiza-ba picoteo romántico. «Te pillé.» Pensé en que podría con-tratarme el CNI, como a mi vecina Josefa, y cerré el fri-gorífico de un portazo que hizo caer el imán de Audrey Hepburn en *Vacaciones en Roma*, recuerdo del primer viaje italiano que hicimos juntos.

La pena se transformó en mala leche y celos incon-trolables; tanto, que envié a mi grupo de WhatsApp titulado Núcleo Duro e integrado por amigas íntimas el siguiente mensaje:

> Pablo YA se trajina a otras.

Ana tardó escasos sesenta segundos en enviar un archivo con el rótulo de:

> No te lo quería contar, pero ahí va.

Adjuntaba un pantallazo de un perfil de Tinder. Era la fotografía de Pablo, pero se hacía llamar Daniel. Ahora sí, el dichoso rímel rodó descontrolado por la congoja. Berta ordenó:

> Venid todas a cenar a casa esta noche.

Mis emoticonos de lágrimas a raudales, dos abrigos bajo el brazo y cien recuerdos en la cabeza bajaron corriendo conmigo las escaleras del piso del que era, ya oficialmente, mi ex.

Berta llegó a las ocho de la tarde con dos bolsas de la sección *gourmet* de El Corte Inglés. Desde que se había divorciado, no cocinaba y tampoco escatimaba en caprichos para saciar su apetito.

—Esta tarde he estado en una cata de gin tonics. Hay un abanico increíble de ginebras esperándote, Olga —comentó poco persuasiva y aún contenta por el alcohol.

—Gracias, pero solo me apetece leche con galletas.
—Es mi comida preferida. Podría estar desayunando, comiendo y cenando leche con galletas. En bucle. Si es leche de soja o avena, mucho mejor. Creo que hay algo de

regresión a la infancia en esto, pero prefiero no escarbar en el tema por si me encuentro con alguna tara.

—De eso nada, guapa. Esta noche toca sushi y vino. Así que ya te estás quitando el pijama de Bridget Jones.

Era verdad, lo sucedido en casa de Pablo me había hecho buscar refugio en el pijama más aniñado que tenía. Unicornios rosas y verdes. Fui a cambiarme de ropa aprovechando un atisbo de dignidad en mi clima de bajón. Berta vivía en un apartamento de dos habitaciones, una era un estudio que apenas utilizaba con un sillón cama amplio donde yo pasaba las noches en semivigilia desde la separación de Pablo. El piso era suyo, había amortizado la hipoteca con ayuda de su familia poco antes de separarse de Jose. El divorcio de Berta marcó un antes y un después en mi perspectiva de la vida. Durante la universidad y la primera etapa laboral, casi todas mis amistades, y yo misma, nos habíamos ido emparejando con cierta estabilidad. Unas antes y otras después. Luego comenzó la tanda de enlaces religiosos o civiles. Íbamos a boda por año. Más tarde, algunas, las menos, decidieron tener hijos. Pero la ruptura de Berta con Jose, después de quince años de relación y matrimonio por la Iglesia, fue el aviso de que una nueva fase destructiva había comenzado: la de los divorcios. Entrábamos en una edad en la que se desmoronaban castillos de más de una década de convivencia. Por lo tanto, nos hacíamos viejas. Mayores. Más mayores. La cuarentena se cernía sobre nosotras, comenzábamos a paliar con potingues caros las arrugas de expresión y nadie sabía cómo había sido.

Berta, abogada, hablaba sola en la cocina:

—¿Sabes qué te digo? Que de tanto probar ginebras, enebro por aquí, hojas de menta por allá, me han entrado unas ganas inefables de tomarme otro gin tonic. Sí, otro. Así que, si quieres, te invito. Nos han explicado cómo afecta el tipo de tónica al resultado final, las proporciones y cómo servirlo con finura, vaya. ¿Me escuchas, Olga?

—Sí. —Aparecí en vaqueros y camiseta—. Pero prefiero el vino. Además, la moda del gin tonic ya se está pasando, Berta. El vodka es lo que ahora se lleva en los *afterwork*.

—A mí, háblame en cristiano. *Afterwork* es tomarte algo con los compañeros después del curro, ¿no? Pues yo veo que todos piden su ginebra con tónica. Que además es digestivo.

—Para digestivo, tómate la tónica sola. O un Almax.

—Vale, bonita. Eres la alegría de la huerta. Sé que estás dolida porque Pablo quiere «folletear» con otras. Pero la vida es dura y tú tampoco eres una santa. Encima, estará hundido porque has rechazado su derecho a fecundarte, has herido al macho fértil.

La imagen del ciervo berreando y montando a la cierva me sobrevino. Si María es la amiga madraza por naturaleza, Berta es la que me cuenta la realidad a tortazos. Sonó el timbre.

—María me ha dicho que no vendrá, para variar. Serán Ana y Nuria —aclaró Berta apretando el botón del telefonillo.

A María hacía tiempo que la habíamos descartado de

las quedadas nocturnas. Desde que tiene dos niños, su respuesta siempre es que, a partir de las ocho de la tarde, solo quiere abrazar los cojines del sofá por agotamiento. Que nosotras no podemos entenderlo, pero que los «horarios de madre» son así, y remarca la frase como si fuese un axioma para hacernos callar. Las cinco nos conocíamos de la facultad de Periodismo. Excepto Berta, que la dejó para estudiar Derecho, todas estábamos metidas en los medios de comunicación y derivados.

Mientras esperaba junto a la puerta, ordenándose el flequillo ante el espejo de la entrada, Berta dijo:

—Yo supe que había superado mi divorcio cuando me di cuenta de que lo único que echaba de menos de nuestra relación era la suscripción a Netflix.

Nuria entró la primera, precedida de su barriga de siete meses:

—Prometo no dar mucho la brasa con el tema del embarazo —comentó antes de estampar un par de besos por persona. Falso, le encantaba estar preñada y de forma inevitable todas sabíamos que acabaría hablando de sus náuseas y estreñimiento. Tenía, como yo, treinta y tres años y era jefa de prensa de una marca de cosméticos. Junto con su novio Luis, llevaba tiempo con ganas de aumentar la familia. La noticia del embarazo fue tan importante para ellos que la tripa de Nuria era ahora una especie de burbuja sagrada a la que rendir adoración diaria.

—Vale, agradeceré que no te centres en tu «monotema», porque sí, es un tostón —apuntó Ana dos pasos más atrás—. No quiero que esto se convierta en una reunión muermo, que luego voy a salir de fiesta y entro, desde el principio, en declive.

Ana llevaba más de una década en Madrid, pero procedía de un pueblo segoviano de unos mil habitantes. Era redactora en una revista especializada en gastronomía y turismo. A sus treinta y dos años, seguía saliendo «de marcha» cada viernes, al mismo ritmo que durante la universidad. Juergas hasta las seis de la mañana bailando reguetón electrónico. Seis copazos por fiesta. Sentía que perdía comba si se quedaba un fin de semana en casa o hacía planes sosegados. Ninguna de sus relaciones serias había durado más allá de cinco meses. Ana lo achacaba a su alma inconformista, forjada en una decena de viajes como mochilera solitaria. Y a sus ansias de comerse el mundo, que no le dejaban tiempo para convenciones de pareja y demás corsés. Cuando se fue de la casa familiar, a los dieciocho años, se liberó del ostracismo pueblerino, del qué dirán y de la rumorología. Se desmelenó en Madrid. Y así hasta hoy. «Una cosa es salir del pueblo y otra cosa es que el pueblo salga de ti», decía mi abuela gallega, también de origen aldeano y urbana de adopción.

Era un gabinete de crisis en toda regla y se dedicaron por unas horas a hacerme olvidar.

—Hay muchísimos peces en el mar, Olga. Y no todos quieren tener hijos —expuso Ana, la experta en ligoteo vía aplicaciones de móvil.

—¿Cuándo creó Pablo su perfil en Tinder?

—Hace una semana, *aprox.*

—¿Cómo lo encontraste? —No entendía bien el funcionamiento de Tinder, nunca lo había usado—. ¿¿No le habrás escrito tú para quedar con él?? —Me exalté, todo era posible en los esquemas pseudorrupturistas de Ana.

—Qué dices, tía. Estás fatal. Solo quedo con desconocidos. Y encima pone que le gusta Lars von Trier en su descripción. Paso del Dogma.

—No te obsesiones —dijo Berta—. Y bebe un poco más. Desde la ebriedad controlada, todo se ve diferente.

En medio segundo, me metí en el perfil de Instagram de Pablo para comprobar si había publicado alguna imagen reveladora de, al parecer, su nueva etapa sexual. Pero no. Ni una fotografía posterior a la fecha de nuestra ruptura. Fue egoísta, pero me tranquilizó.

—Ya me gustaría a mí beber un buen gin tonic —lamentó Nuria suspirando para quedar bien. Se acarició la tripa y dio un sorbo al Aquarius—. Creo que ahora debes hacer planes para estar entretenida. ¿Qué te parece acompañarme el próximo viernes a las clases de preparación al parto? Luis no puede.

Venga, planazo. Justo lo que me faltaba. Meterme en una sala con una jauría de embarazadas y sus movidas, pensé. Mi gesto debió transmitir animadversión, porque Berta pareció leerme la mente.

—Claro, a lo mejor incluso te reconcilias con la maternidad —comentó guasona en dirección al balcón para encender un cigarro. Berta es una tía dura. Dejó Periodismo con determinación para ser abogada, trabaja en un despacho reconocido y fue la que decidió poner fin a la relación con su novio de toda la vida. Habían hecho previa separación de bienes, antes de casarse por la Iglesia, así que económicamente no fue tan lesivo. Pero ser la primera en divorciarse del grupo de amigas, cuando apenas has conocido otro varón, te cuelga una buena condecoración de valentía. Y beber un gin tonic al día desde entonces, también.

—Vale. Allí estaré la próxima semana, si mi trabajo me lo permite.

Mi jefa no me había aclarado el lugar y la fecha del siguiente reportaje, esperaba su llamada.

—¿Adónde vas? —preguntó Nuria.

—No lo sé todavía.

—Yo sí que lo sé, tengo una cita en la disco —dijo Ana muy marchosa, poniéndose su chaqueta de cuero y tachuelas.

—¿La «disco»? Pero ¿cuántos años tienes, Ana? —le dije entre risas, y a ella le molestó lo justo.

Despedida, besos, abrazos, «Escribe si te pones triste, no te cortes, para eso estamos las amigas» y, cuando iba a retomar la búsqueda de piso tirada en el sofá con mi portátil, llamaron de nuevo al telefonillo. Berta respondió.

—Que la grúa se ha llevado el coche de Ana. Que si la acompañas a por él.

Fíjate, la chica moderna que nunca ha estado en un depósito de coches y le da miedo la oscuridad. «Hay que fastidiarse con las provincianas reconvertidas», reflexioné.

—OK, ahora bajo. —No sé por qué narices siempre digo que sí a estos marrones.

Ana y yo cogimos un taxi y en el depósito nos hicieron esperar un buen rato dentro del coche para arreglar los papeles de la multa.

—Solo se te ocurre a ti aparcar en una plaza de discapacitados.

—Joder, no vi la señal, estaba oculta detrás de un andamio.

—A lo mejor puedes recurrir la sanción, habla con Berta.

Los depósitos de automóviles son incluso más tristes que las estaciones de autobús. Grises, solitarios, fríos y repletos de vehículos durmientes, cubiertos de polvo, a la espera de ser rescatados. Un ambiente inquietante al que, lo entendía, no apetece acudir y mucho menos de madrugada, cuando las sombras crecen.

—Deben tener trabajo hoy, supongo que los viernes las infracciones por estacionar mal se incrementan, con tanto automóvil que se desplaza al centro —analicé como la periodista que era. Llevábamos media hora metidas en el coche y comenzamos a conversar sobre chorradas. Ana me habló de su última adquisición de lencería con estampado de fiera y yo, por contra, le dije que no renovaba bragas desde hacía años. De hecho, le conté que las últimas me las había comprado en una tienda de chinos de un pueblo aragonés donde me tuve que quedar más días de lo previsto para acabar un reportaje. Aunque descoloridas, todavía resistían esas bragas de los chinos, eran de algodón del bueno. A Ana esto pareció hacerle mucha gracia, más de la que tenía. Rio coqueta unos instantes hasta que se arrimó de un salto a mi asiento de copiloto y me besó en la boca. Se quedó en un pico porque yo no colaboré. Ana se retiró rápido a la espera de mi reacción y algo avergonzada.

—¿Y esto a qué viene, tía? —dije yo estupefacta.

—Hay que probar de todo.

—Ya, hija. Pero nos conocemos desde la facultad. Has tenido tiempo de saber si te atraigo.

—He notado un no sé qué y me he lanzado.

—Ana. ¿Eres lesbiana?

—No.

—¿Bisexual?

—No creo.

—¿Qué te pasa?

—Déjalo. Preferiría no hablar de ello.

Vale. Como si nada. Otro arranque de Ana. No vaya a ser que se deje algo en el tintero y se muera mañana sin haberlo experimentado. ¿Es que no tenía ni una amiga normal? Una amiga centrada a la que tener de referencia, sin grandes altibajos y dudas. Equilibrada. El punto medio, la dorada mediocridad de la que hablaba Aristóteles. Pero no, ahí estaba María y su tendencia de filósofa matriarcal sabelotodo desde que nació. Berta, ennoviada absoluta de siempre, ahora divorciada de un plumazo y ensoñada con el universo de las bebidas espirituosas. Nuria, obsesionada con gestar y parir en armonía para sentirse realizada como mujer. Ana, alma aldeana en la capital, independiente por decreto ley y en busca de alguna sensación nueva que la ayude a superar su complejo provinciano. Y yo, que no sabía ni en qué punto de cocción estaba. Solo tenía claro que mi cobijo eran la leche con galletas y mi trabajo como reportera de televisión. Quizás ser corriente es una utopía y también un sopor. La noche acabó con doscientos euros de multa que Ana pagó con tarjeta y con un beso en la boca entre amigas que supo a chiste incomprendido.

3

Costa da Morte

Me agarró fuerte y, de un giro, Pablo ya estaba encima de mí. Sudorosos entre las sábanas de su dormitorio, reconociendo de nuevo nuestros cuerpos. Revisitábamos lugares como si fuera la primera vez. Observé despacio unos ojos que conocía desde hacía años, los sentí más cerca que nunca. Cerré los míos y acaricié su espalda. Ostras. Lo cierto es que no la recordaba tan peluda. Volví a enfocar su mirada y esta vez la advertí demasiado oscura y penetrante. Tanto que, en efecto, no era la suya. El descubrimiento me hizo dar un leve salto en el colchón, pero no me asusté. Todo era cercano, aunque no era Pablo el que estaba sobre mí. Era Aritz, el guarda forestal con el que había grabado hacía una semana en Navarra. La batalla de placer continuó de espaldas y fue entonces cuando percibí la verdadera humedad de la cama. Solté las sábanas y miré las palmas de mis manos. Estaban impregnadas de barro. Dejé de sentir el peso de Aritz sobre mi cuerpo. Me volví. Ni rastro del guarda. Y yo revolcada en un gran charco de lodo. Mi pecho, mi barriga, mis piernas empapadas de tierra mojada. Me quedé paralizada. Sonó un bufido y, a los pies de la cama, se alzaron unos cuernos. El animal. El ciervo. Yo temblaba y él observaba. Estaba en su terreno, en su lodazal. Una lengua larga asomó y sus ojos me buscaron en señal de cópula. Berreó, tembló la lámpara y comencé a gritar con todas mis fuerzas. Notaba su hocico en mi oreja. Me recorrían escalofríos de angustia y, al cuarto chillido, sentí que me ahogaba. Desperté. Ni ciervo, ni Aritz, ni Pablo. Una habitación de hotel y la alarma del teléfono que había comenzado a sonar. Abracé la almohada como una niña asustada. El reporterismo rural produce monstruos. Me levanté todavía traspuesta. Tocaba madrugar en Galicia para conocer el día a día de Mari Carmen, su madre y sus colegas *percebeiras* en el pueblo coruñés de Corme, en plena Costa da Morte.

Salí de la ducha del hotel después de veinte minutos, envuelta en vapor como si fuese a iniciar una actuación en *Lluvia de estrellas.* Escribí un mensaje a Pablo que decía:

Buenos días, ¿cómo estás? Saludos desde el noroeste.

Aunque en realidad quería decir «Me acuerdo de ti, pero ya no sé si importa demasiado». Rober me avisó de que ya estaba en la entrada del hotel, cámara a punto, así que me maquillé a toda prisa —antiojeras sin piedad y colorete—, me vestí cual exhalación con camiseta térmica y chubasquero cortavientos, metí en la mochila las botas de agua y salí pitando. Durante el ajetreo, me alegré de haberme cortado mi eterna melena y no tener que invertir tiempo en arreglarme el pelo con secador y pinzas, como otras compañeras reporteras.

A un kilómetro de la localidad de Corme se encuentra el cabo de O Roncudo, con su correspondiente faro. Es un conjunto de rocas que las olas golpean con fiereza y donde faenan las *percebeiras* locales. Adherido a esas piedras, crece uno de los mejores percebes del mundo. Esa es su fama. Allí estábamos para averiguar por qué y, sobre todo, para conocer la labor de las mujeres que viven de este marisqueo tan arriesgado.

Eran las nueve de la mañana y la bajada de la marea les permitiría trabajar solo durante dos horas. Una docena de *percebeiras* descendían hasta las cavidades más inaccesibles y arrancaban percebes *ferrada* en mano, que es una especie de espátula con mango de madera. Labradoras del mar ágiles a pesar de que muchas de ellas superaban los cincuenta años. Delfina tenía sesenta y cinco.

—¿Por qué solo van las mujeres de Corme a por percebes? ¿Por qué no hay hombres? —le pregunté.

—*E por que non?* —respondió Delfina preguntando. Mi abuela paterna, ya difunta, era de origen coruñés. Conozco la retranca, la desconfianza y la ambigüedad de la población. Delfina hizo esfuerzos inútiles por hablarme en lengua española:

—*Aquí os homes son de terra. Mi marido é de terra.* De tierra. Él *vai* al campo y yo a la mar. *De toda a vida. É tradición que as mulleres apañemos o percebe. Eu era unha rapaza cando comecei. Viña coa miña nai.* Con mi madre venía. *E aquí estou.*

Ahora, era su propia hija, Mari Carmen, la que la acompañaba en esta tarea. Un oficio heredado que en Corme daba de comer a cientos de familias. Ese percebe estaría en las mesas de Navidad de media España. Dependiendo de su tamaño, podría alcanzar los cien euros el kilo. Ambas respondían mis preguntas sin parar de agacharse y moverse como panteras de roca en roca. Yo agarraba de una pierna a Rober, que ya había resbalado un par de veces sobre las algas en su intento de seguir el ritmo de las mariscadoras.

Mari Carmen tenía mi edad, treinta y tres, pero aparentaba unos cinco años más. Cara fría, curtida por la salitre y morena por el sol. Arrugas del trabajo a la intemperie. Cuerpo recio y en forma. Sonrisa tímida del norte, pero sincera. Ojos claros. Primeras canas en su pelo fosco. No era guapa, pero era de verdad. Y eso tiene encanto en la televisión y en la vida.

—Mi marido trabaja en la lonja. Es subastador. ¡¡Cuidado, mamá!! —chilló advirtiendo que Delfina se situaba, temeraria, en la parte más honda del acantilado—. Y vosotros tampoco bajéis mucho, que el mar es traicionero. Es bonito, pero no te puedes fiar. Nunca se sabe. Una mala caída y... —Alzó la mirada hacia las dos cruces de piedra que coronaban el cabo de O Roncudo.

—¿Cuántas *percebeiras* han muerto en estas rocas, Mari Carmen?

—Cuentan que una decena. Eso ocurría antes, cuando

no había vigilancia y este marisqueo no estaba regulado. Ahora tenemos obligación de solo apañar en zonas determinadas y durante las horas de bajamar. ¿Ves al guarda que nos observa desde el faro? Solo podemos coger tres kilos de percebe cada una. Luego nos pesa las bolsas. —Metió otro puñado en lo que denominaba *saqueira*, una riñonera, ya abultada, que acumulaba el percebe recién capturado.

Era justo para el gremio y para la costa, pensé, que no se esquilmaba. Las *percebeiras* son autónomas, pagan su correspondiente cuota a la Seguridad Social. Tienen jornadas de trabajo breves pero intensas, en las que deben concentrar toda su energía y habilidad para ganar tiempo a las olas y ser rápidas en la búsqueda del marisco de mayor calidad. El esfuerzo quedaba compensado por el elevado precio de venta de este crustáceo en el mercado.

—Te lo pagan bien. Dicen que es el mejor del mundo —explica Mari Carmen.

—¿Por qué?

Delfina ya estaba de regreso, me escuchó y respondió:

—Ay, no te sé decir. Supongo que por la carne que tienen. Por lo gordos que son. ¡Mira qué gordo...! —En la palma de su mano exhibió orgullosa un percebe del tamaño y grosor de un dedo anular. Mari Carmen rio y aclaró:

—Cuantos más golpes les dan las olas, mejor. Más oxígeno recibe el percebe y más crece. Por eso, las rocas más peligrosas, donde el mar bate más fuerte, tienen el marisco más carnoso. Pero no siempre es aconsejable acceder a ellas, claro.

—*Pra iso están os furtivos...* —murmuró Delfina.

—Calla, mamá. A ver, aquí el percebe es bueno y esto da para vivir, sí, pero es un trabajo duro. Estás a merced del mar y del clima. Llueva o truene, salimos igual a por percebe. Tengo tres hijos que mantener.

Tres hijos a los treinta y tres años. Mari Carmen doblaba la media nacional estimada del hijo y medio por ciudadana española. «Pues mira —calculé— los hijos que yo no tendré por los tres de Mari Carmen la *percebeira*.» E imaginé que así, caso a caso, se compensaba el desequilibrio de natalidad campo-ciudad.

Se armó un revuelo en un grupo de mariscadoras, gesticulaban airadas y miraban en dirección a un peñón situado mar adentro.

—*Olla pra eles!* —exclamó Delfina con rabia.

—¿Qué ocurre? —pregunté a Mari Carmen, que enfocaba las pupilas hacia el horizonte.

—Son *percebeiros* furtivos. Están mariscando de manera ilegal. A ver, no pagan su licencia, como nosotras. Hasta esa roca nosotras no podemos llegar, la saquean, se saltan las normas y el percebe que roban no pasa controles. Se llevan el que quieren, lo venden más barato y ya está hecho el negocio.

Mari Carmen silbó con los dedos para alarmar al guarda, que no se había enterado de nada. Él observó a través de sus prismáticos y salió corriendo hacia la lancha de vigilancia. Las *percebeiras* insultaban en gallego desde la distancia a los dos furtivos que, enfundados en trajes de neopreno, lanzaron sus sacos repletos a una zódiac para huir cuanto antes.

—Ya se están largando. Esos se llevan más de diez kilos por cabeza, estoy segura. Y a plena luz del día, qué descaro. Mira, allá van, no hay dios que los pille. *Manda carallo, sempre o mesmo.*

—*Ladróns* —espetó Delfina—. *Nós temos que paghar autónomos e permisos. E eles, fan o que lles peta. Ladróns* —repitió desde sus vísceras sin intentar traducir al castellano ninguna palabra.

La lancha del guarda llegó al peñón cuando los furtivos ya no estaban a su alcance. Las *percebeiras* arrojaron impotentes algún que otro improperio más al aire, pero, al minuto, diligentes de nuevo, siguieron a lo suyo en silencio. Su día a día incluía estos sobresaltos y las olas amenazaban cada vez más elevadas. El tiempo de bajamar se agotaba y tenían que ganarse el sueldo.

—¿Por qué este cabo se llama O Roncudo, Mari Carmen?

—¿Todavía no te has dado cuenta? Solo tienes que escuchar con atención...

Agucé el oído. El viento salado zumbaba. El Atlántico rugía con suavidad en su embestida contra las rocas. Ambos sonidos se mezclaban en el ambiente y llegaban al tímpano como un ronquido sostenido.

—*Disque o mar ronca eiquí...* —explicó Delfina transportando su red hasta arriba de percebes y dando por concluida la jornada. La cámara de Rober también entendió que la grabación allí había terminado y siguió los pasos de Delfina alejándose del agua con firmeza, dejando atrás al mar afónico una mañana más. El guarda pesó las capturas, se aseguró de que cada mariscadora no excedía el cupo, y después nos subimos a la furgoneta de Mari Carmen y Delfina. Pasaba del mediodía.

—Estáis invitados a comer, por supuesto. Pero en casa, poco percebe comemos. Somos más de carne —comentó Mari Carmen con hospitalidad gallega. Sugerí a Rober que me gustaría seguir grabando durante la comida. Creía que gran parte del atractivo de estos reportajes, tal y como mi jefa me había pedido, era mostrar escenas costumbristas, cercanas, donde el espectador se sienta reflejado. Ese «efecto espejo» suele enganchar a la audiencia. Así que mientras Mari Carmen removía el guiso y sus tres hijos revoloteaban por la cocina, continué con mi entrevista sobre su vida:

—¿Es fácil ser madre y mariscadora?

—Es lo que es. Siempre lo fue. Trabajas al son de la marea. Son tres horas y luego para casa a cuidar de la familia. Puedo recogerlos en el colegio, atenderlos, estar con ellos por las tardes. De todas formas, no tuve mucha más opción. Tampoco la busqué. Después del colegio, me puse a trabajar con mi madre. Y conocí a Pepe, mi marido, en la lonja. Entre los dos sueldos, nos da para vivir. El año pasado nos fuimos de vacaciones a Canarias y todo.

Hablaba sencilla y feliz. Comenzó a servirles ternera con patatas a los niños: Xoán, Darío y el menor, Antón, como su padre. Diez, ocho y cinco años.

—Buscábamos la niña, pero al final salieron tres chicos. Los tres miraban el plato y no hacían demasiado caso a Rober. Ignoraban la cámara e incluso a mí. No sé si por timidez o por hambre. La cocina era amplia y antigua, de azulejos blancos. Junto a la vitrocerámica, incorporada hace unos años, había hornillos. Delfina cortaba una hogaza de pan de corteza áspera sobre una encimera de granito donde se acumulaban paños, cucharones de madera, cuchillos y —no me podía creer lo que estaba viendo— la última entrega a domicilio de la revista *Venca*. Seguía existiendo. Eso sí que era *vintage*. Como el vestido floreado bajo el mandil que se había puesto Delfina. Podría venderse a treinta euros en cualquiera de las tiendas de ropa de segunda mano que se habían multiplicado por el centro de Madrid.

—Pepe vuelve tarde, así que mi madre suele comer con nosotros. Y me ayuda con los niños.

Delfina repartió pan. Mari Carmen tiró la piel de las patatas a la basura. Delfina llenó una jarra de cristal con agua del grifo y la sirvió en los tres vasos de sus nietos. Mari Carmen puso el caldo al fuego. «Prefiero los hornillos de gas, según qué tipo de comida», explicó. Delfina encendió la tele que presidía la mesa. Mari Carmen dobló unas servilletas de tela y las dispuso al lado de cada plato hondo. Todo parecía más lento de lo habitual allí. Y eso podía llegar a alterarme. La misma sensación que cuando fui a mi primera clase de yoga. Acostumbrada a meterme palizas de deporte aeróbico, tipo *spinning* y *crossfit*, tanta parsimonia con el saludo al sol y demás posturas me puso de los nervios. La lentitud puede ser más estresante que las prisas cuando estás acostumbrada al frenesí de la ciudad. Te habitúas a un nivel de adrenalina y lo que quede por debajo te saca de quicio.

—Dicen que el estrés es la enfermedad del siglo XXI. ¿Ustedes se estresan?

—Hombre... depende. —Otra respuesta de corte galaico.

—¿Depende de qué? —«Continúe, por favor», me dije.

—Depende del día. Hay días en que voy más apurada a por los niños, pero en general, aquí la vida es tranquila. Todo está cerca y a mano —comentó mientras yo pensaba en las estampidas de autómatas saliendo del metro a toda mecha, esos zombis a los que tienes que unirte, llegues o no tarde, porque si no mueres arrasada. Rober enfocaba a los niños que mojaban con avidez trozos de pan en la salsa del guiso. El mayor se atrevió, por fin, a saludar a la cámara. Sonó una notificación procedente del teléfono que Mari Carmen llevaba en uno de los bolsillos traseros de su vaquero. Ni lo miró.

—¿Usas mucho el móvil? ¿Y las redes sociales? —No sé del todo por qué lo pregunté.

—El Facebook, sí, pero no demasiado. Por seguir los avisos de la cofradía de mariscadoras. Estoy pensando en quitarme. A mis hijos les gusta, pero aún no les dejo. Prefiero que salgan a la plaza.

Caramba. Todavía había plazas físicas y niños que jugaban en ellas. Además de madres sin miedo a coches y a jeringuillas. Xoán, Darío y Antón se levantaron sin chistar y dejaron su plato en el fregadero. Sobre el mantel de hule quedó una constelación de migas de pan. Mari Carmen y su madre llenaron nuestros platos y los suyos. Sirvieron vino tinto. «Con gaseosa, si gustáis», ofrecieron. Rober dejó su cámara a un lado sin consultarme, estaba muerto de hambre. El olor a estofado nos traspasaba la ropa. La televisión murmuraba noticias de fondo. Hacía un calor agradable. Ni siquiera me entraron ganas de hacer una foto del bodegón para Instagram. Hasta yo lo consideré una frivolidad.

En las aldeas del noroeste, durante décadas, la cocina fue el lugar de la leña y en torno a ella y sus ollas se arremolinaba la familia durante el invierno. Allí se contaban historias cara a cara alrededor del fuego. Hoy, la *lareira* —cocina de hierro tradicional— está obsoleta, pero sin embargo esa estancia de la casa sigue siendo un núcleo fundamental de reunión. Es la habitación que produce más calor, literal y metafórico. Donde se encuentran las personas y donde sacian su apetito unos cerca de otros. Se bebe y se ríe. Supongo que también se llora. No íbamos ni por la mitad cuando Delfina sugirió que repitiésemos, que no fuésemos tímidos. Rober desbordó de nuevo el plato sin complejos y también se sirvió un cuenco de sopa. El pan sabía a pan y no a masa congelada. La patata se deshacía en la boca como si fuese harina. La carne era blanda y sabrosa.

—Come, *filliño*, come. Que en la capital, ya se sabe...

«Ya se sabe, todos lo saben, que la capital da mala vida», pensé al escuchar a Delfina. La gastronomía nunca ha sido mi fuerte, ni tampoco la familia. Pero intenté recordar la última vez que había estado en una situación similar. Los fogones en marcha y una atmósfera de aroma a guiso elaborado con mimo. Gente que habla con calma y sin querer aparentar, que escucha y que no mira el móvil. Que rebaña el plato y usa servilletas de tela. El cerco de los vasos de vino. Ventanas empañadas. Café de puchero. Y migas, ahí seguían. A nadie le preocupaba. Jugaba con ellas, las desmenuzaba y amontonaba, como cuando era una niña y me aburría en la sobremesa. Mari Carmen calentaba la leche. Ese debía ser el olor del hogar y no el de un ambientador de frutos rojos. Me entraron unas ganas tremendas de hablar con mi madre. Me retiré unos minutos para llamarla.

—¿Siguen las cosas mal con Pablo? —preguntó desde su piso en Madrid. Mi madre y mi padre se habían separado cuando comencé la universidad.

—No es que sigan mal, mamá. Es que ya no siguen. Desde hace un mes.

—Con lo majo que era... —Segundos de reflexión—. Pero hija... —Más segundos de reflexión que me incomodan y, tras ellos, la pregunta del millón—: ¿Y ahora quién me va a arreglar el ordenador cuando se estropee?

Respiré profundo y conté hasta tres.

—Mamá, te dejo, que apenas tengo batería.

4

Diosas

Me enfado cuando no tienen, al menos, leche de soja en un bar. A estas alturas del milenio, es habitual ser intolerante a la lactosa y a no sé cuántas sustancias más. Encima, no es que me hubiera pedido el café en el extrarradio, sino que estaba en pleno barrio de Salamanca, vecindario madrileño opulento. Solía llevar un minitetrabrik de leche de avena en el bolso, que ponía sobre la mesa sin reparos en cualquier cafetería, pero aquella tarde, con las prisas, se me había olvidado. Estaba centrada en no ser impuntual a mi cita con Nuria. No me gusta hacer esperar a nadie, y menos a mujeres con las hormonas revolucionadas. «Más de dos euros por un café, brutal clavada. Y ni una triste pasta que lo acompañe.» Me levanté de la mesa sin decir adiós y esperé en el portal contiguo, donde Nuria comenzaba sus clases de preparación al parto. Ahí estaba yo, Olga Colmeiro, mártir de la amistad, diciendo sí a propuestas que no me interesaban en absoluto.

Nuria llegó en autobús, se quejó de que nadie le había cedido el asiento pese a la prioridad universal de su gran barriga, «todos andan hipnotizados con sus móviles y no miran alrededor», resumió y, entre reflexiones sobre la incomunicación y la insolidaridad de los *millennials*, fuimos las últimas en incorporarnos a la charla.

La sala era grande, rectangular, de techo alto y ventanas antiguas. La habían pintado de color verde hospital para ir practicando, supuse. En una esquina, había una pizarra blanca portátil donde se adivinaba, a medio borrar, la palabra posparto. Del otro lado, una estantería que almacenaba muñecos de bebé usados que daban miedo y, a los pies de ese mueble, una pila de colchonetas. Las sillas estaban dispuestas en el centro, formando un círculo, como en una sesión de terapia en grupo. Conté unas doce embarazadas, casi todas junto a sus cónyuges, hombres de diversa tipología, que las cogían de la mano y sonreían. Acariciaban a cada poco la barriga que portaba a su futuro descendiente. Solo una de las asistentes estaba acompañada de su madre, que también sonreía. Inminente abuela primeriza. Otra, que en principio parecía desparejada, enseguida celebró la llegada de su marido todavía en traje de oficina. La besó a ella, después su tripa. Y del mismo modo que el resto, sonrió. Luego, estábamos Nuria y yo. Nuria parecía contenta tan cerca de sus semejantes, mientras yo escudriñaba escéptica el panorama Mr. Wonderful.

Llegó la profe con camisa azul. Saludó con un «Hola, futuros mamás y papás». Se llamaba Cristina, pero la podíamos llamar Cris para ir estrechando vínculos. Cincuenta años. Pendientes y collar de perlas. Matrona por vocación. Apasionada madre de tres. Naturópata en sus ratos libres y, en mi opinión, abonada a algún tipo de fármaco de la familia del Xanax. Llegué a esa conclusión tras su discurso de apertura:

—Buenas tardes, queridas mías. —Pausa prolongada, ni un ruido en la sala—. Nada de lo que hayáis hecho o hagáis en vuestra vida es comparable al momento que estáis atravesando. Nada. Esta es una experiencia única que os marcará para siempre. Por eso, cada mañana, cuando os levantéis, lo primero que debéis hacer es festejar vuestro estado. Tocaos la barriga y decid orgullosas en voz alta: «¡¡Qué alegría y fortuna estar embarazada!!». Porque en la actualidad sois diosas. Diosas gestadoras. Y así es como os deben tratar. —Más de un marido tragó saliva—. La sociedad se lo debe todo a la diosa gestadora. La civilización entera depende de ella. Por eso, lo primero es comprender que ocupáis un lugar especial y que debéis preparar vuestra mente para la gran aventura que está por venir, el punto álgido de vuestra existencia como mujeres fértiles: el alumbramiento.

O sea que, escuchado lo escuchado, yo había decidido renunciar a mi clímax vital. Nunca conocería la felicidad plena si mantenía en desuso mi aparato reproductor. Si un bebé no salía de mis entrañas. Si no manaba leche de mi pezón como del de una virgen renacentista. Supuse que las «no gestadoras», por convicción o imposibilidad, estábamos excluidas de ese grupo de diosas que eran básicas para la supervivencia de la especie. Éramos improductivas. Nos confinaban a la sala de máquinas de la sociedad, como mano de obra egoísta, solo útil para verter carbón en las calderas de la ciudad y que esté calentita mientras otros procrean.

No pude evitar observar cómo el embarazo había hecho de las suyas en el físico de algunas de las diosas. Hiperpigmentación en la piel de la cara, retención de líquidos —tobillos como codillos— y otros desmanes externos e internos. Nuria llevaba con bastante dignidad la transformación, solo protestaba por su perenne estreñimiento y, entre otras cosas, por no poder comer jamón serrano. Además, estaba exultante por haber ganado varias tallas de sujetador. La matrona «iluminada» prosiguió:

—Estos meses debéis intentar que nada os turbe. —Ojeada desafiante a los hombres presentes—. Me explico: el feto es un clon emocional de la madre. Siente del mismo modo que ella. Si estáis tristes o enfadadas, se lo transmitiréis. Es mucha la responsabilidad que tenéis. Creedme, no es buena etapa para estar cerca de personas deprimidas. Si una amiga decide contaros sus dramas, es mejor que os alejéis de ella. Si un familiar quiere hablaros de sus penurias, hacedle entender que no es el momento. Que esperen unos meses, no os conviene empatizar con gente problemática. Y al feto tampoco.

Estaba perpleja ante su absurda mística del embarazo. Eran diosas y debían vivir en una urna de cristal confortable, ajenas a las desgracias de los demás. Y si un ser querido necesita contarte su tragedia, que se vuelva por donde ha venido, que le zurzan, que tú estás muy ocupada incubando un principito en tu mundo de la piruleta. ¿Cuál era la finalidad de esta sarta de disparates? ¿Cobrarle a cada una más de cien «pavos» por seis clases donde les hacen creer que el parto no duele, que no es un pasaje escatológico y que manteniéndose intocables e impasibles ante los acontecimientos nacerá de sus vientres inmaculados un querubín más feliz que Elsa Punset? Siempre he creído que la gestación está sobrevalorada, pero aquello ya era un cuento edulcorado.

Nuria, muy atenta, sacó una libreta para tomar notas. Una de las asistentes quería ir al grano y así comenzaron las preguntas más temidas por mí:

—¿Cuándo te sube la leche? ¿Es normal que antes del parto comience a salir calostro del pezón?

Calostro. Solo la sonoridad del palabro ya genera rechazo. «Por favor, que no afinen más, que me mareo», imploré.

—Vas muy rápido —reprendió en tono de broma la matrona, que se sentía gurú—. Pero sí, puede ocurrir. En este punto, me gustaría insistir en que la lactancia materna es el mejor alimento para el bebé. Cada madre produce una leche diferente adaptada a las necesidades del pequeño. Ninguna leche artificial ha sido capaz de imitar por completo las propiedades de la materna. Es auténtico oro lo que manará de vuestros pechos. Vuestras mamas fortalecerán con anticuerpos a vuestros hijos. No lo digo yo, lo dice la Organización Mundial de la Salud, que recomienda dar el pecho hasta los dos años de edad.

Y hasta los tres, si te pones, que eso lo he visto yo. Niños con todos sus dientes que, después de zamparse una chuleta, levantan sin consultar la camiseta de mamá y se enchufan la teta como si fuera una bota de vino. Fue entonces cuando puso contra las cuerdas a las adeptas:

—¿Alguna se plantea renunciar a la lactancia materna para dar biberón a su hijo? —La pregunta resonó como una amenaza. O lo que es lo mismo, pensé: «¿Alguna sería tan mala madre como para anteponer su propia comodidad al bienestar de su hijo? ¿Alguna osaría negarse a la esclavitud de llevar un bebé colgado del pecho durante meses sabiendo que esa leche, supuestamente, es la más saludable para él?». Silencio en la sala. Entre el aforo, ni una mano tímida se alzó para contradecir los preceptos de la Liga de la Leche. Nuria quería amamantar y ya se había apuntado en su Moleskine el nombre de la pomada antigrietas mejor valorada en el mercado.

—Pero grietas... ¿dónde?

—En los pezones, Olga, ¿dónde va a ser? Pueden llegar a sangrar de tanta succión.

Ante el horror, casi me santiguo como una beata. «Ahora sí que me caigo redonda», presagié. Me toqué de manera instintiva las tetas, una con cada mano, para autoprotegerme. Grietas que sangran. En los pezones. Y lo asume tan normal. Como quien habla del tiempo. Sí, está lloviendo fuera y además tengo los pezones en carne viva. Definitivamente, nunca iba a estar preparada para encajar los avatares de la crianza. Recordé con pavor la imagen de mi amiga María en su salón usando el sacaleches electrónico. He visto cosas que jamás creeríais. Amigas que tras parir se vuelven biónicas con ubres conectadas a máquinas. Se ordeñan mientras me cuentan qué tal ha ido el día y ni se plantean si el espectáculo puede herir la sensibilidad del público. Uno de los efectos secundarios de la hormona prolactina es que la recién parida esté «colocada» y no sea consciente del cuadro.

—De todas maneras, lo primero es el nacimiento —continuó la exaltada con su clase magistral—. Cuando la mujer está de parto, entra en trance. Está en otro planeta: el planeta parto. Otra dimensión. No seréis vosotras mismas. Por lo tanto, papás, debéis entenderlo. No tengáis en cuenta insultos que os puedan proferir durante esta fase. —Tenía gracia imaginar el papel subyugado de los hombres ante superheroínas paridoras y groseras. Continuó—: ¿Cómo saber cuándo llega el ansiado momento del parto? ¿Cuál es el indicio definitivo? La alerta física más certera, aquello que debéis tener en cuenta para plantaros en el hospital, es la expulsión del tapón.

—¿Un tapón? —pregunté al oído a Nuria pensando en un sonoro descorche de botella.

—El tapón mucoso.

—¿De mocos? —Comencé a hiperventilar.

—Déjame escuchar, Olga.

—¿Un tapón de mocos dónde? ¿Ahí?

Siempre he sido un poco escrupulosa, pero el ritmo de la conferencia, entre grietas y viscosidades íntimas, y sobre todo la meticulosidad en las descripciones, empezó a afectarme de manera física. Sentía sudores fríos que me obligaron a decirle a Nuria que necesitaba tomar aire. Salí a la calle para respirar justo cuando la matrona se detenía en las características de la placenta, y de paso respondí a un mensaje de mi madre invitándome a cenar. Me venía perfecto, estaba más que revuelta, no podría ponerme a cocinar después de esta sesión de vísceras.

El curso acabó con una clase práctica de masajes en los pies. Es lo que se dice un buen broche, según la conferenciante, si tenemos en cuenta que las plantas de los pies son las grandes olvidadas y resentidas en el embarazo. En nueve meses, pasan a soportar, de media, unos doce kilos más de peso. Eso tirando por lo bajo. Novios y maridos, con manos bañadas en aceite para bebés, seguían al pie de la letra las explicaciones de reflexología podal y asentían sumisos cuando la tal Cris les decía que esos cuidados debían ser diarios durante los meses restantes. Que me perdonen los fetichistas, pero los pies son para mí unas extremidades privadas que, sin pedicura y demás atenciones, pueden dar lugar a visiones atroces. Por eso, intento no mirar al suelo cuando voy en el metro en verano. Puede ser que una agradable conversación acabe en espanto si observas las sandalias del interlocutor y descubres garras. Para no pasar grima, focalicé mi energía en Nuria y en sus dedos perfectamente hidratados y sin cutículas. Supuse que, al ser jefa de comunicación en una marca de cosméticos, le daban muestras de cremas caras y otros cuidados gratis. «A partir de ahora, el bebé puede sorprender en cualquier momento, y me niego a entrar en el paritorio con pezuñas. O dar a luz en calcetines, imagínate, qué espanto. Los pies siempre preparados, no queda otra», le explicaba a la embarazada de al lado, que asentía por educación. También le recomendó que se dejase de antiestrías de farmacia, que lo mejor es el *do it yourself*, hacértela tú misma mezclando manteca de karité y aceite de almendras, que lo puedes comprar a granel en herbolarios; que haces una pasta y te la aplicas cada noche. Me la imaginé preparando la pócima pegajosa en un caldero, untándose la barriga y cegando con el brillo a Luis, que pensaría resignado: «Todo por la causa». Se estaba poniendo monótona con los preparativos del presunto «día más feliz de su vida», pero me abstenía de comentar nada. Porque es mi amiga y porque sus hormonas podrían transformarla en Hulk en cualquier momento, le di su correspondiente masaje, acelerando al máximo para que todo acabase cuanto antes.

Nuria agradeció mucho mi compañía, estaba muy contenta después de su primera clase de preparación al parto. Me repetía las frases de la matrona como si acabase de salir del cine emocionada por la película. Pensaba contárselo todo a Luis con detalle, incluido lo del tapón y lo del planeta parto donde se permiten palabrotas. Se despidió de mí con un abrazo cargado de endorfinas antes de coger el autobús.

Caminé hasta casa de mi madre, una media hora a pie que necesitaba para relajarme después de la paliza psicológica que acababa de recibir. Toqué el timbre y tardó una barbaridad en contestar. Cuando por fin abrió, me dio un par de besos con las manos manchadas de algo y corrió de vuelta a la cocina. Es como una científica loca. Experimenta una y otra vez con los ingredientes, ensayo y error, hasta que consigue que el mejunje esté sabroso. Embadurna su entorno, ensucia y pone del revés, nunca apunta las proporciones y es incapaz de explicarte la receta, pero el plato que sale de ese caos está buenísimo.

—Hoy, por ser viernes, pato *mi-cuit* con *risotto* de setas. Hala.

—Ves tanto *reality* de gastronomía, mamá, que te van a dar una estrella Michelin.

Sí, mi madre, Isabel, exprofesora de biología, es del cada vez más reducido conjunto de población urbana que todavía consume televisión al estilo tradicional. Ella ve lo que «ponen» en sus dos canales de referencia y pasa de internet y los contenidos a la carta. Por lo demás, está con la espiritualidad a tope. Desde que se separó de mi padre —después de tres décadas y ya sin hijas de por medio se dieron cuenta, al fin, de su alto grado de incompatibilidad— decidió irse a vivir al centro y probar el *mindfulness* y todas las modalidades de yoga. El *bowspring* era la última novedad y me contaba no sé qué rollo de las fascias que recubren los órganos y que hay que mantenerlas en buen estado, porque si no te harás vieja antes de lo previsto, digan lo que digan. También se relaja haciendo arreglos de ikebana, el arte floral japonés. Nos manda fotos, orgullosa, y a continuación se queja, por el parco nivel de elogios que le dedicamos, de que estamos estresadas y no somos lo suficientemente sensibles a la belleza más sencilla.

—Me preocupa tu hermana, nunca llama —lamentó sirviéndose un vino.

Alicia tiene dos años menos que yo y vive en Alemania de una beca científica que da para poco. Siguió los pasos de mi padre, médico jubilado, y él continúa ayudándola a pagar sus gastos mensuales. Vamos, que soy la única de letras de la familia. El contrapunto necesario.

—También me preocupas tú. Pensé que la crisis con Pablo sería transitoria. Pero ya veo que no. ¿Por qué no te apuntas a mi grupo de *mindfulness*?

—No tengo tiempo. —Mi madre practicaba esa adaptación de la meditación budista que se había secularizado rebautizada por el mundo anglosajón. También era asidua a sesiones de constelaciones familiares. Me contaba que le daban un cojín donde amortiguar sus gritos de rabia y el suelo quedaba plagado de pañuelos de papel con los mocos de las lloreras—. Y, para serte sincera, no creo en los ejercicios contemplativos ni en los psicólogos, mamá. No creo en los traumas, en general. Todo es superable. —Me hacía la dura.

—Olga, irradias negatividad. Pareces de hierro. La maternidad te vendría fenomenal para suavizar ese caparazón. Con Pablo o sin Pablo. ¿Has pensado en congelar tus óvulos?

De nuevo, el tema reproductivo sobre la mesa. Berta pensaba someterse a ese tratamiento en breve y, con franqueza, me había dicho que lo que más la echaba para atrás era que tendría que abstenerse de su ginebra vespertina durante dos semanas.

—Paso de hormonarme y, además, tendría que dejar de beber gin tonic durante quince días. Imposible —zanjé vacilona.

—Pero si creía que no te gustaba la ginebra. —Era cierto, pero me la pido siempre por no pensar y porque queda bien.

—Y no me gusta. Buenísimo el pato este a medio hacer, madre. Lo de Pablo, no sé. Ya se verá.

—Hay que fluir, es algo que siempre dice mi instructora de tantra. —No sabía que también le iba lo tántrico, la energía de los chakras y todo eso, pero encajaba en su fase vital—. Todo fluye, nada permanece, ya lo dijo Heráclito. Pues déjate ir, hija. Fluye.

Mi *mater dixit*. No me sorprendió la reflexión. Desde el divorcio, estaba acostumbrada a sus escarceos superficiales con filosofías diversas y orientalismos. Tras treinta años de matrimonio, discusiones a diario y sospechas mutuas de infidelidades, mi madre atravesó varias fases. La primera fue el odio, tanto que estuvo meses sin hablarle a mi hermana —clásico ejemplo de complejo de Electra— por preferir vivir en casa de mi padre. La segunda fue la etapa de hedonismo, gasto desmedido en cuidados, retoques estéticos y viajes con amigas. Incluso se echó un novio cuarentón. En los últimos tiempos, se centra en curarse el alma, estirar los músculos y dar consejos trascendentales. De vez en cuando, habla de remedios ayurvédicos, pero ahí suelo desconectar. Mi padre, Carlos, anestesista retirado, sigue siendo de entrecot con amigos y vino. Se «arrejuntó» con su última pareja, diez años más joven que él. Ella, propietaria de un gimnasio, intenta convertirlo en *runner* y quitarle barriga de encima. Hasta le ha comprado mallas con reflectante y camiseta de color fosforito para que no lo atropellen. Pero Carlos siempre vuelve sin sudar. Caminando tan pancho y hablando de cine, su gran pasión. Pensé en el alto grado de incompatibilidad que mis progenitores han tenido desde siempre, aunque el enamoramiento les hiciera creer lo contrario al principio. Las peleas fueron cotidianas durante mi infancia, y la separación, aunque tardía, resultó un respiro para todos. Ahora, se ven y se sonríen, pueden tomar café juntos. Cuando acaban, cada mochuelo a su piso y nos vemos otro día si te apetece. Cuánta razón tiene san Facebook al proponer, entre las alternativas de situación sentimental, el estado «Es complicado». Unos estudios recientes aseguran que solo hay un secreto para que un matrimonio sea feliz y longevo: vivir en casas separadas. No basta con tener baño propio. Es mejor que cada cual disponga de su guarida donde colocar los cubiertos y doblar la ropa a su manera, sin interferencias del otro. Por eso, del mismo modo que no quiero tener hijos, no firmo hipotecas.

Mi madre plantó en la mesa una tarrina de helado *cheesecake* y cuando iba a servirse una bola casi perfecta, algo la sobresaltó:

—¡¡Mira!! —gritó con la vista puesta en la ventana—. ¡Ya está esa luz otra vez!

—¿De qué hablas? —pregunté mientras ella descorría la cortina blanca del salón.

—La luz. Siempre igual. Se enciende y se apaga. Destellos cortos y largos. Y así un buen rato.

—Mamá, no he visto nada y no entiendo nada. —Mi madre pegó la nariz al cristal y lo empañó con su aliento.

—¿Ves los edificios al final de la calle? Justo sobre los árboles. Esa luz intermitente.

—Una luz. Vale. Es algo muy sospechoso, por supuesto.

—No sé. Pero no es casualidad. Es como si fuese una señal, como si quisiese decir algo. La veo a menudo.

—Mamá, ¿cuánto tiempo al día pasas sola en casa? —Comencé a preocuparme en serio.

—No estoy tarada, Olga. Esas luces se repiten y creo que siguen un patrón.

Me aproximé a la ventana y miré hacia donde apuntaba mi madre. En efecto, observé destellos procedentes de unos bloques lejanos. Me giré hacia ella lentamente, arqueando las cejas, esforzándome para que mi madre leyera en mi rostro: «¿Y qué?».

—Hija, no me tomes por loca. Ahí ocurre algo extraño. Creo que es código morse.

—¿Ah, sí?

—Sí.

—¿Ahora trabajas en el ejército, mamá? ¿O en la CIA?

—Lo del morse es más normal de lo que crees. Lo he visto en una película de Antena 3.

—¿Y qué se supone que te quieren decir?

—Es una llamada de auxilio. Puede que alguien esté secuestrado en un piso.

—Mamá, en esas clases de meditación y tantra a las que vas... ¿inhaláis alguna hierba rara que no sea manzanilla?

No obtuve respuesta. Mi madre seguía pendiente de la ventana, entretenida en su investigación. Además, sabía de sobra que la estaba vacilando. Si quería llamar su atención tendría que soltarle algo más contundente. Buscaba en mi arsenal de frases cuando sonó mi teléfono. Era Elena, mi jefa.

—Te bajas al sur, Olga. El martes a primera hora. Es un pueblo muy pequeño, mucha tierra y poca agua. Producción te envía ahora todos los detalles a tu correo. Ya sabes, no hace falta que lleves tacones —dijo con sorna.

Colgamos como en las películas, sin decir adiós. Mi madre atacaba de nuevo la tarrina de helado en el sofá. Al parecer, ya había acabado el misterioso juego de luces.

—Pues qué quieres que te diga, Olga... —Cucharada colmada de *cheesecake* mediante—. Creo que Pablo era un buen chico.

5

Paso de cebra

Casi las dos de la madrugada, gin tonic en mano y electrónica «sofisticada» de fondo. Berta y yo nos habíamos dejado arrastrar por el ímpetu festivo de Ana, cicerone nocturna, hasta un nuevo local «con un punto exclusivo». Se trataba de un bar clandestino situado en el primer piso de un edificio discreto en el barrio de Malasaña, muy cerca de la casa de Pablo. Habría pasado mil veces por delante sin darme cuenta. No tenía rótulo ni neón en la fachada y las ventanas eran traslúcidas. Resultaba complicado advertir su existencia. «Podemos entrar porque conozco al DJ», explicó Ana haciéndose la interesante después de que un portero confirmara «Ana + 2» en la lista de entrada. Solo te abrían la puerta si venías recomendado por alguno de los habituales al club, que estaba a medio camino entre coctelería clásica y galería de arte. En las paredes, que combinaban el ladrillo visto con el papel pintado de estampado *paisley*, se alternaban lienzos abstractos y espejos de marco rococó. Butacones *chesterfield* junto a sillas de diseño se repartían por las dos salas que componían el local, donde el personal charlaba bajo una luz tenue de lámparas modernas. En la barra había un camarero fino, de sonrisa escasa y mucha tinta en tatuajes, experto en «combinados». «Tenéis que probar el negroni.» La media de edad rondaría los cuarenta años. La fauna era variada e internacional: guionistas de series, CEO de *start-ups,* artistas e *investment bankers.* Todos parecían tener algo en común y no sabía bien qué era. «Gente muy *cool*», aclaró Ana, sin filtros ya. Yo hacía unos tres años que había dejado de salir los sábados y tampoco lo echaba de menos. Con Pablo, el plan de fin de semana solía ser probar restaurantes nuevos o unos vinos tranquilos los viernes y a dormir.

—Las circunstancias han cambiado y hay que «exponerse», chicas —adoctrinó Ana, mientras pedía una segunda copa, como si estuviésemos en un escaparate de carne sentimental.

—Qué pereza, por favor —respondió Berta resoplando tan sincera como siempre.

—Solo es cuestión de mantener el radar alerta y actualizar códigos. —Ana hacía aspavientos con las manos mientras continuaba con su tutorial de ligoteo para treintañeras escarmentadas. Di un sorbo al gin tonic y, cuando mis papilas degustaron su amargor, me pregunté por enésima vez por qué lo había pedido. La sociedad del momento da por hecho que te gusta y no es fácil escapar de la moda.

—Lo que hay que tener asumido es que la mayoría de

los hombres que vamos a conocer a partir de ahora vienen con «mochila».

Breve silencio de elucubración por parte de Berta y mía. A continuación, creí adivinarlo:

—O sea, con hijos.

—Sí. Con la mochila de la prole. O con la mochila del divorcio. Y, a veces, directamente, con la mochila de su mujer. Vamos, que están casados. Los que no cumplen ninguno de estos requisitos, son raros. A estas alturas, cualquier hombre disponible considerado «normal»... —Ana hizo el gesto de comillas con las manos— aparece con sorpresa bajo el brazo. Ya estamos de vuelta de todo, ellos y nosotras.

—Pero ¿qué opciones de mierda son esas? Vaya panorama —se quejó Berta—. Prefiero la soledad, ya te lo digo. Y rollos esporádicos que sacien mis necesidades físicas.

—Es una opción. Mi última conquista fue un casado. Me duró un mes. He tenido un par más. Es lo habitual, iros haciendo a la idea. Rascas un poco en matrimonios que parecen felices y descubres cuernos por ambas partes. Supongo que es una manera de sobrevivir frente a la rutina en pareja —disertaba Ana cual terapeuta ebria—. Y a ver si os creéis que el sexo es como en la universidad. Eso de toda la noche sudorosa dale que te pego se acabó. Los de nuestra edad, casados o solteros, si aguantan dos rondas seguidas ya es histórico. Es el fin de los polvos cósmicos, chicas —sintió comunicarnos la experimentada a dos mojigatas.

Ana gesticuló con tanto énfasis para transmitirnos esa desolación carnal que le dio un codazo leve a un tipo que tenía cerca. De hecho, ninguna habíamos percibido que estaba tan próximo a nuestro corrillo. Casi invadía el espacio vital de Ana. Él aprovechó el roce para interactuar. Iba acompañado de otros dos. Tres camisas informales, dos barbas, una bastante espesa, y el tercero, el que dio el paso, con unas entradas en el pelo demasiado amplias para lo que podrían ser cuarenta y tres años:

—Oye, ¿tú no eres la hermana de Penélope Cruz? —Se dirigió a Ana con esta frase que parecía ensayada. Ella levantó las cejas sorprendida—. Es broma, eres mucho más guapa que Penélope. —Sonaba forzado y contenido, como recién salido de un taller de seducción—. Me llamo Javier. Y estos son Rafa y Tino.

Ana no se opuso a dar besos de presentación, y el tal Tino, de barba recortada, me dio palique enseguida: «¿En qué trabajas?, porque yo soy informático». «Y yo soy reportera de televisión.» «Ah, por eso me sonaba tu cara.» «Claro, por eso. O tal vez es que tengo un rostro muy común.» «Lo cierto es que ya casi no veo la tele», continuó él. «Ya, como todo el mundo», repliqué. «Si es que, con internet, la tele no es lo que era, ¿verdad?» «Verdad.» «Pero qué entretenido debe ser tu curro.» «Sí, mucho. Viajes, gente nueva, acción.» «Lo mío es más sedentario, aunque también llega a ser estresante. ¿Vives cerca? Yo vivo aquí al lado». «Soy una especie de okupa —pensé—, pero ni te lo explico.» «Resulta que me separé hace dos años», me confesó, y entendí que había empezado la fase de psicóloga. Pereza. «Tengo una niña de cuatro, la veo algunos fines de semana y los miércoles. El divorcio, fatal. Pero ya lo he superado.» «Me sobra tanta información, en serio», me dije. «¿Y tú? ¿Estás soltera?» Bebí, creando suspense, y respondí: «Sí, eso parece». «¿Te llamabas Olga?» «Afirmativo.»

No pensaba contarle nada más a ese hombre con «mochila». En general, me aburría y me di cuenta de que no estaba tan desentrenada como imaginaba. Sencillamente, no me apetecía. Así que, después de unas cuantas respuestas parcas que denotaron mi nulo interés, decidí hacer una escapada oportuna al baño. Crucé hacia el otro salón del club y, cuando estaba a punto de girar por un pasillo en dirección al lavabo, alguien me agarró del brazo.

—Perdona, ¿eres la de la tele? —preguntó una voz familiar.

Me giré para darme de bruces con los ojos de Pablo.

—Ufff —suspiré.

—¿Qué haces? —preguntó sonriente.

—Ir al baño.

—Eso es obvio. ¿Cómo has entrado en este bar? No sabía que tenías contactos.

—Parece que te molesta. —Había olvidado apagar el borde-piloto-automático.

—Para nada, Olga. Es que no me lo esperaba. Vengo bastante últimamente porque soy amigo del DJ.

—Anda, qué casualidad. El mismo que Ana se debe haber tirado en alguna ocasión.

—Ni idea, como comprenderás.

—Ya. La lista de tu amigo debe ser larga. Bueno, voy al baño.

—¿Te espero y nos tomamos algo?

—No sé, tengo que mear. Luego quizás sea otra persona.

El encuentro me turbó y me puse a la defensiva sin razón. Hacía pis en alto, muslos tensionados, como en cualquier bar de España, aunque este fuese *premium*. Pensaba en Pablo ligando cada sábado allí y usando después la caja de condones que había encontrado a medio consumir en su habitación. Más de un mes sin saber nada el uno del otro. Por decisión propia, cierto. Pero en ese instante mi cerebro estaba nublado por la oleada de calor producto de los celos que me subía desde el estómago y me hacía arder las orejas. Salí del lavabo y lo vi en la barra, esperándome. Estaba solo.

—¿No has quedado con nadie del Tinder hoy? —solté simulando que no me importaba.

—Pues no, sinceramente. ¿Y tú?

—No es mi estilo ponerme a follar como una desenfrenada tan solo un mes después de dejar una relación.

—No te juzgo, Olga. No lo hagas tú. Ese perfil en Tinder ni siquiera lo creé yo. Lo abrió un amigo preocupado por mí y, encima, empleó un alias. Chorradas.

—Fíjate que yo todavía no he tenido tiempo para dedicarme a esas chorradas.

—Quizás es que sigues trabajando sin respirar, como siempre. ¿Qué tal en Galicia? Perdona por no haber respondido tu mensaje.

—No pasa nada, tan solo te decía buenos días. Había tenido un mal sueño.

—Pues me hizo ilusión leerte.

La charla comenzó a tener un tono más amable y decidí pedir otro gin tonic.

—Pero si no te gustan.

—Tampoco está tan malo, le voy pillando el punto. Creo que es la edad —dije por quedar bien mientras me colocaba el pelo detrás de la oreja.

Berta y Ana me encontraron, saludaron sorprendidas a Pablo, pero enseguida, como amigas íntimas y audaces que eran, se percataron de que no pintaban demasiado allí y las perdí de vista. Pablo había adelgazado, se había afeitado la barba, tenía un aspecto saludable y atractivo. Tal vez era un espejismo resultado de los días distanciados, pero me pareció que estaba bastante más «buenorro» que en los últimos años de relación conmigo. Me molestó.

—Estás muy guapa.

—Venga, Pablo, lo que faltaba. Lo hemos dejado de mutuo acuerdo y convencidos de ello. Así que déjate de piropos y háblame del trabajo, por ejemplo. —Transformarme en la dama de piedra es mi estilo cuando olfateo mi propia debilidad.

Comenzamos a hablar de su vida profesional, de la mía, de su familia, de la mía, de las series que estábamos viendo, de los conciertos a los que nos gustaría ir, de las exposiciones que nos quedan por visitar; nos recomendamos restaurantes, libros y películas; lo que yo llamo una conversación amena de reencuentro... para acabar dándonos un beso. Del bar clandestino a su cama, que hasta hace poco había sido la mía también. Ana y Berta, embriagadas, me vieron alejarme e intercambiamos sonrisas entre escépticas y comprensivas. Que levante la mano quien no se haya enrollado con un ex. No hay nada más sencillo que eso. Acostarse con una persona que te conoce y a la que conoces tanto. No hay rodeos insustanciales. Los dos saben lo que le gusta al otro, hay afecto recíproco y, además, el hecho de haber estado separados le aporta emoción al asunto. La fogosidad que faltaba cuando nos veíamos a diario. Sin pensar en el futuro en común, ni en la compra que hay que hacer, y mucho menos en los hijos que deberíamos tener. Este tipo de polvos son casi imposibles de evitar, pero a la mañana siguiente el despertar suele ser extraño.

Amanecí con las caricias de Pablo en mi espalda y olor a tostadas. Me reconfortó y al mismo tiempo me dio vértigo. Tomé café y zumo en el lado de la mesa que había sido el mío durante nuestros mil desayunos juntos, hablamos de los planes respectivos para ese domingo, di un par de bocados al pan con aguacate y me vestí deprisa.

—Pero ¿no te quedas a comer?

—No puedo. Tengo que ir a ver un estudio, me espera el dueño. No está lejos de aquí. Pretendo mudarme en breve, me siento un estorbo en el piso de Berta.

—No entiendo por qué quieres ser mi vecina si puedes compartir casa conmigo. Lo que ha pasado esta noche tiene un significado, Olga.

—Se llama recaída. —Endurecí el tono—. Como le ocurre a cualquier pareja que acaba de separarse.

—Pero ese proceso puede revocarse. —Hizo una pausa dramática y continuó—: Volvamos.

Entonces fui yo la que marqué una pausa doble:

—Pablo, ha sido sexo. Sin más. Como los polvos que has echado con otras durante estas semanas. Solo que nos tenemos cariño. No le demos vueltas. Concédele esa importancia y ya está. —Fui tan categórica que la expresión templada de Pablo se convirtió en reproche.

—¿Sabes, Olga? Te voy a explicar lo que te ocurre: quizás sabes lo que NO quieres. —Puso la voz más grave para remarcar ese no—. Pero no tienes ni idea de lo que realmente quieres.

En ese momento, ignoré la frase de Pablo. El cuerpo solo me pedía salir de allí rápido y zanjar la escena. Él retiró la mejilla cuando le fui a dar un beso cordial de despedida, y soltamos un «Hasta luego» por decir algo. También yo tenía las emociones del revés, pero preferí mantener la compostura de mujer segura de sí misma y no dar esperanzas a Pablo. Mi decisión sobre la maternidad no había cambiado, y no quería mostrar dudas al respecto. En cuanto al rumbo de mi vida, tenía que darle la razón. No sabía con seguridad hacia dónde se encaminaba. Recordaba que, a los diecinueve años, veía la treintena a la misma distancia que Plutón. Pensaba que, una vez llegada esa década, la estabilidad reinaría: que habría encontrado a la pareja con la que convivir durante mucho tiempo, que el trabajo me haría feliz y no generaría estrés ni incertidumbres económicas, que viviría en un piso de manera holgada y que mis padres estarían tranquilos y unidos a la espera de tener nietos. Sin embargo, cumplidos los treinta y tres, el objetivo, lejos de consolidarse, se difuminaba. El dibujo de mi vida que había hecho con tizas de colores sobre la carretera se emborronaba por la lluvia de acontecimientos. Un reguero de utopía que se iba por la alcantarilla. Había cortado con mi pareja, mi útero estaba de brazos cruzados, no tenía casa, era reportera vocacional pero precaria por pueblos donde, *motu proprio*, nunca pondría un pie, mi madre se creía Agatha Christie y, por otro lado, me remordía la conciencia el hecho de que todavía no le había dicho que no tenía pensado hacerla abuela. A esto, habría que añadir el resto de las contingencias propias de la edad, como la talla de pantalón que había ganado desde mis tiempos de facultad, la inmanente piel de naranja y el tinte que necesitaba cada tres meses para disimular los primeros síntomas de vejez en mi pelo.

Crucé un paso de cebra a zancadas largas para pisar solo las rayas blancas. La sentencia *hater* de Pablo, ahora sí, resonaba en mi interior como una maldición. Volví a concentrarme en mis pisadas para no salirme de las franjas, en un intento naíf de olvidar otro tropiezo. Todo iría bien mientras me moviese en el paso de cebra de mi vida. En transición. Aunque sabía que tendría que llegar a la acera algún día.

6

La sala de edición

El lunes se manifestó en todo su esplendor. Me quedé dormida. Fueron apenas cuarenta minutos de retraso, pero desencadenaron una secuencia de microcatástrofes que marcaron mi devenir esa mañana. El aleteo de la dichosa mariposa del caos y mi propio tsunami, personal e intransferible. Una especie de Instagram Story dramática.

Salí de casa de Berta después de un intento de ducha frustrado —no había agua caliente— y pedí un café para llevar que me dieron con leche-leche en vez de soja. Me comí el típico atasco épico, de esos que sacan lo peor de ti: me transformé en la señorita Hyde de vena palpitante en el cuello. Al llegar a la cadena, tuve que aparcar en el descampado de atrás y el barro —por cierto, llovía— no ayudó. Entré en la redacción y encontré a mi jefa con el culo sobre mi mesa. Me miró de arriba abajo —el repaso no moló nada— y dijo:

—¡¡Buenos días!! —Inclinando la cabeza de un lado a otro con tono y sonrisa supertontis. Hizo una pausa para ver si me atrevía a contestar y luego continuó cual témpano de hielo—: Necesito el premontaje del *repor* de las *percebeiras* para antes de comer.

De inmediato, se encerró en su despacho, donde podían oírse al menos dos móviles vibrando. Ocupé mi sitio dejando un rastro de tierra húmeda tras de mí. Me sudaba la nuca. Sentí un ligero mareo que enseguida dio paso a un ardor estomacal como el que precede al vómito incontrolado. Entonces, mirando a la pantalla apagada de mi ordenador, estallé:

—He llegado una hora y media tarde. Sí. ¡¡¿¿Y qué??!!

Los otros reporteros del programa dejaron de teclear. A través del cristal, mientras hablaba por teléfono, Elena me observó arrugando frente y morros, como diciendo «¿En serio?». Había visto a papás y mamás dedicando esa misma mirada a bebés en plena rabieta. Se asomó a la puerta del despacho, separó el móvil de su cara y sugirió:

—La sala de edición antigua ahora está libre. Ahí puedes echarte a llorar si quieres, pero recuerda que necesito tener eso en menos de tres horas. —Volvió a cerrar la puerta y retomó su conversación telefónica. Frente a mí, Teo rio y volvió a darle a la tecla:

—Supongo que este fin de semana lo has pasado muy bien. O todo lo contrario. Sea como sea, te aconsejo que te pongas las pilas, porque Elena está que muerde. Ya la has oído. A mí me ha «tirado» mi última secuencia, dice que le falta chicha.

—Define «chicha» —pidió Marta, que se sienta junto a Teo—. También yo tengo que rehacer mi reportaje. En mi caso, el problema ha sido uno de los personajes, el psiquiatra. Después de una semana hablando con él por teléfono y cerrando detalles, llega el día de la grabación y resulta que era feo no, lo siguiente. «Picassiano.» Tanto, que el cámara no sabía cómo situarse para conseguir su mejor perfil. Ya ves. Y Elena se enfada conmigo. Que qué falta de previsión. Que por qué yo no sabía que era un adefesio. Que si no había fotos suyas en Google. Pues no las había, qué quieres. Que es imposible emitir esto, que el espectador se marea. Le he dicho que vale, pero que, como comprenderá, tampoco puedo ir preguntando por teléfono a los entrevistados si tienen cara de trol.

—Ay, este trabajo no está pagado —dice Teo poniendo voz de abuela resignada.

No lo estaba, nuestro sueldo era el mismo desde hacía cinco años, apenas rebasábamos los 1.500 euros al mes por jornadas que con frecuencia superaban las doce horas de rodaje. Marta miró de reojo y con manía hacia el despacho de Elena, se fue a por un café de la máquina, de esos radioactivos con leche en polvo que sientan fatal; Teo tosió recordándome que es fumador empedernido y, en cuanto Marta salió por la puerta, me comentó en plan confidencia:

—A ver, esta que tampoco se queje, que es el ojito derecho de Elena. No para de encargarle lo mejor y lo más cómodo: que si graba a este médico, que si graba a este artista, que si vete a esta ONG para una entrevista en profundidad, mientras a mí me tiene buscando a camellos por barrios chungos de Madrid y a ti a paisanos frikis en aldeas deshabitadas.

—Gracias por los ánimos, Teo. Qué buena sinopsis —ironicé.

—Sin mencionar que sus reportajes suelen tener más minutos que los nuestros —dijo Chema, quitándose los cascos, desde la otra esquina. Había guardado silencio hasta ahora y lo interrumpió para la crítica. Era el más celoso de los cuatro y solía contabilizar la duración de cada reportaje emitido para averiguar las preferencias de la dirección. Cuando el suyo era el peor parado, despotricaba durante una semana.

—No me puedo creer que sigas con eso, Chema. Además, en este trabajo todo es muy subjetivo. El criterio de Elena no tiene por qué ser universal —dije revolviendo en mi cajón para localizar un bolígrafo que pintase bien.

—Por eso mismo me quejo —puntualizó.

Marta entró con su café más relajada, tarareando «Summertime», aunque la lluvia golpeaba en las ventanas. Preguntó si alguien podría facilitarle el contacto de otro psiquiatra que, por favor, no tuviese un rostro difícil de ver. Chema le pasó un teléfono. A fin de cuentas, no somos una redacción mal avenida, pero, en televisión, la imagen alimenta el ego y genera este tipo de fricciones. Más tiempo en antena significa que te conoce más gente. Con los años, aprendes a lidiar con la competitividad del resto y la tuya propia. Puedes llegar a hacer piña e incluso buenos amigos. No todos están obsesionados por la fama las veinticuatro horas del día y encuentran hueco para charlas sinceras entre selfi y tuit.

Salí de la redacción suspirando, con móvil y libreta

en mano. La sala de edición antigua era una reliquia y ya casi no se usaba. Pertenecía a una época anterior, en la que solo un técnico podía manejar «el Equipo». Ahora los reporteros editábamos en nuestros ordenadores, con unos auriculares, y a correr. Era un tema de *software* contra *hardware*. Aquella sala se mantenía exclusivamente para montar contenido que se hubiese grabado en cintas y no en archivos digitales, como la mayoría del material que se maneja en el periodismo actual. Daba la casualidad de que algunos cámaras de mi programa todavía usaban cintas Mini-DV y, a veces, nos veíamos obligados a trabajar en este lugar tan «retro». Olía a corcho y cuero, la luz era amarillenta y se oía el tenue zumbido del ordenador. La parte positiva era que estaba insonorizada, por lo que no tenía de qué preocuparme si volvía a enajenarme. Respiré hondo y volví a oír las palabras de Pablo: «Quizás sabes lo que no quieres, pero no tienes idea de lo que realmente quieres». El ¡ding! de una notificación cualquiera en el móvil me ayudó a sacudirme a mí misma de la cabeza. Moví el ratón del ordenador y este emitió ronroneos electrónicos, comunicándome que desperezaba sus circuitos. Introduje usuario y contraseña y me puse a «premontar» en silencio, como en otras ocasiones. Tenía por delante cinco horas de «bruto», que debería sintetizar en treinta minutos. El único problema era que esta vez Rober había conseguido planos realmente buenos. Por lo demás, fue sencillo: primero localicé mi mejor entradilla de las tres que grabé y a partir de ahí, después de escoger algunos planos generales, solo tuve que seguir el movimiento de Mari Carmen y su madre. Seleccioné las respuestas que mejor transmitían su esencia e incluí la secuencia de los pescadores furtivos que, con una edición ágil, hasta le proporcionó un toque de acción «a lo Steven Seagal», como diría Teo.

A la una de la tarde, prácticamente, ya había acabado el premontaje. Aquel día que había tenido un inicio nefasto abocaba en otra jornada corriente y todo parecía indicar que pronto se disolvería en el cacao de mi memoria. Estaba haciendo una última pasada y, como me sobraba tiempo, me encapriché de un plano. En concreto, de uno que creía haber visto en la segunda de las cintas. La metí en el reproductor y con el teclado manejé la rapidez de visionado. Fue entonces, entre dos planos de Mari Carmen arrancando percebes de las rocas, cuando la vi. Era una imagen fugaz de una mujer hablando a cámara. Solo un instante que, reproducido a una velocidad de ×4, podía pasar desapercibido en un pestañeo. Retrocedí y avancé hasta acotar el fragmento. No duraba más de siete segundos. Cuando di con el inicio congelé la imagen antes de darle al *play*. La observé, todavía en pausa, y confirmé que no formaba parte de mi reportaje. Ni de ese ni de ninguno de los que había hecho en los cinco años que llevaba en el programa. De todas formas, tampoco me pareció paranormal: las cintas se reutilizaban, grabábamos una y otra vez sobre ellas. «Hay que ahorrar material», había dicho la dirección en su momento. Era habitual encontrar «fantasmas». De hecho, ya estaba tan acostumbrada que nunca le daba importancia y apenas me detenía a ver esos retazos de reportajes olvidados. Pero aquella mañana sí lo hice. Presioné la barra de espacio del teclado y la mujer habló:

«... para mí, lo más importante... —se detuvo y tomó aliento— es que mi hijo sepa que no lo vendí.»

Su voz era un lamento. Al acabar la frase, le mantenía la mirada al entrevistador, que estaba fuera de plano. Le temblaba la mandíbula, conteniendo el llanto. Estaba sentada en un banco que podría estar ubicado en un pequeño parque o en una plaza de una ciudad que parecía Madrid, por el tipo de edificios de ladrillo que se vislumbraban al fondo. Tendría unos sesenta o sesenta y cinco años. Iba sin maquillar, pero era bastante atractiva para su edad. El pelo liso y ligeramente pelirrojo le llegaba hasta el hombro. Tenía facciones duras y se le empezaban a notar unos surcos que iban desde ambos lados de la nariz hasta el mentón. Pero lo más significativo era la imborrable expresión de dolor mezclada con una mirada rutilante y perdida. Transmitía tristeza anquilosada, pero también un brillo de esperanza. Nunca, a pesar de los cientos de entrevistas que acumulaba en mi currículum, un protagonista y unas pocas palabras me habían despertado tantas ganas de asomarme a una historia. Necesitaba saber más sobre aquella señora con la que me había tropezado sin querer.

Digitalicé los siete segundos de vídeo y lo puse en bucle. El color y el grano indicaban que debía haberse grabado hacía una década. Con el móvil, encuadrando lo mejor que pude el monitor, capturé para mi galería a la mujer conmovedora. También de forma automática, cogí la pequeña carátula de la cinta y fotografié su cubierta interior por ambos lados. Había una veintena de fechas anotadas en ella. Caligrafías distintas, en formatos variados: «14-03-2004», «28/01/2005», «8-12-06», «6/Sept/09». En el lomo podía leerse: «T05 DS». Llamaron a la puerta y abrieron sin esperar respuesta. Me sobresaltó la interrupción porque la aflicción de aquella mujer me había transportado a un espacio muy alejado de la sala de visionado. Era, abrupta como siempre, mi jefa:

—¿Qué tal lo llevas? —preguntó, amable a la par que inquisidora.

—Bien, lo tengo listo ya. Solo repasaba.

—Perfecto. Cuando acabes, vete a casa. Mañana coges el tren muy temprano.

—Vale. Creo que ha quedado muy bien.

—No lo dudo —dijo Elena, esbozando una sonrisa perversa, y empezó a cerrar la puerta.

—Oye, ¿tú sabes qué significa esto de «DS»? —Le mostré la cinta. Elena trabajada desde hacía más de diez años en la cadena. Miró un segundo y dijo:

—Deben ser las siglas de *Documento Semanal*, pero no es seguro porque estas cintas circulan por aquí desde que empezó el programa, hace al menos cinco años. —Hizo un gesto con su mano cerca de la cara, como espantando una mosca—. Venga, buen viaje.

Cerró y allí me quedé. A solas con mis elucubraciones en torno al origen de ese fragmento, de esa mirada sin rumbo, que había hecho detener mi tiempo.

7

Paparajotes

Cuando el tren se puso en marcha, Rober ya dormía con la mejilla pegada al cristal de la ventana y la baba amenazando con caer desde su boca entreabierta. Inmortalicé el momento con mi móvil para un futuro «chantaje». Yo es que soy «de pasillo», permite mayor libertad de movimientos. Teníamos cuatro horas de viaje por delante. Con los auriculares puestos, vi varias veces el vídeo de la mujer pelirroja. ¿En qué circunstancias podría un hijo pensar que su madre lo ha vendido? T05 DS. *Documento Semanal.* Ese era el punto de partida. No me costaba nada hacer unas llamadas y preguntar por el origen de la cinta. De hecho, a eso dedico la mitad de mi tiempo como reportera: a hacer llamadas. Vivo con la oreja pegada al teléfono.

Busqué el número de Saúl, uno de los miembros del departamento de Documentación de la tele. Teníamos cierta confianza. Era un poco taciturno, pero también un eficiente ratón de archivo encantado de serlo. En esta profesión, hay que tener amigos en todas partes para que aumente la probabilidad de que te llegue la información. Por eso, no me corto en entablar conversación con cualquier empleado del canal, incluidas las señoras de la limpieza que salen a fumar a la escalera de emergencias y el reponedor de la máquina de bebidas que coloca las latas mientras silba la banda sonora de *La vida es bella*. Los documentalistas me habían auxiliado en una infinidad de ocasiones buceando con destreza en la hemeroteca. Pero eran tan solo las 7.30 de la mañana, demasiado pronto para llamar. Le escribí unos mensajes sin mencionar que mi búsqueda no guardaba relación con los reportajes campestres que Elena me encargaba. Prefería ser discreta, era una inquietud personal. Aunque sabía que a Saúl le hubiera dado igual. Le «ponían» los retos que conllevaban husmear a fondo en el desván de la televisión.

> ¡Hola, Saúl! Tengo una nueva investigación entre manos. Me empieza a quitar el sueño. Necesito localizar a esta mujer. (Adjunto clip). Aparece en una cinta Mini-DV. Me bastaría con saber quién es el autor de la entrevista. En la etiqueta figuran estas siglas: T05 DS. ¿Me confirmas que «DS» corresponde al extinto programa *Documento Semanal*? Te paso también las fechas que están escritas en la cubierta. —Añadí la foto—. ¿Podríais ayudarme? Tu olfato 🐶 puede encontrar alguna pista. Seguro. Eres el mejor 💪 😄. Mil gracias, como siempre.

Me quedé a la espera de la confirmación de recepción de mis wasaps y me puse a repasar el guion de ese día. Tardó un rato en aparecer el dichoso icono azul. Lo suficiente como para empezar a preguntarme si Saúl se había pasado al lado oscuro, ese que integran los que desactivan el doble *check* para no dar pistas. Caí en la cuenta de que estaba algo más ansiosa de lo que debía.

Llegamos a la estación de Murcia del Carmen y alquilamos un coche para desplazarnos hasta una pedanía que estaba a media hora de la capital. Era un pueblo sin alcalde. Nadie había querido serlo. Doscientos habitantes para los que la llegada de un equipo de televisión era llamativa, pero sin convertirse en un *Bienvenido, Mister Marshall*. Eso ya pertenecía a la era preinternet. A nuestro encuentro salió Antonio, el que mejor se expresaba, según algunas vecinas consultadas. También era el dueño del único bar, que por las tardes parecía un club social donde jugar al dominó, tomarse un «chato», hablar de todo y de nada una vez más y, por supuesto, ver una televisión que nunca cambiaba de canal. La media de edad allí estaba en los setenta años y, pese a entrar acompañados por el propietario, al vernos, se hizo el silencio.

—Un bar siempre está bien para abrir boca. —Rober constató mi pensamiento al tiempo que encendía la cámara.

Sí, es un recurso fácil cuando no sabes por dónde empezar a grabar. En los bares de localidades tan pequeñas, al principio, nadie te habla y te miran raro, como forastero que eres. Pero en cuanto notan que desciendes de la atalaya del micrófono y les preguntas con sencillez por lo suyo, la hostilidad desaparece. Lo suyo, en concreto, era una sequía aberrante que arrastraban desde el verano. Vivían del campo, y ese otoño se había convertido en el más árido de los últimos veinte años. Tras unos minutos de charla informal, avisé a la decena de clientes de que ya estábamos grabando:

—Están *to' lo' almendro' achicharrao'* —comentó un vecino con las apócopes habituales del habla de la zona.

—*Apena'* se ha *sembrao* —añadió otro. Y continuó con otra queja, botella en mano—: La Fanta está *desbrebá.*

Antonio le entregó un nuevo refresco y se asomó a la puerta del bar con la vista puesta en un horizonte de fincas color sepia. Rober siguió sus pasos con la cámara.

—Mira *pa* ahí qué secarral. Una *penica.*

Plano general del paisaje que Antonio, de sesenta y seis años, describía. Se desprendió del mandil y lo dejó en una de las sillas de plástico que conformaban la terraza del bar. Sobre nuestras cabezas, sombrillas desteñidas por el sol. Era octubre, pero todavía hacía calor. Rober iba en camiseta de manga corta y yo con una cazadora vaquera que me sobraba («Con la *solanera* que hace, muchacha», me insistió Antonio), pero que no pensé en quitarme porque me sentaba bien.

—*Vai'* a ver la verdadera huerta murciana. La que no tiene *tomate'*, ni *espárrago'* ni *alcacile'* —nos adelantó. De pelo canoso y papada temblorosa, un botón de su camisa a rayas había cedido ante el poder de su barriga. Le puse el micrófono. Su sobrepeso no le impedía moverse con rapidez, incluso le confería un aspecto entrañable. Después de decirle a un chaval que ejercía de camarero que se quedase tras la barra durante un par de horas, nos montamos en su todoterreno. Ese era el titular que buscábamos. Reflejar las consecuencias de la escasez de lluvias en una localidad cuya economía está ligada a la agricultura. Rober se situó en el asiento de copiloto para conseguir buenos planos del trayecto por la carretera polvorienta. Desde la parte trasera, inicié la entrevista:

—¿Qué es el agua para usted, Antonio?

—*Pos* como el oro, *zagalica* —resumió con ese deje un poco engolado.

Era comprensible: según me había informado, durante ese año, en esta comarca murciana había llovido lo mismo que en Abu Dabi. Los estudios internacionales alertaban de que, en 2090, el desierto del Sáhara habría avanzado tanto que engulliría la parte sur de la península ibérica. Murcia no se salvaba. Le comenté estos datos preocupantes a Antonio:

—No sé qué pijo *vamo'* a hacer —respondió, y frenó de sopetón para mostrarnos una estepa que recordaba al escenario de una película de vaqueros. La tierra, sedienta, se partía en añicos.

Salimos del coche para grabar a Antonio paseando cabizbajo sobre un terreno cuarteado donde el único signo de vida eran unos matojos solitarios. Refrené todo impulso de pedirle algo que no saliera de él —en particular, sugerirle que desmenuzase, nostálgico, con sus manos un trozo de arena— y va Rober y suelta:

—Bienvenidos a Arizona. —Silbó, a continuación, el tema principal de *El bueno, el feo y el malo*.

Una de esas bolas del Oeste podría aparecer rodando por allí y nadie se extrañaría. Me agaché para hacer una foto con mi teléfono a ras de suelo y subirla a las redes con los *hashtags* #nofilter #estapasando #estoesmurcia #saharaiscoming. Pero no había cobertura. Guardé el borrador. Volvimos al coche y mis preguntas continuaron sobre la marcha:

—¿Cuántos días de prohibición de riego ha decretado la Junta de Hacendados? —Ese organismo era el encargado de decidir las restricciones en el suministro de agua al campo conforme el nivel de los pantanos.

—Un *me' má'*. El problema *e'* que *no'* ha *pillao* a medio cultivar. —Y como si cayese en la cuenta de que se olvidaba de los plurales, comenzó a enfatizar las eses, como para quedar bien delante de la televisión. La autocorrección me pareció tierna—. Los camposss *e'tán* a mitad de producción. Y *e'to* quiere decir menosss dinero en el bolsillo. La poca agua que llega esss *desalá*.

Frente a la bestial sequía, tratar el agua del mar en plantas desalinizadoras era la solución para garantizar el suministro en las casas.

—¿A qué sabe el agua de su grifo?

—*Pos mu'* mal. Ahora la pruebasss, si quieresss. —Otro parón abrupto que esta vez casi empotra a Rober y su cámara contra el salpicadero. Antonio se detuvo a la altura de una urbanización en las cercanías del pueblo. Chalets en mitad de la nada. Salimos del coche tras él. Se escuchaban cigarras y poco más.

—Apunta ahí, zagal —pidió.

—¿Cómo? —preguntó Rober.

—Apunta ahí la cámara. Sobre el muro de la casa.

—Ojo, es una propiedad privada —advertí seria.

—Pero no le pido que entre, muchacha. No te enfurruñes. Solo que apunte la cámara.

—Vale, grabamos. Pero esto no se emite —decidí.

Rober levantó la cámara para registrar lo que ocurría dentro del jardín del chalet. Grabó dos minutos y la bajó. Rebobinó. Los tres nos acercamos al visor para ver el contenido, aunque Antonio ya sabía de qué iba el tema. Se veía un césped perfectamente verde y regado por aspersores, junto a una piscina todavía llena y cristalina.

—Y en *ago'to* también. No se cortan un pelo. Dicen que tienen pozo propio, pero no me lo creo. *Lo' demá'* sin poder regar *lo'* alcacilesss. Luego *lo'* queremosss encontrar a buen precio en el súper, ¿no? ¡De vergüenza!

Apenas había terminado su protesta cuando comenzaron los chillidos de una mujer desde una de las ventanas del chalet. Nos gritaba algo ininteligible, pero con suficiente enfado y meneos de brazos para comprender que debíamos irnos. Rober y yo volvimos al vehículo con bastante rapidez, no queríamos líos. Antonio, sin embargo, se tomó su tiempo. Caminó muy digno y erguido con los hombros hacia atrás, lento y desafiante, a pesar de que las voces de la inquilina iban *in crescendo*. Quería mostrar que le resbalaban las amenazas basadas en la injusticia. Supuse que no era la primera vez que merodeaba por esas viviendas. Entró en el coche, no sin antes volver a enfilar con la mirada a la mujer y escupir con desprecio en el suelo terroso. Cerró de un portazo y arrancó. Desde el asiento trasero, observé como la señora todavía nos imprecaba desde la ventana de su chalet y no apartaba la vista de la nube de polvo que dejaba nuestro coche al alejarse por la carretera. Del cabreo, Antonio no quiso hablar mucho más hasta que llegamos a su casa.

Encarnación era su mujer. Solía ayudar en el bar, pero esa tarde venían «los de la tele», así que esperaba en casa nuestra visita y había pasado por la peluquería para la ocasión. Lavaba los cacharros con el agua espumosa estancada en el fregadero.

—*Reutilizamo'* el agua *to* lo que *podemo'*. Y el lavaplatos está *aburrío* de que no lo *pongamo'*. ¿*Quiere'* un vaso de agua *desalá*? —Rober grababa a Encarnación, que de vez en cuando, muy desenvuelta, lanzaba miradas coquetas al objetivo, en lugar de responderme a mí. Me tendió un vaso de agua del grifo. Era densa, sabía a cal y cloro, casi se podía masticar. Imaginé que mi cara era reveladora. Rober sonreía y Encarnación aclaró:

—Sí, sabe *fatáh*. Tranquila, que no es mala *pa la salú*. Lo que no mata, engorda. De cualquier forma, en casa *intentamo'* beber agua en botella. —Abrió una nevera repleta de garrafas de agua mineral—. A Antonio le sale un poco *má'* barata porque la trae del bar. Pero *pa to' lo' demá'*, agua corriente. ¡¡¡Antonioooooo!!! Acaba ya, ¡hombreeeee! —elevó la voz mirando su reloj de muñeca.

Enseguida, Antonio apareció renovado ante nosotros, con camisa limpia. Se había duchado en apenas cinco minutos.

—¿Dejar el grifo abierto para que salga caliente? ¿Eso qué *e'* lo que *eee'*? Aquí no lo *sabemo'*. El tapón siempre *cerrao* —aclaró Encarnación mientras se secaba las manos con un paño.

Me sentí insolidaria por mis duchas de media hora a treinta y ocho grados que convertían el baño en una sauna. Antonio cogió un cubo de la cocina y se fue hasta la bañera para rellenarlo con el agua jabonosa que se había acumulado tras la ducha. Vertió un poco de lejía en él y comenzó a fregar las baldosas de toda la casa.

—¿Qué pasaría si no hubiese agua desalada, Encarnación?

—*Pos* que *morimo'*. Aquí el agua *e'* economía. Pero, sobre *to*, el agua esss vida.

Desde la ventana de su cocina, miró hacia la finca adyacente para señalarnos que no había crecido ni una sola «pava», la palabra con la que los huertanos designan la coliflor. Solo sobresalían raíces y hojas quemadas por el sol. Una mano pequeña golpeó el cristal.

—¡Entra *pa* dentro! —dijo Encarnación—. Es el nieto de la Puri, mi vecina, que ya está *mu* mayor.

Un niño delgado traspasó la cortina de cuentas que separaba el umbral de la cocina del exterior. Nada más entrar, permaneció quieto unos segundos al vernos a Rober y a mí, nos escudriñó de abajo arriba, señaló la cámara, pero de inmediato mostró una sonrisa de dientes blancos y separados que contrastaban con su cara morena. Iba en camiseta y pantalón corto. De su espalda colgaba la mochila del colegio.

—¡Los de la tele, Nando! —Él corrió a dar un abrazo a Encarnación y luego, muy resuelto y directo, se acercó a mí también con los brazos tendidos.

—¡Venga, un abrazo! —exclamó el adulto que llevaba dentro.

Miré a Rober con extrañeza. El tal Nando mantenía el gesto de apertura y cariño a la espera de mi respuesta. No estaba acostumbrada a tanta intimidad con un «enano» desconocido. Ni con ningún niño en general. Demasiada extroversión para empezar. No me caían mal los niños, tan solo los dejaba estar. Cada cual en su lugar, sin molestarnos. Nunca había conectado con el mundo infantil. Me resultaba difícil hacer carantoñas, no se me ocurrían propuestas divertidas para ellos. Y tampoco me resultaban enriquecedoras sus reacciones. Con frecuencia, ni les entendía al hablar. Pero la mirada de Encarnación, que murmuraba «Pero qué bonico eres», me forzó a agacharme para recibir un abrazo que Rober, siempre atento a la espontaneidad de las situaciones, decidió grabar. Su pelo olía a sudor limpio y a arena. No me disgustó la combinación.

—Mi abuela me manda a por agua nueva —me explicó—. Tengo nueve años, ¿y tú?

—¡¡Esas cosas no se preguntan!! —interrumpió Encarnación.

«Tampoco soy tan vieja para semejantes precauciones de cortesía», pensé algo irritada. Me sentí igual que cuando, a los treinta años, un púber, por la calle, me llamó señora. «Señora, ¿tiene hora?» ¿¿¿Señora??? Fue una conmoción. Lo asumí como el principio de la inexorable cuenta atrás.

Rober reía mientras lo filmaba todo. Nando saludó a la cámara.

—Pero ¡qué *renegrío* estás! ¡Tanto sol, tanto polvo! Toma la garrafa, ¿podrás con ella?

—*Pos* claro, Encarni —dio por descontado cual hombretón.

Asió la garrafa con las dos manos sin gestos o sonidos de esfuerzo y la apoyó en una esquina con intención de quedarse un rato más allí. Se hacía el mayor y el fuerte ante el visitante, como si no supiéramos la edad que tenía. Bebió con sed un vaso de agua, se sentó y sacó del bolsillo un fajo de cromos de futbolistas que fue enumerando en voz baja para no incordiar. No tuve que esforzarme en decidir mi comentario, sino que, con naturalidad, afirmé: «Así que eres del Madrid». «Sí, por ahora, sí», respondió con la vista centrada en los movimientos de Encarnación, que abrió el horno. Para rematar el cuadro costumbrista, como suele ser usual en los reportajes en pueblos, ella nos ofreció algo de comer. La hospitalidad de los paisanos es tan frecuente al término de la grabación como su desconfianza al inicio. Sacó del horno una bandeja de paparajotes («Los he frito *e'ta mi'ma* mañana», dijo), un postre tradicional que consiste en hojas de limonero empapadas en leche, azúcar, harina y canela.

—Una bomba calórica —resumí.

—Que estás hecha una raspa, niña —reprendió Encarnación ofreciéndoselos a Nando y a Rober, quien, para variar, al poco ya estaba repitiendo y preguntando por la receta.

Mordí el dulce, que crujió. Me supo amargo. Nando soltó una carcajada corta y risueña:

—¡La hoja no se mastica! Solo lo de fuera. —Con sus dedos finos y ennegrecidos de tanto calor, desmanteló un paparajote para explicarme el *modus operandi*.

—Vale, gracias. ¡Ahora ya puedo comérmelos todos! —Me puse bizca a propósito y engullí los últimos restos como si fuera el Monstruo de las Galletas.

Se rio y me guiñó el ojo con la boca llena y los labios aceitosos. Nando tenía marcas en la frente de haberla fruncido mucho bajo el sol. Una hormiga le subía por el cuello y se la retiré de un soplido. «No pasa nada, me hacía cosquillas», admitió. Los ojos eran castaños y despiertos con motas pajizas. Las piernas enjutas y oscurecidas todavía esperaban el estirón. Le colgaban de la silla. Las meneó hasta que sus alpargatas de esparto cayeron al suelo. Los pies estaban blanqueados por el polvo del camino. El niño era campo seco, pero cercano y afable, como la tierra en la que se criaba.

Entre paparajote y paparajote, aproveché para volver al ajetreo de mi realidad consultando el teléfono. Las horas sin cobertura habían acumulado un centenar de mensajes. Me centré en los laborales: ahí estaba mi jefa al pie del cañón. Elena me felicitaba por el reportaje de las *per-*

cebeiras. Me insinuó que le daría más tiempo a esa secuencia que a las de mis compañeros en el programa. Solo pude pensar en la envidia de Chema, quien me odiaría cuando echase cuentas y se percatase de que el resultado de mi trabajo duraba, en emisión, cuatro minutos más que el suyo. Elena preguntó por cómo había ido la grabación en Murcia. Le dije que bien, eso creía. Le interesaba saber si había imagen potente de la sequía. «Esto es un páramo», resumí contundente. Se alegró de que hubiéramos capturado la penuria. Vi que también Saúl, el documentalista, me había contestado. Aunque me comía la curiosidad, lo aplacé. Al despedirnos, Encarnación formuló por tercera vez el clásico «¿Esto cuándo sale?», y prometí avisarlos del día de emisión con tiempo suficiente para que informasen a sus parientes. Nando le dio la mano a Rober, al estilo de una despedida formal y viril «de machote a machote». Me entró la risa, y el pequeñajo, bastante consciente de su pose, me plantó un beso que pringó mi mejilla de azúcar y canela. Mi muro de protección frente a la puericultura se tambaleó ese día, pero lo disimulé. Por primera vez en mi vida, había congeniado con un niño. Fue simpático.

Antonio nos llevó de vuelta al bar, donde habíamos aparcado el coche de alquiler.

El cansancio del rodaje cayó sobre mí de golpe en cuanto me senté en el tren hacia Madrid. Convencí a Rober para que me cediese el sillón del pasillo, que esta vez le había tocado a él. Encantado, dobló su sudadera para convertirla en una almohada improvisada y no acabar con tortícolis. Encajonó la cara entre butaca y ventana y me dio las buenas noches. Me pregunté por qué Rober apenas me contaba nada de su vida privada, ni yo a él de la mía, en esos trayectos. Quizás estábamos tan hartos de vernos y escucharnos durante las grabaciones que no necesitábamos hablar más. El silencio era un descanso necesario. Pasó la azafata. «No, gracias, no quiero más posesiones de usar y tirar», pensé negando con la cabeza cuando me ofreció esos auriculares malos. Tampoco me apetecía ver la película de turno del top manta. Me dispuse a leer la respuesta de Saúl en mi teléfono, que fue un breve «Claro, yo te ayudo. Llámame más tarde y me explicas bien». Tres tonos y lo cogió:

—Puedo confirmarte que esa cinta perteneció a *Documento Semanal*, un programa que desapareció en el año 2009. Estuvo una década en antena. «DS» era la nomenclatura que empleaban. «T05» es el número de la temporada, la quinta. —Como supuse, Saúl no había esperado a mi llamada para iniciar la búsqueda. Su naturaleza de viejo sabueso le había hecho ponerse manos a la obra.

—¿Sabes quién puede ser la protagonista de la grabación? ¿Tenéis archivo de las personas que fueron entrevistadas en *Documento Semanal*? —interrogué entre susurros. Oí un ronquido de Rober.

—Hasta ahí no llegamos. Sí que te puedo decir que, según mis pesquisas, fueron muy sonadas sus investigaciones en torno a los casos de niños robados y te he localizado los dos especiales que hicieron al respecto. Ya digitalizados. No hay más.

—Ajá. ¿Crees que podrías enviármelos para visionarlos en casa?... ¿Saúl?

Entramos en un túnel y la conexión se cortó. Había elevado la voz y creí que podría molestar al resto de pasajeros. Asomé la cabeza por el pasillo para observar las caras y noté a algunos demasiado atentos. Decidí irme al espacio entre vagones, junto al baño, para recuperar la charla con Saúl. Niños robados. Refresqué los datos que tenía en mi cabeza sobre el tema. Desde los años cuarenta hasta la década de los noventa, se produjeron miles de casos de bebés robados en diferentes hospitales españoles. Había cientos de denuncias y la sospecha de una trama de médicos y enfermeras que habrían vendido niños recién nacidos a otras familias asegurando a sus madres biológicas que los bebés habían muerto en el parto. Sonó mi teléfono.

—Perdona, Saúl, es que voy en el tren.

—Vale. Te decía que te envío un *wetransfer* con el material, pero no se lo digas a nadie, no nos permiten hacerlo. Debéis visionar el archivo en la redacción. Lo hago porque eres tú y hay confianza.

Lo dicho. Nada más práctico que tener amigos en cualquier parte.

—¡¡Gracias!! *Top secret* y *top* tú. Descuida. Oye, ¿alguna idea de quién es el autor de la entrevista?

—Eso sí puedo decírtelo. *Documento Semanal* era en realidad un programa de autor, solo tenía un reportero: Genaro González. Pero está muerto. Falleció de un infarto el año pasado.

—Vaya. Me suena el nombre, Genaro González. Pero no recuerdo su cara.

—No la recordarás, no le gustaba mostrar el rostro en los reportajes. Esa moda de los reporteros estrella os la habéis inventado vosotros, ja, ja. —Buen golpe de Saúl, el roedor de archivos—. No puedo decir más, Olga. Tal vez haya suerte y los programas que he localizado te den más pistas.

—Ya me has facilitado mucha información. Un millón de gracias, Saúl. Por cierto, ¿todo correcto por ahí? ¿Qué tal va el departamento?... ¿Saúl? —De nuevo me quedé hablando sola.

No había mucho más que añadir excepto mi agradecimiento, así que le escribí un wasap para decírselo. Regresé a mi asiento y, a medida que recorría ese tramo de pasillo, escuché murmullos de algunos pasajeros («Es la de la tele, ¿no? La reportera del programa ese, ¿cómo se llamaba...?») y unas cuantas miradas curiosas de otros como si medio vagón se hubiese quedado con la intriga de conocer el final de la historia.

8

La mudanza

Me senté en un quinto sofá. Parecía cómodo, pero ya no me podía fiar de mis posaderas, que estaban saturadas de tanta cata. Como una nariz desorientada después de olfatear diez perfumes. Así que me tumbé. Era mullido y un poco absorbente, como si fuese usado. Cerré los ojos porque los «focazos» del techo me deslumbraron. Mis tímpanos registraron la discusión de unos novios sentados dos sillones más allá. Ella defendía con fervor la elección de un modelo moderno y él se decantaba por otro de corte clásico y cien euros más barato. Los nombres suecos de los sillones eran, como siempre, impronunciables. Los farfullaban cada vez de una manera distinta. Ya no recordaba en cuántas ocasiones había ido a comprar a Ikea, como cualquier ciudadano resignado a la obsolescencia de estilos. La última fue con Pablo, cuando le ayudé a decorar su apartamento. A menudo me había topado con este tipo de escenas. Parejas cabreadas por tomar una decisión práctica. Escoger una mesa Ekedalen o Ingatorp les producía tanta tensión que olvidaban que estaban rodeados de desconocidos y acababan por mandarse al cuerno.

—¿Nos comemos unas albóndigas de esas que engordan mucho con salsa dulce de arándanos? —Mi madre me hizo abrir los ojos con su pregunta de bruja mala que tienta con golosinas envenenadas a un niño. No me pude resistir.

—Vale. Pero antes voy a encargar el sofá.

Mientras realizaba el pedido y le daba mi nueva dirección al dependiente, observé como mi madre disfrutaba perdida entre los ambientes que la tienda monta para mostrar al cliente lo bien que se puede aprovechar el espacio si compra sus productos. Era como si en cada uno de esos pequeños decorados, creados en el departamento de Marketing, ella interpretara el papel de inquilina. Se contemplaba en espejos, se sentaba en camas, tocaba cojines, abría armarios y cajones.

—Aquí está la factura para abonar en caja. En un plazo de tres días, el sofá estará en su casa. Muchas gracias. —El empleado remató sus palabras con una sonrisa comercial yanqui que no suavizó para nada el sablazo de 499,89 euros.

Junto con el sillón, compré una mesa y un somier que significaron mi sueldo de un mes. Me lo tomé como una inversión para reiniciarme. El colchón, regalo de mi padre, ya estaba dentro de mi piso recién alquilado. Lo demás, unas ocho cajas grandes, permanecía repartido entre el trastero de mi madre y el de Berta. Era una ridiculez para casi quince años de emancipación. Muchos enseres se habían perdido por el camino de los préstamos que nunca retornaron. Otros habían ido a parar a la basura. Había hecho una criba importante al abandonar la casa de Pablo. Si me asaltaban dudas frente a un objeto, decidía deshacerme de él. Sin miramientos sentimentales. «Quizás alguien lo rescate del contenedor», pensaba, una práctica extendida e incluso bien valorada en la capital. No quería conservar posesiones inútiles por motivos de apego. Era una limpieza física y mental, pero sobre todo una cuestión práctica: los cuarenta metros cuadrados donde sospechaba que en un futuro llegaría a vivir obligaban a descartar cualquier acumulación. Razones de espacio en una de las ciudades con el suelo más caro de España. Así que me sinceré conmigo misma, de igual manera que cuando encaraba un cambio de armario de invierno a verano. No fue tarea fácil, hubo varios momentos de debilidad, de «lo guardo por si acaso», pero al final conseguía superar ese impulso, ser realista y reducir pertenencias. Lo de la televisión de plasma y la secadora del piso de Pablo fue distinto. Las había pagado yo, me las ofreció, pero no quise reclamarlas porque me sentía culpable del fin de la relación. De forma tácita, ambos sabíamos que esos dos electrodomésticos no compensaban ni por asomo un corazón roto. Exigirlos habría sido mezquino.

Las huellas de mi trayectoria aguardaban en cartones precintados con cinta de embalar. Solo faltaba trasladarlos, junto con mis otras cinco maletas llenas de ropa y calzado. Lo haría esa misma tarde con la ayuda de María, Ana, Berta y sus respectivos coches. Ninguna de las tres evitó el marrón. Nadie huyó o inventó planes de última hora para ese día. Ni siquiera María, que podría justificar su ausencia, por ejemplo, con la ineludible asistencia al partido de fútbol de sus hijos. Me sentí arropada. La verdadera amistad se demuestra en una mudanza.

—En realidad, no saben a nada. —Me refería a las albóndigas—. Glutamato y salsa de soja.

—¿Tú crees? Pero te las has comido todas. Están buenas. Un día es un día —comentó mi madre, que estaba con las endorfinas por las nubes después de las compras. Ella había aprovechado para llevarse una lámpara, dos sillas y unos botes de cristal que dijo que le venían de perlas para no sé qué de cocinar al vacío dentro del lavavajillas, aprovechando el elevado calor. Yo estaba segura de que nunca los utilizaría.

—Gracias por invitarme, madre.

—De nada, hija. —Recalcó la jota de «hija»—. A partir de ahora, tendrás que ahorrar. Te vas a dejar más de medio salario en el alquiler. No entiendo cómo pueden haber subido tanto.

Yo sí lo entendía. No quería marcharme del barrio, Malasaña. Calles céntricas que con el paso del tiempo fueron ganando caché alternativo y viendo cómo se cerraban los comercios tradicionales. Ni fruterías ni mercerías. Ahora proliferaban los obradores de *cupcakes*, las librerías-vinotecas, los espacios de *coworking*, los estudios de diseño, las salas de exposiciones y los restaurantes chic. Se remodelaban garajes para acoger talleres de *knitting* —o sea, la calceta de toda la vida— y se reconstruían fincas para instalar ascensores y dividir sus plantas en miniapartamentos. Los alquileres subían porque el vecindario se había renovado, estaba de moda. De eso iba la famosa «gentrificación», a la que se sumaba el fenómeno de los pisos turísticos. Los dueños optaban por arrendar los apartamentos vía internet y a precios desmesurados a turistas que buscaban el meollo de la ciudad y estaban encantados con el ambiente juvenil y vanguardista. El resultado: poca oferta para los habitantes y, en consecuencia, rentas altísimas. Como los 850 euros que iba a pagar por mi ratonera. Reformado, bien situado, en mi querida Malasaña, pero un cuchitril en toda regla. Treinta y cinco metros cuadrados útiles y cocina americana, para ser exactos. Al menos, tenía algo de luz. Le di un bocado de consuelo a la tarta de chocolate y galleta que mi madre había pedido y nos levantamos con prisa en cuanto ella la remató. Pagamos y volamos porque en una hora debía estar preparada para iniciar la mudanza.

A las cuatro de la tarde, Berta y María llenaban un coche con parte de mi vida anterior. Ana y yo hacíamos lo mismo sacando otra tanda de recuerdos del trastero de mi madre.

—Me la estoy jugando por ti, amiga. Dime que, al menos, tienes ascensor —imploró Ana al volante. Conducía sin contar con la referencia del retrovisor central porque el coche estaba lleno hasta los topes.

—Sí, amiga. —Enfaticé el término «amiga», lo que me recordó a mi madre un par de horas antes—. El señor OTIS nos facilitará las cosas.

Fue imposible aparcar ambos vehículos frente a mi portal porque los bolardos coloreados por «artistas urbanos» lo impedían. Así que, con las luces de emergencia y dando vueltas en cuanto venía otro coche, de forma interrumpida pero constante, haciendo zigzag entre las deposiciones de los perros, conseguimos meter una docena de bultos en mi madriguera.

—Os pago la gasolina. Os hago una «transfer» ahora mismo. Y os invito a cenar.

—Qué dices, tía —dijo Berta—, ya me has pagado el equivalente a dos horas de *gym*. Y, por fin, te he podido echar de mi casa, entiende mi inmensa sensación de liberación —bromeó con sonrisa irónica.

—Sí, mañana yo también tendré agujetas —asintió Ana, fiestera de noche y rezagada de día.

—Por favor, no seáis quejicas, ¡esto no es nada! Se nota que no tenéis hijos de veinticuatro kilos a los que arrastrar en plena rabieta. Eso tonifica. —Hablaba María, con su clásico comentario irrefutable de experimentada madre de familia.

—Os quiero —sinteticé tras un respiro. Me puse ñoña, pero mi sentimiento era sincero. Las abracé a todas.

—¿Con quién me voy a tomar mis gin tonics domésticos ahora? —me susurró Berta en mitad del achuchón.

Cerré la puerta y experimenté un regreso a mi etapa universitaria, pero en versión «segundas partes nunca fueron buenas». De nuevo, vivía sola en Malasaña, pero a mi edad se habían añadido diez años y pagaba trescientos euros más que entonces por una casa igual de modesta. Un *déjà vu* chungo, así lo etiqueté. Entré en el dormitorio y vi el colchón solitario envuelto en plástico sobre el suelo. Me tiré en plancha sobre él, incluso me dolió un poco. Hogar, dulce hogar. Tenía que resetearme. Levanté la cara hacia el amplio ventanal con balcón, lo mejor de la habitación. Un señor de pelo blanco con batín fumaba en una pequeña terraza de la fachada de enfrente. Me miró dos segundos, guiñó un ojo de bienvenida pacífica, dio otra calada y volvió su rostro hacia la calle para expulsar el humo. No me dio tiempo a corresponder a su gesto, pero sí a decidir la compra necesaria de unas buenas cortinas semiopacas para evitar «voyerismos».

Abrí algunas de mis cajas, localicé perchas, saqué y colgué la ropa necesaria para tres días más en el armario y la cajonera que el dueño había dejado. Eran muebles blancos y neutros, todo un lujo para empezar. Con el cambio de domicilio y los continuos viajes de trabajo, había llegado a acostumbrarme a vivir con las propiedades empaquetadas. La maleta, a medio hacer o deshacer, siempre estaba por medio. Pero no me molestaba, lo entendía como una garantía de que el movimiento no cesaba. Todo puede cambiar.

Coloqué en la nevera los *tuppers* que mi madre me había preparado para estas jornadas de adaptación y guardé en la alacena unas latas de conservas. Ni rastro de polvo, un trabajo menos. Miré el móvil, eran las ocho de la tarde, tenía un wasap de mi padre diciendo que sentía no haber podido echar un cable, pero la gripe lo había dejado baldado. Le envié un «Besos y gracias de nuevo por el colchón, te llamo mañana» y a continuación consulté mi correo electrónico, porque sabía que allí me esperaba el entretenimiento del domingo noche: el envío de Saúl, mi compañero documentalista, con los dos programas de *Documento Semanal* que, tal vez, me permitirían indagar en la identidad de la mujer del vídeo.

Con casa, pero sin wifi, cogí mi portátil y decidí salir en busca de un bar tranquilo que tuviera buena conexión. Lo encontré en la esquina de mi calle, era un antiguo ultramarinos reconvertido en taberna hípster que todavía conservaba el expositor del fiambre y la fresquera tradicional de este tipo de establecimientos. Habían añadido una barra de aluminio que emulaba un mostrador y pequeñas mesitas redondas de formica donde tomar una cerveza y una tapa de salchichón, que te cortaban en el acto con máquina charcutera. Me senté, pedí un vino, un poco de queso curado y la clave de la red. Descargué el envío de Saúl y, en diez minutos, ya estaba con los cascos puestos pegada a la pantalla. Cada programa duraba media hora y estaban dedicados a recoger testimonios de madres de presuntos bebés robados e hijos que buscaban a sus progenitoras porque habían descubierto, siendo ya adultos, que habían sido «adoptados» de una manera un tanto oscura. Las entrevistas estaban firmadas por las iniciales G. G., el tal Genaro González, que en paz descanse, y en ellas se repetían relatos similares sobre monjas y médicos que convencían a la madre de que su niño no había superado el parto. Las historias eran parecidas, todas compartían dolor e injusticia, pero ninguna me cautivó como el rostro de la que ya había bautizado como «la mujer de los siete segundos». Pensé que a lo mejor me estaba obsesionando con aquella señora pelirroja, tal vez mi subconsciente interpretaba como algo mágico y predestinado el hecho de que su imagen hubiera aparecido en mi cinta. «Pero qué más da —me respondía yo misma al instante—, no hago ningún daño por querer conocer el desenlace de la trama.» Bebí vino, mordí queso. Seguí visionando, a cámara rápida y por segunda vez, el primero de los programas. Ni rastro de mi investigada. Pedí otro vino, estaba bueno. La ebriedad controlada, que decía Berta. Revisé el otro *Documento Semanal*, pero tampoco la encontré allí. Quizás G. G. había desechado sus respuestas o sencillamente la cinta se había extraviado y no pudo incluirla en aquellos especiales.

—¡Olga! ¿Qué tal? —Una voz masculina me obligó a parar. ¿Quién osaba interrumpirme?, me pregunté mosqueada sin todavía desviar los ojos del ordenador.

—¿Te acuerdas de mí? ¡De la otra noche, en el bar clandestino! —Puse el vídeo en pausa. Ante mí, el hombre con «mochila».

—No lo digas tan alto, que dejará de serlo —dije sarcástica. El hombre con «mochila» rio. ¿Se llamaba Tino?

—Desapareciste yendo al baño y te encuentro ahora en otro de mis bares favoritos. —Tomé nota del dato para evitar futuras coincidencias—. ¿Vives cerca?

—¡Qué va! En la otra punta de Madrid. —Fui poco creíble, pero no me preocupó.

—Ah. —Arqueó las cejas y no pidió más explicaciones. Percibí que esperaba que lo invitase a sentarse conmigo, mi segundo Ribera estaba a medio beber. Mantuve los auriculares en las orejas para hacerle entender que me interesaba seguir con lo que estaba haciendo. Lo pilló:

—Veo que estás ocupada. Oye, cuando quieras, cualquier día, pregunta por mí a Agustín, el camarero, es mi amigo íntimo y puede avisarme. Me pongo aquí en un periquete, vivo al lado, y nos tomamos unos vinos. —Fantástico. El hombre con «mochila» era mi vecino. ¿«Periquete»? ¿Quién dice «periquete» en un barrio gentrificado?

—¡Vale! —respondí lo más escueta posible.

—Que disfrutes de tu trabajo, ¡te veo *on fire*!

—¡Sí, estoy hasta arriba de curro! —Me refugié en la pantalla sin comprobar cómo salía por la puerta del bar. Le di al *play* y no pestañeé hasta los títulos de crédito. Presioné la barra de espacio con rabia. Nada. Ni rastro de la mujer.

Eran casi las diez y media de la noche. Aturdida, cerré el portátil y fui a pagar. El camarero, Agustín, me dijo que estaba invitada por el hombre con «mochila» que, en efecto, se llamaba Tino. Le pedí que le diese las gracias de mi parte y hasta me sentí mal por haber sido tan arisca. Pero es que, si no recuerdo el nombre de alguien del sexo opuesto que se ha interesado por mí, es muy muy mala señal.

Cuando entré en mi piso, hacía frío. Había olvidado encender la caldera. Ni me quité el abrigo. Fui a la cocina y enchufé y accioné el aparato. Me sonaron las tripas. El queso del bar había sido tan solo un tentempié tras un día de mudanza. Otro rugido de mi barriga hambrienta. Abrí una lata de sardinas y unos frutos secos, los recursos de los supervivientes.

Había consumido mi única pista para dar con «la mujer de los siete segundos» y estaba algo inquieta. Para digerir la sensación de derrota me puse a organizar un poco.

Le dediqué un par de horas a vaciar las cajas. Después, gasté algunos megas de mi tarifa de datos móviles en subir a Instagram una foto de las maletas amontonadas y ya «desinfladas». *Hashtag*: #moving. Encontré las primeras sábanas para el colchón solitario y me metí en la cama. Aunque estaba cansada, no conseguía dormirme. Cuesta acostumbrarse a los sonidos de una nueva casa. Cañerías, vigas con carcoma que crujen, la puerta del vecino que chirría. Intenté aburrirme pensando en los detalles de mi próximo reportaje rural en Cantabria.

Cuando mi vigilia empezaba a ceder, oí en mi cabeza la dichosa frase: «... para mí, lo más importante es que mi hijo sepa que no lo vendí». Primero, me sentí invadida y me quejé a mí misma: «Esto es una intrusión en toda regla». Pero, después, noté una pequeña sacudida en la parte alta de la nuca, como un calambre de electricidad estática. Salí del colchón y fui a por mi ordenador. Mis pies descalzos sintieron el parquet frío y se apresuraron para volver al catre. Abrí el ordenador y ahí seguían. Los títulos de crédito del segundo vídeo estaban congelados en pantalla. Genaro González figuraba como redactor y entrevistador, pero debajo había otro nombre. Tomás Corrales, operador de cámara. ¿Cómo no había pensado en el cámara? ¿Seguiría en activo? Tenía que localizarlo. No podía ser complicado. Cabía la posibilidad de que recordase aquella entrevista y me ayudase a dar con la mujer. Concilié el sueño ilusionada por el avance en mis pesquisas. Ni siquiera me importunó la voz de un transeúnte que maldijo a gritos a los amos de los perros.

9

Salvar el mundo

Mi padre salió del vestuario con las mejillas sonroja-
das. Recién duchado, pelo mojado y revuelto. Habíamos
quedado después de su clase de *spinning*. Llevaba una botella de litro y medio de agua en la mano y de su hombro
colgaba una bolsa de deporte marca Adidas. Prácticamente nueva. En la recepción del gimnasio olía a una sustan-
cia parecida al cloro y el calor era húmedo, pegajoso. Allí
no estaba mal visto sudar. Lo potenciaban: cuanto más
empapas la camiseta, más me gustas.

—Lo he dado todo, hija —me dijo con un tono gra-
cioso mientras me besaba.

El característico olor a madera de su colonia saturó
mi nariz. Un tipo más joven que él, con el bíceps sobredimensionado y la cabeza pequeña, le dio una palmada
en la espalda y se despidió con un «Hasta el jueves, macho».

—Lo que hace el amor, padre. Has cambiado pacientes por vigoréxicos.

Ambos observábamos sufrir con gusto a los adictos al *crossfit* que levantaban algo parecido a ruedas de tractor en una de las salas acristaladas. Mi padre, exmédico anestesista, fue directo, como una de sus inyecciones:

—¿Seguro que no necesitas nada? —preguntó justo antes de llevarse la botella a la boca.

—Que no, papá. Ya me has comprado el colchón. Muchas gracias.

Me miró de perfil mientras bebía con avidez. Fueron tres tragos lentos. Todos con el buche lleno, con el ir y venir de burbujas y ese leve silbido que se escapa por la comisura de sus labios.

—Ahhhhhh —exhaló saciado, y se encogió de hombros para continuar—. Vale, vale... como nos hemos visto hace poco... me había preocupado.

Dos semanas atrás habíamos ido a una exposición de fotografía juntos. No me ofendí. Eché cuentas: a mi madre, de media, solía visitarla unas tres veces al mes. En cambio, a mi padre, a no ser que hubiera una emergencia, lo veía solo una.

—¡Me dio por ahí, fíjate qué buena hija soy!

Nina apareció, hiperactiva, cincuenta y tres años muy bien llevados y tonificados, frente a los sesenta de mi padre. Era la dueña del gimnasio y la artífice de que papá hubiese empezado a cuidarse. Aunque solo fuera un poco.

—Voy a dar la clase de pilates, la monitora no puede venir. ¡Hola, Olga! ¿Cómo va todo? ¿Sigues trotando por España con tus reportajes? —Hablaba acelerada.

—Sí, ahí sigo. Pero no tan en forma como tú... —Apenas me dejó responder.

—Vente cuando quieras para fortalecer, ya lo sabes. ¡Unos glúteos fláccidos a tu edad no se pueden permitir! Aquí tienes precio amigo.

«Me ha llamado fofisana, sin duda», concluí para mis adentros. No creí que fuera tan patente que llevaba dos meses sin hacer ejercicio. Pero era un hecho que, con la ruptura y las mudanzas, también había dejado de frecuentar el gimnasio donde solía machacar tensiones. Mi padre y ella se dieron un beso tonto y rápido como agapornis, lo que me produjo una leve repulsión. Me llevaba bien con Nina, que en realidad se llamaba Saturnina, pero es evidente que Nina tenía más tirón. Mi hermana Alicia la odiaba un poco más, por considerarla culpable de que nuestros progenitores nunca volvieran a intentarlo. Yo aprendí a tolerarla porque, a fin de cuentas, se notaba que quería a mi padre y lo hacía feliz. Llegada la treintena, ya era hora de asumir que los modelos de familia no son rígidos, sino que evolucionan. No me iba a ir de vacaciones con Nina y mi padre, pero sí era capaz de tomarme un café o salir de compras sin soltarle pullas. Ella se fue pitando como había llegado.

—Te veo estupenda, Olga —comentó mi padre como cayendo en la cuenta de que la invitación de Nina a fortalecer mi culo me había sentado un poco mal—. ¿Qué tal tu nueva vida después de haber cortado con Pablo?

Era experto en cambiar de tema.

—Ha sido de mutuo acuerdo —puntualicé observando el uso «adolescente» que había hecho mi padre del verbo «cortar».

—Vaya —continuó sarcástico—. Entonces ¿no voy a llevarte al altar todavía? ¿No me vas a hacer abuelo?

«Gracias, papi —pensé—. Más presión.»

—Siempre me puedo inseminar. Tú que tienes contactos en el mundo de la medicina y ahora también en el deportivo, ¿me conseguirías esperma de Usain Bolt?

—¿Un nieto mulato y prodigio del atletismo? No estaría mal. Moveré mis hilos.

La clientela entraba y salía. Mi padre y un chico de mi edad con gemelos de ciclista depilados se chocaron las manos como si fueran a hacer un pulso. El tío me miró de arriba abajo antes de irse.

—Pues si tú no tienes nada que contar, yo sí tengo novedades...

—No te hagas el interesante, anda. ¿Qué ocurre?

—Le he pedido matrimonio a Nina. —Dio un pequeño sorbo más de agua. Estaba nervioso. Sentí ternura. Tardé en reaccionar, me había pillado por sorpresa. Me imaginé a mi padre regalándole un anillo a Nina en la sauna finlandesa del gimnasio, a más de cincuenta grados. Al final, pude aparcar el sarcasmo que caracteriza casi todas nuestras conversaciones, tragué saliva y me salió un simple pero sincero:

—Me alegro mucho por ti, papá.

Me dio un par de palmadas cálidas en la mano, como agradeciendo mis palabras.

—Nos vamos a casar en enero.

—¿YA? ¡Falta poco más de un mes! ¿No nos lo pensabas contar? —Ahora sí, emergió mi talante alterado por la noticia.

—¡Por supuesto! El asunto es que hemos tenido que adelantar la fecha para coordinarla con el viaje de luna de miel, pensamos ir al Caribe. —Me imaginé a mi padre chapoteando con Nina en la sesión de *aquarunning* de la piscina del típico resort «todo incluido»—. Tampoco habrá mucho boato, Olga. Será una fiesta civil y discreta. En una finca en la sierra. Se ven las montañas desde el comedor acristalado. Unos sesenta invitados.

—No parece una celebración muy íntima, sinceramente —reproché un tanto herida, pero sin analizar el porqué de ese sentimiento—. ¿Alicia lo sabe?

—Sí. No le ha hecho mucha gracia. Ha dicho que, con tan poco margen de tiempo, no sabe si podrá organizarse. —Mi hermana, cerebro científico fugado de España como tantos otros, echaba balones fuera—. Dudo que quiera venir. —Habló mitad apenado, mitad enfadado. Luego continuó—: Es importante para mí que estéis las dos. Sois mis hijas.

—Eso es verdad y no tiene arreglo —bromeé para animarle.

—¿Hablarás con ella? Sé que estará en Madrid el próximo fin de semana.

—Sí, pero no prometo nada. Alicia es obcecada como su padre.

«Tocado y hundido», leí en su expresión. Entraron dos mujeres de unos cincuenta años en mallas y saludaron a mi padre. En los gimnasios, hay gente normal y luego están las que van maquilladas y se ponen en primera fila. Pestañas postizas y corpiño con sujeción pectoral antisaltos, pantalón con refuerzo *culotte* por si tocaba subirse a la bici. Querían apuntarse a la *master class* de *power fitness* funcional que Nina impartía la semana siguiente. Mi padre les dio palique.

—Papá, me marcho. Que tengo trabajo.

—Convence a Alicia, por favor. —Tono de súplica paterna que me derrotó.

—Síií. Ah, y ¡enhorabuena! —Sonreí, le di un beso y me dirigí hacia la salida.

—¿Enhorabuena por qué, Carlos? ¡¡Cuéntanos!! —intentaban averiguar las clientas ávidas de cotilleo fresco. Iban a llegar tarde a la clase, pero les daba igual. El *gym* era su club social.

—Es que... ¡Nina y yo nos casamos! —reveló mi padre.

De camino a la puerta de salida, escuché aplausos de peloteo bobo y a mi padre exclamando un esperanzado «A ver si entro en el traje».

Eran las cinco de la tarde y al día siguiente viajaba a los Valles Pasiegos, Cantabria. Me habían asignado un cámara *freelance* de la zona, al que desconocía. Me tocaba prescindir de Rober y me entraron las prisas porque antes de irme quería pedirle un favor. Le escribí:

> ¿Estás en la tele? Necesito que me ayudes con un tema.

> ¿Hoy? ¿Es un asunto de vida o muerte?

> Por supuesto. Estoy desactivando una bomba y no sé si cortar el cable rojo o el verde.

> Ja, ja. Tengo mucho lío, Olga. Hoy no podré salvar el mundo.

Respondía demasiado rápido, por lo que era evidente que no estaba tan ocupado. Le envié la imagen que había tomado en el tren de regreso tras nuestra última grabación en Murcia. Su retrato dormido, con la cara aplastada contra la ventana, boca entreabierta y el hilillo de baba indicativo de una siesta placentera que caía desde su boca.

> WTF?

> Material susceptible de ser publicado en mis redes sociales.

> Chantajista. Debe ser importante lo que necesitas, ¿eh? Anda, pásate por el cuarto de cámaras, aquí estaré.

El cuarto de operadores de cámara estaba en el sótano del edificio de la cadena. En Mordor. Era un bajo sin remodelar, sin ventanas y plagado de taquillas antiguas, como las de un instituto americano en la década de los ochenta. Cero *feng shui*. Creo que eso les afectaba y les ponía de mal humor. Los cámaras solían criticar los egos de los periodistas, pero los suyos también existían. No todos se llevaban bien entre ellos y a menudo competían para conseguir las grabaciones más cómodas y mejor pagadas. Salvo unos cuantos intrépidos, entre los que se incluía Rober, el resto se había acomodado a las entrevistas en plató y a las jornadas tranquilas de escasas siete horas. También eran recurrentes sus discusiones con los responsables del almacén, donde la burocracia era máxima hasta para pedir unas simples pilas. Eran buenos operadores, pero la mayoría había sucumbido al hastío de una empresa que necesitaba renovarse. Por eso, tan pronto como ponías un pie en ese cuarto, percibías un clima hostil que te hacía acelerar cualquier trámite. Rober estaba sentado en un sofá desgastado, jugando a un primo hermano del *Candy Crush*. Aún no le habían asignado tarea.

—¿En qué puedo ayudar a la señorita Colmeiro?

Me cercioré de que no hubiese nadie más a nuestro alrededor y susurré:

—¿Te suena el nombre de Tomás Corrales?

—Sí, claro. Es uno de los mejores cámaras que ha tenido este canal. Pero, una cosa... ¿por qué hablas tan bajo?

—Estoy afónica. —Rober tenía razón, no sé por qué susurraba—. ¿Sigue en activo?

—Qué va, se jubiló hace tres o cuatro años.

—¿Y cómo puedo conseguir su teléfono?

—Pues... esa información tiene su precio.

—¿Ah, sí? ¿Cuál es ese precio?

—Borra la foto de la humillación. Bórrala aquí y ahora.

—¿La tuya en el tren? Si pareces un angelito...

—¿Quieres el teléfono de Corrales o no?

Acepté el trato y eliminé la imagen de mi móvil delante de él.

—Venga, tenemos poco tiempo, el coordinador vendrá enseguida. Ha salido a fumar —dijo acercándose a un ordenador situado al fondo del cuarto.

Rober sabía las claves de usuario, las introdujo y abrió un documento Excel que guardaba un extenso listado telefónico. Buscó el apellido Corrales.

—¿Qué andas tramando, compañera? —preguntó mientras apuntaba el número en un papel.

—La que hace las preguntas es la reportera, ¿no? Tú mismo me lo has dicho alguna vez.

—*Touché*. ¡Tú sabrás! Aquí lo tienes. Es un fijo.

Rober cerró la sesión justo a tiempo. Su supervisor acababa de entrar. Nos observó con recelo. Apuró su café y estrujó el vaso de plástico con la mano antes de tirarlo en una papelera donde, en forma de pirámide, se acumulaban otros veinte iguales. Ni las limpiadoras pasaban por allí para vaciar la basura.

—¡Gracias por las cintas, Rober! —disimulé en dirección a la salida.

—De nada. Y suerte en Cantabria. Aunque sin mí, no será lo mismo...

—Es verdad, ¡seguro que está vez me graban algún plano bueno! —me burlé antes de salir.

De camino al coche, nada más poner un pie en la calle, marqué el número de Corrales. Escuché los cinco tonos hasta que la llamada se interrumpió. Lo intenté dos veces más, con el mismo resultado. Entré desencantada en mi vehículo. «Sin duda —me dije—, hoy yo tampoco podré salvar el mundo.»

10

Masa madre

Pedro tenía las manos más grandes que yo había visto nunca. Su guadaña segaba rápido y con precisión. No fallaba.

—Aquí le llamamos «dalle».

Zas, zas. Cada corte de hierba producía un sonido suave y susurrante. Zas, zas. Mientras sus brazos no se cansaban, yo disfrutaba de la banda sonora relajante. Igual que una sesión de *chill out*. Tenía que admitir que empezaba a descubrir los atractivos puntuales de alejarme de la urbe. En el valle del río Pas, el que da nombre a los Valles Pasiegos, solo se oían pájaros, el zumbido de las abejas y un tractor lejano. Como tomar un batido *detox*, pero directo al nervio. Por lo demás, mis repugnancias hacia el monte se mantenían intactas: me había rociado de repelente para que ningún insecto osase tocar mi piel; cada hora, repasaba mis manos con el desinfectante en seco que siempre llevaba en la mochila y, en el hotel, revisaba sábanas, vasos y cubiertos igual que un crítico de la Guía Michelin.

—¿Cómo sois los pasiegos, Pedro?

—No sé...

Zas, zas. Le dirigí la más empática de mis sonrisas y aguanté en silencio. Zas, zas. Lo miré fijamente ejerciendo presión para que acabase su respuesta. Treinta segundos después, añadió:

—Somos... Somos gente... gente *amabilis*.

«¿Me ha hablado en latín?», me interrogué con incomprensión. Se sufre cuando un entrevistado es así de parco y tienes que sacar con calzador cada una de sus declaraciones. Lo de que se inventen palabras es otra historia. Hasta tiene su gracia.

José seguía los vaivenes de la hoz. Era el cámara que acababa de conocer hacía dos horas: José. No Jose, sino José, con tilde en la e. Se encargó de remarcar este aspecto en la presentación. Parecía tener experiencia en esta clase de reportajes, vivía en una localidad cercana y se le notaba trabajador. Pero su actitud reservada y el semblante serio intimidaban a los invitados quizás más que el micrófono. Pedro no se relajaba, observaba a José de reojo, y me había dado cuenta de que su exiguo discurso se entrecortaba todavía más cuando el cámara estaba demasiado cerca.

—Me han dicho que usted es el hombre más fuerte del pueblo, Pedro. Uno de los favoritos para ganar esta tarde algunas de las pruebas.

—Esta tarde...

Zas, zas. Estaba dispuesta a concederle su tiempo.

—Esta tarde...

Zas, zas. «Tranquila, Olga. *Keep calm*. Aquí se vive y se piensa y se habla a otro ritmo», me recordaba a mí misma. Nada que no arregle un buen montaje.

—Esta tarde... Esta tarde muchos querrán participar porque va la televisión.

Paró de segar apenas fatigado. Comenzó a meter la hierba cortada en el cuévano, un gran cesto hondo de mimbre típico de la zona pasiega y que, en el pasado, los pastores se ponían a la espalda para transportar el alimento del ganado.

—Voy a comprar el pan —zanjó después de recoger la paja.

La barra del día no se la acercaba su hermana todas las mañanas, recién hecha en casa. La compraba, como todo quisqui, en la panadería. Corroboraba una de mis teorías: el urbanita recupera costumbres de antaño que en los propios pueblos denuestan por poco eficientes. En Madrid, «se llevaba» elaborar tu pan artesano con semillas en tu propio horno cutre. Incluso yo misma había asistido a un curso de calceta en Malasaña. Era eso de lo *handmade* y lo *homemade*, pasando por el *do it yourself*, que «lo petaba» en la capital y, sin embargo, a los provincianos ya no les salía a cuenta. Además, dicho en inglés, no sonaba a lo de siempre, sino a tendencia revolucionaria internacional.

Lo acompañamos hasta el núcleo habitado más cercano, de no más de cuatrocientos habitantes, donde esa misma tarde se celebrarían las pruebas de deporte rural que mi jefa quería que grabase. «Plantéatelo como una investigación antropológica», me indicó para darle más caché a unos juegos festivos que yo imaginaba como *Humor Amarillo*. José aprovechó para realizar unas cuantas tomas del pueblo y yo me fui con Pedro, siguiendo el aroma a hogaza que nos condujo a la puerta de la panadería.

Me sorprendió la estética del local: un letrero antiguo y destartalado donde se leía HORNO DE PAN era el único detalle que conectaba con el entorno campesino. El resto podría corresponder a una de esas panaderías coquetas que se abren en los barrios alternativos. Puerta y muebles de madera pintada de blanco y verde menta, macetas de margaritas en palés a modo de estanterías y, en el escaparate, un abanico de cestas de pan de toda clase, desde la bolla más tosca, la chapata y la barra de espelta con pipas de calabaza hasta la *baguette* más refinada. Ese lugar no pegaba nada, ni con el pueblo ni con Pedro, que entró todavía sudoroso de la siega, con una camiseta donde se leía: SOBAOS EL MACHO. Hacía frío, pero él y su vello corporal parecían adaptados a las bajas temperaturas. «¿Qué pinta esta tienda aquí?», pensaba a la vez que me regañaba por mis continuos estereotipos en torno al campo.

Desde el interior del obrador, donde alcancé a ver una amplia mesa plagada de masas por moldear, asomó un tipo con aspecto ligeramente desaliñado. Nos saludó, se sacudió la harina de las manos con un trapo blanco y salió a atendernos. Rozaría los cuarenta años, atlético, pelo negro con algunas canas, ojos verdes rasgados y ningún tatuaje en los antebrazos. Su mandil color *camel* y una sonrisa abrieron la conversación:

—¡Hola, Pedro! ¿Lo de siempre?

—Sí, dos chapatas.

Mientras envolvía en papel marrón los panes, me miró y preguntó:

—¿Algo para los currantes de la tele?

—No, gracias. Estamos de servicio —bromeé.

—Sois los que venís a grabar la fiesta deportiva, ¿no? Habéis revolucionado el gallinero. Este año, por primera vez, el recinto estará repleto. El ayuntamiento contentísimo con la televisión, claro. —Reflexionó mientras me ofrecía una cesta con cubitos de pan—. Solo pruébalo y después me cuentas.

—La verdad es que huele de maravilla. —Mordí un trozo por deferencia e intriga. Esponjoso y natural. Sin aditivos. Pero vamos, era pan.

—Yo ya no compro otro —aseguró Pedro pagando sus chapatas.

—Me llamo Jacobo. Para lo que necesitéis, aquí estoy.

—Perfecto, Jacobo, muy rico el pan y muy amable —dije mientras me disponía a salir.

—Por cierto, tienes harina en la mejilla —avisó Jacobo indicando un lado de su cara.

Me llevé la mano al lado equivocado y Jacobo me corrigió divertido.

—Gracias. —Sonreí y me fui sin interiorizar que el panadero y yo acabábamos de tontear. Un panadero que estaba, como su pan, bastante bueno.

Ya en la calle, Pedro se despidió hasta la tarde y le dije a José que comería sola y descansaría en el hotel. Aproveché esas horas muertas para llamar a Tomás Corrales, mi única esperanza para saber algo más sobre el «fragmento fantasma». La cara de esa mujer no se me borraba de la memoria, en ocasiones me parecía reconocerla en los rostros de otras con las que me cruzaba por la calle. Llamé un par de veces al número fijo que Rober me había conseguido, pero nadie respondió.

Poco antes de las seis, todo estaba dispuesto en la aldea para el inicio de la competición anual de deporte rural. Junto a casetas de feria donde se vendían bebidas, churros aceitosos, algodón de azúcar y golosinas, los habitantes comenzaron a arremolinarse en torno a un circuito delimitado con vallas amarillas, donde tendrían lugar las pruebas. Más allá de una carrera de sacos, no tenía ni idea de en qué podía consistir el concurso. A lo lejos, vi como se aproximaba una marabunta alzando lo que parecían lanzas. A mi cabeza vino el cuadro de *La rendición de Breda*. Conforme se aproximaban comprobé que eran largos palos de madera flexible, en concreto de avellano blanco, según más tarde me explicaron. Los portadores eran los más jóvenes de la localidad, vestidos con camisas a cuadros medio desabotonadas y calzado cómodo. Por megafonía, el alcalde anunció que comenzaba la disputa para ver quién era el más hábil para «saltar y andar el palo». José grababa mis entrevistas mientras los participantes, una decena, hacían cola para demostrar su destreza:

—Lo hacemos porque nos gusta y para no olvidarlo. Mi padre, mi abuelo y mi bisabuelo eran pastores. ¡Me toca ya! —Se llamaba Iván y trepó por su palo con la agilidad de una ardilla. Bien agarrado de pies y manos a la vara, comenzó a dar saltos. El público animaba aquel espectáculo rudimentario y añejo, pero tan duro que hasta un marine de élite sufriría de lo lindo. Iván apretaba la mandíbula, sus carrillos se enrojecían y las gotas de sudor resbalaban por sus bíceps palpitantes. El cámara intentaba situarse lo más próximo posible para registrarlo todo. Iván lo observó de soslayo con incordio, a punto estuvo de soltar un «No te acerques más que te doy con el palo», pero el esfuerzo que el concursante necesitaba enseguida disipó la ojeriza. Se desplazó, agazapado y a brincos, en la cima del palo hasta que su cuerpo se lo permitió. A dos metros de la meta, cayó rendido al terreno. Corrí a felicitarlo y él, entre jadeos, me relató los orígenes de esta práctica. Esa vara era la herramienta que el pastor pasiego había empleado durante siglos para esquivar obstáculos en su trabajo diario, el bastón que le ayudaba a moverse por las fincas salvando piedras y arroyos. Hoy, ya en desuso, los nietos y bisnietos se sentían responsables de mantener vivas las costumbres de la *tierruca*. Mientras en las ciudades ignorábamos ese tipo de folclore, en las pequeñas localidades conservar estas ceremonias no solo significaba rendir homenaje a los viejos, sino que era un reto honorable para los jóvenes. Me sentía como una alienígena, ajena a estos sentimientos atávicos, y a la vez un poco culpable por la poca importancia que le otorgaba al legado de nuestros ancestros. Incluso la expresión sonaba rimbombante: «el legado de nuestros ancestros». Tan solo me recordaba de niña, un otoño en la casa que tenían en Galicia mis abuelos paternos, intentando abrir con mis botas de goma el caparazón de los erizos de un castaño para sacar el fruto. Mi abuela me enseñaba cómo hacerlo de modo eficaz y sin pincharme al recoger las castañas. La herencia regional, en mi caso, se acababa ahí. En Madrid, mi madre nunca nos había vestido de chulapas y, hasta donde llega mi memoria, jamás he bailado un chotis.

Después del palo, llegó el momento de la «carrera de ollas», que en realidad eran cántaros de leche. Los altavoces anunciaron el cambio de modalidad. Cada competidor debía transportar dos cántaros, uno por brazo, a lo largo de un recorrido circular. El peso por cántaro era de cuarenta kilos, estaban llenos de agua. Ganaba el que resistiera más tandas sin romperse. Probé a levantar uno y fue imposible. Era tarea de superhéroes de pueblo. En esta modalidad, Pedro, con sus manazas, acumulaba victorias desde hace años. Salió con humildad de entre el público, la gente le daba palmadas amistosas en los hombros. Se alzaba como favorito indiscutible, su gimnasio era el monte y su fuerza se la daban años de trabajo bajo el sol. Labraba desde los diez y tenía cincuenta y cinco. Pero esta vez un nuevo contrincante quería disputarle el trono: el yerno del concejal de fiestas, veintiocho primaveras lozanas, músculos bien torneados, excelente forma física, reponedor en ocasiones, socorrista en la piscina municipal y preferido del sector de arribistas del consistorio.

—Ya te dije, este viene porque estáis vosotros, la tele. Si no, *pa* qué está aquí. *Pa* lucirse —reiteró. Pedro, barbilla alta, pecho erguido, pelambrera asomando por el cuello de su camiseta y pantalón corto. Inmune a la rasca, intentaba localizar como animal de caza a su presa-rival entre la muchedumbre y daba esquinazo al cámara en cuanto se notaba escudriñado por el objetivo.

—También tú estás para lucirte, ¿no, Pedro? —azucé su enfado.

—No. Yo estoy como estoy todos los años. Y este año más, *pa* que se nos tome en serio.

Lo que en principio parecía un entretenimiento entre pastores se convirtió en una batalla de clanes —«El Norte no olvida»—, donde se mezclaba tradición, honor y orgullo. No me esperaba la intensidad con la que tanto Luis como Pedro vivían sus respectivas pruebas. Del resultado dependía cómo el resto de los paisanos hablarían de ellos. El qué dirán. Me pareció más duro que estar en Twitter.

Primero fue el turno del yerno del concejal. Fue capaz de dar cuatro vueltas aupando ambas ollas. Cuatro vueltas y un metro más para ser exactos, hasta que las soltó agotado y se tiró al campo panza arriba sin aliento. Pedro, en las pasadas ediciones, no había superado las cuatro vueltas, de acuerdo con las informaciones que iban llegando a mis oídos por parte de unos asistentes emocionados. Cuando sus manos inmensas levantaron los cántaros, me pareció que la imagen se ralentizaba. Había en su gesto concentrado algo mitológico. Sus extremidades se tensaron. Gemelos, cuádriceps, bíceps, tríceps convertidos en garras de animal. Sus pómulos se afilaron y contrajo la frente. Pupilas enfocadas hacia un horizonte indefinido lejos de allí. No podría decir que era un Adonis, el campo es duro, pero sí tenía un no sé qué de escultura griega. Un dios Atlas rudo y peludo que baja a la jungla para demostrar quién manda. Llegó a la cuarta vuelta con signos de excesivo cansancio, el relieve de sus venas se acentuaba. Pero sabía que debía avanzar un metro y medio más para vencer. Solo un metro y medio más. Pedí a José que no se perdiese nada, que se acercase lo justo para no molestar pero que, si fuera necesario, metiese zoom al máximo para grabar las expresiones del rostro de Pedro, a punto de quebrarse y a punto de ganar. Si esto no era antropología, como sugería mi jefa, dime tú.

Exhausto, cada paso de Pedro al ralentí suponía una ovación más del público. Cuando alcanzó el empate, las cuatro vueltas y un metro, solo dio una zancada más, la más larga que pudo, la más costosa de su vida, o al menos eso me pareció. Y cantó victoria. Los espectadores estallaron en aplausos, el yerno del concejal se perdió cabreado entre el gentío y Pedro, apenas sin respiración, aguantó tembloroso en pie para elevar los brazos, hinchados, y devolver el aplauso a sus coterráneos. El bullicio se incrementó en torno al guerrero triunfal, comenzaron a corearle, algunos de los pocos niños del pueblo saltaron las vallas para abrazarle. Apoteosis. A su manera, acababa de hacer historia en el pueblo. Con esta hazaña, ya sumaba una década imbatible. El palmarés no iba a cambiar, aunque en esta ocasión estuviese allí la tele para grabarlo.

Tras el clímax de la competición, el jolgorio se sosegó con el reparto de bocadillos entre los participantes y consideré que ese ambiente era perfecto para concluir el reportaje. Justo después de despedirme del cámara, una mano me plantó delante una pulga de lomo con queso.

—Es mi pan, reportera.

Jacobo, el panadero, sin afeitar e igual de sonriente que por la mañana, reaparecía con un bocata bajo el brazo. Había cambiado el mandil de faena por unos vaqueros. Hizo un gesto con la mano para que esperara y desapareció medio minuto, instante que aproveché para atacar el tentempié. Volvió con un par de cervezas, me propuso sentarnos en un banco alejado de la tómbola donde cantaban lo del perrito piloto, un tinglado que yo hasta entonces suponía en vías de extinción.

Mientras yo comía, él no tuvo otra opción que hablar. Su arranque egocéntrico —mi pan, mi tienda, mi periplo vital— se fue suavizando hasta que descubrí a un cuarentón juvenil nacido en Valencia, licenciado en Empresariales en Holanda, de familia pudiente, que había dado la vuelta al mundo y trabajado en Madrid y Barcelona. Un día, tras un nuevo y sonado fracaso sentimental, sumado a «la naturaleza alienante de la ciudad», se cansó del cemento y los semáforos y alquiló una casa abandonada en el rural. Hasta la Cantabria más cerrada le llevó el reclamo de la vuelta al campo, y ahí decidió montar un negocio como si lo abriese en Montmartre, pero adaptado a los precios locales. «¿Por qué no le va a gustar el refinamiento de la *baguette* al pasiego?», pensó. Con sus propias manos y unos ahorros, restauró un hogar rústico, con huerta, gallinas ponedoras y sin televisión. Solo internet en el móvil, que era su única conexión con la civilización. Ya sin bocata, me tocó a mí hablar. Le conté cómo era ser reportera en una cadena generalista, y él se reía disertando sobre mi estrés diario por nimiedades y diciendo que no cambiaría nunca sus lechugas sin pesticidas por el mejor ceviche de Madrid. Pronto me vi respondiendo preguntas más personales y, para mi sorpresa, entré al trapo. Era oficial: le estaba contando mis penas y glorias a Jacobo, el panadero. Él escuchaba con mucha atención y, cuando le hablé del reciente tropiezo con Pablo, pareció comprensivo. Con las cartas sobre la mesa y una tercera o cuarta ronda, nos relajamos y seguimos intercambiando anécdotas de pueblo y ciudad. Conectamos. A veces reíamos tan alto que la gente se volvía a mirarnos. «Y otro, y otro, y otro perrito piloto», rimaba el feriante en su micrófono. Algunos paisanos nos interrumpían para hacerse la selfi de rigor con «la de la tele». La orquesta se estrenó con «La ventanita del amor». Entonces, aunque la música no estaba a demasiado volumen, el panadero se acercó a mi oído y susurró:

—¿Nos tomamos la última en mi casa? —Sus labios

me rozaron la mejilla al retirarse. Sus ojos verdes estaban enrojecidos por la cerveza y el cansancio. Pero seguían siendo inevitablemente cautivadores.

Antes de abrir la puerta, nos estábamos besando. Nada más atravesar el umbral y sin dejar de morrearnos con fogosidad, empezamos a desnudarnos el uno al otro. Ya en ropa interior, hicimos un alto en el pasillo. Jacobo se arrodilló y hundió su cara entre mis piernas. Me puso a cien, llevándome muy cerca del orgasmo, pero entre risas y jadeos reconocimos que la postura no era muy cómoda. Me cogió de la mano y le seguí hasta el dormitorio. Reparé en su amplia espalda y me recordó a la de un escalador, musculada y fibrosa. Su cuerpo desprendía el mismo calor que un horno de leña.

En la cama, terminamos de desnudarnos y nos metimos mano un rato, poniéndonos si cabe más cachondos todavía. Después de unos minutos, Jacobo sacó un preservativo del cajón de su mesilla de noche y se lo enfundó con cierta agilidad. Puse una mano en su pecho para indicarle que se tumbara. Me hizo caso y me senté sobre él. Al principio me moví despacio, trazando con mi pelvis círculos amplios. Gotas de sudor me caían desde la sien hasta el pecho. Pronto nuestra respiración empezó a acelerarse y mis movimientos fueron más cortos, rápidos y precisos. Cuando estaba a punto de alcanzar el éxtasis, Jacobo puso una mano sobre mi cadera y otra sobre mi hombro, agarrándome con firmeza. Nos corrimos prácticamente a la vez. Sin complejos, gritando y gimiendo. Me dormí orgullosa de mí misma. Pensando en que aquel polvo había sido mi primera aventura carnal, sin amor, desde la ruptura con Pablo. Lo interpreté como una señal de renovación, de relax, de superación de una etapa. Me había dejado llevar por los impulsos sin pensar en nada más. «Porque yo lo valgo.»

Me despertó una llamada entrante. Era el conductor del coche que me llevaba a la estación. Me esperaba en el hotel. Le dije que llegaría en diez minutos. Jacobo no estaba. Recuperé mi ropa esparcida a lo largo del pasillo que comunicaba el dormitorio con la cocina. Me puse las botas horrorosas y vi una nota sobre la encimera:

Son las 5.30. Me voy al obrador. Te dejo dormida. Sobre las nueve vendré a traerte el pan y desayunamos.

JACOBO

Sin tiempo para pensar, escribí mi número de teléfono y añadí:

Otra vez será. O no.

11

La performance

Nico se rio en mi cara. A carcajada limpia. Tenía una risa que iba más allá del contagio. Era sanadora. Nico, mi amigo del alma, mi confidente, la única testosterona fiable cien por cien en los últimos diez años de mi vida. Acababa de volver con su chico, Francisco Javier, de un viaje de quince días por Estados Unidos. Teníamos que ponernos al día de todo.

—¿Te han abducido o qué? ¿Es tan sobrenatural en la cama ese panadero? —me interrogó una vez di por terminado mi monólogo (veinte minutos sin parar y sin interrupciones) acerca del idilio con Jacobo. Le había planteado a Nico la posibilidad, remota y fugaz, de huir de la ciudad: pedir una excedencia de un año en el trabajo, alquilar una casita en el campo, sobrevivir con mi huerta y mis ahorros.

—Hay un programa sobre eso, se llama *Granjero busca esposa* —ironizó.

—No digo que lo vaya a hacer, solo que es una opción. —Iba de farol, pero me apetecía enunciar la hipótesis.

Me miró y parpadeó con lentitud antes de lamentarse:

—Tanto trabajo contigo durante años, tantas borracheras, tanto teatro alternativo y ciclos de cine polaco... ¿para esto?

Justo llegó el postre. Tarta de zanahoria y regaliz con espuma de limón para compartir.

—A tomar por saco la dieta. —Nico hizo un gesto exagerado y afeminado de «a quién le importa» y hundió la cuchara en la porción. Su «pluma» no siempre era apreciable, la acentuaba si se ponía presumido o grosero. Conocí a Nico al poco tiempo de comenzar a trabajar en televisión, él era redactor de información cultural en la competencia. Con el paso del tiempo, había ocupado un puesto predilecto en mi listado social. Inteligente, atractivo, simpático, cariñoso y amable. Siempre de buen humor. Cumplía el estereotipo de amigo homosexual que habría sido la pareja perfecta si no fuera por el importante pormenor de que le atraigo menos que un puercoespín.

—Come un poco de azúcar, a ver si se te pasa la tontería, *cariña* —recomendó a la vez que con un disimulado movimiento de ojos me sugirió que cotillease a la pareja sentada en la mesa de al lado. Dos treintañeros, con sus respectivos tés sobre la mesa, sentados uno frente al otro y, por lo que parecía, dormidos. Cabezas reclinadas sobre el mentón, brazos cruzados, así se mantuvieron en letargo durante unos cinco minutos más, ajenos al trajín del restaurante.

—Es que están de moda las microsiestas —susurró Nico en el momento en que nuestros vecinos despertaban y retomaban la infusión como si nada hubiese pasado. La modernidad con frecuencia genera esas situaciones extraterrestres que te llevan a pensar si todo es una farsa producto del aburrimiento o del marketing.

—Pero, tranquila, *cuore*, que tú siestas te podrás echar unas cuantas si te vas a vivir al monte. Con lo que se madruga para hacer el pan... —recalcó.

No iba a obviar que mi encuentro con Jacobo me había hecho repensar mi estilo de vida. Estaba en esa primera fase química de atracción desbordante, como en una nube. Pero no me consideraba enamorada. No obstante, si un tipo instruido del siglo XXI, que sabía de las ventajas de la urbe, había optado por el campo, alguna razón tendría.

—Porque es más barato, Olga —aclaró Nico con intención de alejar entelequias de mi mente.

—¿Me vendrías a visitar?

—Ni de coña. Un entorno tan áspero puede hacerme enfermar. —Habló el esteta.

Le conté que Jacobo me había llamado al día siguiente de nuestro encuentro, cuando yo ya estaba en Madrid, para desearme las buenas noches y compartir conmigo una imagen del atardecer naranja intenso que estaba viendo desde su ventana. Propuso que me fuera a verlo con él, una noche tras otra. Desde la soledad de mi apartamento sin decorar, le dije que tendría que conformarme con cenar un huevo frito de microondas esa noche, lo más parecido a su sol de otoño. Él me enseñó la ensalada de espinacas de su huerta y el pan de maíz con humus que él mismo había elaborado. De manera progresiva, las imágenes enviadas empezaron a adquirir tintes picantes y las hortalizas se convirtieron en posados a pecho descubierto desde nuestras respectivas camas. Las ganas de vernos eran palpables y mutuas. Me invitó a unirme a una escapada a la zona de Brañavieja que haría con unos amigos también afincados en el rural.

—Asegúrate de que haya duchas —fue el consejo práctico de Nico, después de argumentar que debía extremar la precaución porque él creía que del campo siempre se regresa trastornado, que si me voy por mucho tiempo acabaré dejando de depilarme las axilas y que, ojito, porque hay muchas sectas satánicas por esos parajes perdidos.

Tras estos consejos, decidió, engullendo el último trozo de tarta, que era su turno, y me contó que el viaje de reconciliación con su ex por Estados Unidos había sido ma-ra-vi-llo-so. Lo pronunció así, separando bien las sílabas, como si pudiesen contagiarse de algo al estar tan juntas. El punto álgido de la aventura americana fue el concierto de Britney Spears en Las Vegas.

—Es que Francisco Javier, ya sabes, alucina con la Britney. Se sabía todas las canciones. Yo hice lo que pude, me acordaba del estribillo ese del «*baby, baby, one more time*» y ya. Pero nos lo pasamos genial y a él le hizo ilusión verme allí. Fran tiene ese punto *mainstream* que a mí me falta...

Claro, el mismo gusto hortera que a Nico le pareció insalvable hace unos meses y por eso lo había dejado.

—Mira por dónde —continuó él—, creo que esas di-

ferencias son las que en realidad han hecho que nos una-
mos de nuevo. El sexo ha sido súper. Ñaca-ñaca a diario
y salvaje, como dos *cowboys*.

—Ay, no sigas. Que me cuesta imaginaros. —Me pongo pudorosa cuando Nico describe sus experiencias se-
xuales. Es demasiado figurativo.

—Tienes que vencer esa barrera de puritanismo, chica. *«Sex is life»*, como decía la voz de Bruce Willis en
aquel anuncio para la disfunción eréctil. ¿Ves? De eso,
Fran y yo no tenemos, nada de nada.

Nico se disponía a pasar de mis remilgos de ursulina
y retomar la narración de sus noches de lujuria en el Gran
Cañón del Colorado, cuando trajeron la cuenta. Pagó insistiendo en que él ya era jefe, y lo acompañé hacia una
galería donde exponía «una absoluta *delicatessen* para los
sentidos», según sus palabras, «la nueva *performer* del
underground español». «Pero, oye —insistió—, que apo-
derada como estás por el espíritu aldeano, quizás tu sensibilidad no se encuentra lo suficientemente predispuesta
para asumir una vanguardia de tamaña envergadura.» Me
reí y expuse que me sobraba capacidad de culto a la belleza, podríamos venerar juntos la obra o apalearla ver-
balmente si era un bodrio.

Nunca había pisado aquella sala de exposiciones, pero
Nico aseguró que en el último año se había convertido en
el nodo del burbujeo artístico de Madrid. Columnas y paredes de ladrillo visto que habían sido un hallazgo durante
la reforma del local, una antigua tienda de telas. Todavía
permanecía allí el mueble mostrador de tejidos, con baldas

y cajones de madera. Sobre él, varios catálogos de la autora en cuestión, Kia Toré, a cuarenta euros cada uno. Es un pseudónimo, me explicó Nico, porque ella nació en Cuenca y se llama Pilar, pero pronto, con solo veinte años, dejó la Mancha para recorrer mundo e incluso llegó a conocer a Marina Abramovic. Cuchicheaba al igual que el resto de los asistentes, que caminaban silenciosos, como si estuviésemos en misa. Se respiraba liturgia para contemplar la serie de fotografías que componían la primera parte de la exposición. Nico se posicionó frente a la primera imagen, tomó distancia, y se llevó la mano a la barbilla en señal de concentración. Su gesto no me pareció del todo forzado, yo misma lo había hecho mil veces durante mis mejores años «intelectualoides». Pero me hizo gracia tanta poesía y le di un codazo divertido mientras le decía al oído: «Que luego pagas por ver a Britney Spears». En cierta manera, la catarsis rural que yo estaba viviendo, pese a las moscas, el calzado tosco y demás incordios, me aportaba otra visión sobre las poses de la ciudad. Empezaba a apreciar artificio en lo que antes consideraba natural, como llamarle *cupcake* a la magdalena de siempre. Quizás tenía una sobredosis de rudeza a raíz de mis reportajes de pueblo. O más bien, todo lo contrario: era el contraste de realidad que necesitaba para lubricar mi engranaje existencial.

—Me reitero, el amasador de campo te ha sorbido el seso —concluyó Nico tras el codazo. Dio dos pasos cortos a su izquierda para situarse frente a la siguiente fotografía, de nuevo en pose concienzuda.

Se trataba de diez retratos en blanco y negro concebidos como una crítica a las redes sociales. Representaban la antítesis de las fotos que la inmensidad de usuarios escoge para su perfil en Twitter, Facebook o Instagram. En lugar de mostrar caras sonrientes, interesantes o poniendo morritos sensuales, eran rostros de personas pasando un mal momento: ojerosas, llorando, con acné o los dientes amarillos, sudando esforzadas, con los carrillos llenos de comida... Caras corrientes en pasajes desagradables que jamás serían las idóneas para representarse a uno mismo, y menos en la esfera virtual. Título escogido para la obra: *Las no-fotos de perfil. Lo que las redes no quieren mostrar*, había escrito al parecer la propia Kia Toré en un cartel explicativo colgado en la pared. También aclaraba que ella «había renunciado a las *social network* e incluso al *smartphone* por considerarlos el opio de la *working class* del siglo XXI». La imagen que daba por finalizada esa obra era un retrato de sus propias nalgas bautizado como *Toma selfi... ¡de mi culo!*, que podría definirse como un «manifiesto en protesta de la banalidad de la era cibernética» de acuerdo con un folleto firmado por el comisario de la exposición. Cuando vi a Nico reflexivo e incluso tomando apuntes frente a aquel culo, exploté en una carcajada que me recordó a las suyas y que rompió el ambiente de liturgia. Él la amortiguó lo más veloz que pudo poniendo la mano en mi boca y oteando con vergüenza alrededor en un intento de pedir disculpas por traer a una amiga insensible a aquel templo. Pero mi diafragma estaba desatado tras observar a mi amigo listo reverenciando la foto de un trasero pelado. Así que seguí riendo y acabé contagiándole a él, que, entre frases como «Mira lo que me haces hacer» y «No seas arrabalera» me arrastró hacia la planta sótano de la galería. Me pidió sosiego antes de entrar en otra sala que tenía forma circular y estaba casi en penumbra. Tuve que recurrir al truco de pensar en temas serios para acallar las risotadas que se vuelven incontrolables. Elegí recordar el fin de mi relación con Pablo y mi creciente desvelo por hallar una estrategia para que mi hermana asistiese a la boda de mi padre. Acabé rememorando las lágrimas de «la mujer de los siete segundos» y así recuperé del todo la compostura. Nico me dio las gracias aliviado, se sonó los mocos y continuamos la visita.

En el centro de la estancia oscura, dos focos iluminaban a una mujer de mi edad sentada frente a una mesa. Era la propia artista, Kia Toré, que pasaba allí las tardes ejecutando su *performance*. Llevaba un pañuelo floreado en la cabeza que se quitaba y ponía a cada poco. «Cada cuatro minutos, exactamente, todo está muy pensado», me indicó Nico. La mesa estaba cubierta con un mantel de hule a cuadros rojos y blancos. Sobre ella se disponían platos de barro, cubiertos con mango de madera, una gran olla marrón en el centro. Había trozos de pan rústico dispersos y una jarra de cristal rellena de leche. Además de anudarse y desanudarse el pañuelo, que según el *Manual de instrucciones* simbolizaba «dentro del enriquecedor y onírico universo de la creadora, la nostalgia de otra época y a su vez el eterno retorno de las modas», Kia Toré realizaba otra acción con sus manos y con la vista puesta en el mantel. No hablaba ni miraba al público, pero sonreía para ella misma. Había dos filas de gente en actitud sesuda alrededor de la escena y al principio no distinguí bien qué era lo que hacía. Cuando conseguí acercarme, me di cuenta de que sencillamente jugaba con migas de pan. A mi cabeza volvió la calidez de la cocina de madre e hija *percebeiras*. Los tres niños que rebañan el plato y yo, «drogada» por la cercanía y el olor a guiso, desmenuzando el pan. Lo transformo en bolas diminutas para después construir montañitas. Como cuando éramos enanas, la *performer* y yo nos divertíamos en el comedor creando nuestro pequeño caos controlado hecho de migas. Despreocupadas y protegidas en familia. Era un viaje al pasado donde la lechuga no venía desinfectada en bolsas de plástico y las lentejas se comían sin ver la televisión y sin prisas. Una utopía en las grandes urbes a día de hoy, pensé, pero había comprobado que el concepto «hogar» seguía siendo real en provincias. Kia Toré se retiró de nuevo el pañuelo del pelo. No me hizo falta leer el folleto porque Nico interpretó en tono erudito que la *performance* era una «crítica a la alienación que la sociedad hipermoderna produce en nuestra rutina. Un alegato frente al maniqueísmo ególatra que impregna la cotidianeidad de esta era y que se ramifica de manera latente en nuestros hábitos diarios». Yo todavía rumiaba esta disertación cuando él se llevó un dedo a la tripa y presionó con semblante molesto su abdomen. Me dijo al oído:

—Uy, necesito un baño, me cago vivo.

12

Desconcierto

El otoño le tiraba los tejos al invierno. Empezaba a hacer frío en la calle. Volvía el yin y el yang de clínex y moquillo. Llamé al timbre sabiendo que en casa de mi madre ya estaría la calefacción puesta. Abrió mi hermana, que había venido a pasar el fin de semana.

—No pienso ir a la boda de papá con Jane Fonda. Y me da igual lo que digas —me espetó Alicia en el umbral.

A continuación, sin darme tiempo de procesar el mensaje, me desarmó con un abrazo *premium*. Noté el tenue pero inconfundible aroma a gominolas que, desde niña, siempre la envolvía. Sus preferidas eran las que no tenían cobertura de azúcar ni picapica. No tuve más remedio que dejar para después el tema de la boda de nuestro padre. Al separarnos, Alicia me agarró de las manos un instante y tiró levemente de ellas. Me miró de arriba abajo antes de soltarse y exclamar con la cabeza medio girada:

—¡Mamá! ¡Yo no estoy de acuerdo!

—¿En qué no estás de acuerdo? —pregunté, a sabiendas de que se trataba de una broma.

—Mamá dice que, desde que no estás con Pablo, has cogido unos kilos...

—¡De eso nada! —Apareció mi madre y zarandeó con cariño a Alicia.

Nos dimos un beso más cargado que de costumbre, como si también llevásemos meses sin vernos. Con mi hermana trabajando en Alemania, teníamos muy pocas oportunidades de estar las tres juntas. Por eso, cada visita de Alicia, aunque fuese en julio, tenía un ligero toque a Navidad. No habíamos hablado de ello —dudaba que fuéramos capaces de verbalizarlo—, sin embargo, las tres lo sabíamos y durante los primeros instantes de reunión nos envolvía una hipermicrosensible pátina de emoción. Pero del mismo modo que el tornasol, que cobra matices según la luz y el ángulo de visión, era inestable. No podía capturarse y se diluía con facilidad. De hecho, ese carácter fugaz nos generaba un poco de ansiedad, como cuando observas una pompa de jabón que sabes que va a explotar.

Mi madre me ayudó a deshacerme de mi abrigo y salió corriendo a vigilar lo que tenía en el fuego.

—Está haciendo berenjenas rellenas —informó mi hermana mientras hacía un gesto para que me sentase a su lado.

—Te voy a poner unas en un *tupper* para que luego te lo lleves, Olga... —dijo mi madre, y añadió para sí misma—: ¿dónde habré puesto la nuez moscada?

—No te pases con eso, mamááá... —empezó Alicia.

—¡¡... que es alucinógeno!! —completamos mi hermana y yo al unísono.

Alicia, como buena científica, solía estar muy pendiente de los efectos secundarios, principios activos y componentes nocivos. Fue ella quien me contó, en tiempos casi pre-Google, que el tomate era una fruta y no una verdura, o que la aspirina estaba constituida, básicamente, de corteza de sauce.

—Aunque, pensándolo bien, vamos a un concierto, o sea que no nos vendría mal una ración extra de la nuez esa, ¿no? —me propuso.

—Ja, ja, ¡te he oído! —llegó desde la cocina—. Lo que no me queda claro es si has venido a ver a tu familia o a los Venus Morlaz...

Vetusta Morla era la banda de cabecera de Alicia y que tocasen aquella noche en la sala Joy Eslava había forzado su visita. Había comprado un par de entradas con mucha antelación. Pablo, que era bastante esnob musicalmente hablando, solía decir que estaban «bien para ser españoles, pero me recuerdan demasiado a Radiohead, y eso son palabras mayores». A mí me gustaban; no obstante, no soy muy de conciertos. Siempre he pensado que una canción, en el disco, se encuentra en su formato ideal para la escucha. En cambio, los directos sirven más para conectar con el grupo o el autor, algo que para mí nunca ha sido muy importante. Soy cero mitómana.

—El otro día leí un estudio que decía que la gente que va a conciertos es más feliz —expuso Alicia como si me estuviera leyendo la mente.

—Habría que analizar con detalle ese estudio —dijo mi madre, que de números sabía un rato, mientras traía una bandeja con unas copas y una botella de vino orgánico.

—¿Qué es lo que «habría que analizar con detalle» en ese estudio? —Salí en defensa de mi hermana, aunque ella ya había pasado del tema.

—Pues que, para empezar, si la mayoría de la gente que va a conciertos es joven... ¡está claro que son y están más felices!

—¿O sea que los jóvenes somos más felices por definición? —respondí.

—Bueno, digamos que, seguramente, tienen menos preocupaciones.

—¿Preocupaciones como los hijos, por ejemplo? —solté sin pensar, intentando acorralar a mi madre.

Se hizo el silencio. Temí estar acelerando, sin ningún motivo, la ruptura del hechizo tornasolado y sentí frío en el pecho. Mi madre me sostuvo la mirada y por un momento pensé que iba a aparcar su serenidad, pero terminó soltando:

—He sido muy pesada con lo de hacerme abuela, ¿no?

Casi me echo a llorar y mi madre debió notarlo, porque dejó su copa y me abrazó. Alicia, que había estado a lo suyo con el móvil, vio el abrazo y se unió, diciendo:

—¡¡Eh, yo también quiero!!

Es posible que se derramara algo de vino. La cena temprana transcurrió como tantas otras veces: contando anécdotas y poniéndonos al día en temas pendientes. Ni me acordé de la promesa que le había hecho a mi padre de intentar convencer a Alicia para que fuese a la boda. A la hora señalada, las nueve y media, le dijimos a mi madre que volveríamos después del concierto y bajamos a por el Cabify que nos iba a llevar hasta el centro. Una vez en el coche, estuvimos calladas. Alicia, reservada, se dedicó a mirar por la ventana. Yo la observé mientras Madrid se reflejaba sobre su cara. No nos parecíamos mucho. Quizás en el color de pelo, pero ella lo llevaba largo. Mi hermana, a grandes rasgos, había salido a mi padre, con facciones más angulosas. Yo, por contra, tenía una cara curva como la de mi madre.

—¿Cómo ves a mamá? —preguntó en voz baja, sin retirar la vista de la calle en movimiento.

Pensé unos segundos antes de contestar:

—La verdad es que está muy bien. Mamá es de esas personas que necesitan crecer constantemente y la tía no para...

—¿Te ha contado eso de las luces?

—¿El qué?

—Al final de la calle, a lo lejos, hay un balcón donde a veces se enciende y apaga la luz de forma intermitente. Anda muy mosqueada con eso —dijo Alicia con cariño, pero conteniendo una carcajada.

—Ahh, síí. —Reí—. Menuda película se ha montado.

Reímos juntas. Cuando la risa se apagó del todo, Alicia dijo:

—Se hace mayor... Me da pena. —Esta vez habló dirigiendo sus ojos hacia mí.

No supe qué contestar, pero cogí su mano el resto del trayecto. Al fin y al cabo, soy la hermana mayor.

El conductor nos dejó al final de la calle Alcalá, justo donde está la tienda Apple. Cruzamos la Puerta del Sol en dirección a la calle Arenal. Son solo unos metros, pero resulta todo un viaje para los sentidos. Carteles de COMPRO ORO, guiris, castañas asadas, el estanco, casas de cambio, gente que espera, Winnie the Pooh y Bart Simpson fumando un cigarro, el oso posando y Tío Pepe observando. En unas semanas más, con la amenaza del consumo navideño, el centro de la capital estaría vetado para alguien como yo que huía de las aglomeraciones.

En la puerta de la Joy había una fila kilométrica, pero se movía con rapidez. Además, un par de amigas de Alicia, de sus tiempos en la universidad y que también venían al concierto, llevaban un rato en la cola, por lo que la espera se hizo leve. Una de ellas comentó lo que siempre se dice de la Joy: «Es la sala con mejor acústica de Madrid». Observé a la gente que me rodeaba y me parecieron algo más jóvenes, pero, sobre todo, la gran diferencia residía en que ellos eran fans acérrimos de la banda y yo simplemente «pasaba por ahí». Me sentí un poco fuera de lugar y decidí asomarme a la pantalla de mi teléfono. Tenía la esperanza de encontrarme una llamada perdida de Tomás Corrales, con quien intentaba comunicarme varias veces cada día. Sin embargo, me encontré un wasap de Jacobo:

> Qué ganas tengo de verte. ¿Qué haces?

> Yo también. Estoy con mi hermana. Entrando al concierto de Vetusta Morla.

¡Ah, los Radiohead españoles! Los he oído poco, pero molan.

Entramos ya. ¿Has plantado lechugas? 😛.
¡Luego te cuento! Muack.

Jacobo cerró el diálogo con un corazón rojo latiendo y el icono de una berenjena. Creo que no sabía cómo decirme que necesitaba una sesión de *sexting*.

La Joy se llenó, no cabía ni un moderno más, y nos quedamos en la parte trasera del primer piso, cerca de la barra. «Aquí es donde mejor se oye», dijo la otra amiga de Alicia. Conseguimos pedir unas cervezas justo cuando se apagaron todas las luces. En medio de la oscuridad, comenzó a sonar la música (en concreto, el tema «Sálvese quien pueda», me explicaría más tarde Alicia). Los acordes y una voz aguda llenaron la sala. Hacía mucho que no iba a un concierto y fue más emocionante de lo que me reconocí a mí misma.

Al principio, me pareció que el cantante, Pucho, tenía un aspecto frágil, como de enfermo. Más llamativa era su forma de bailar, espasmódica, algo cómica. Pronto me di cuenta de que iba en serio y de que había que estar muy seguro para moverse así. No me planteé imitarle, pero poco a poco nos fuimos animando. En la tercera canción, habíamos ganado varias posiciones en dirección al escenario.

Tras el grupo, unas grandes pantallas mezclaban imágenes del propio concierto con texturas sobreimpuestas, distintos gráficos animados, mensajes con intención. En varias ocasiones, usaron también «ruido blanco» como recurso visual. Al contemplar esa nieve catódica, no pude evitar que me viniera a la cabeza «la mujer de los siete segundos». Casi esperaba que fuera a aparecer entre los clips, con tinte dramático, que intercalaban. «Darás con ella», me prometí, y luego volví a fundirme con el «aquí y ahora» del concierto.

Con el último tema («Los días raros») todo el aforo, yo incluida, acabó coreando el «Oh oh oh oh oh oh, oh oh oh oh oh oh...». Unos chicos delante de mí señalaban su antebrazo para indicar que tenían los pelos de punta. Así durante casi dos minutos hasta que finalizó la canción. Después, en medio de una nube de reclamos, la banda desapareció con sentidas promesas y bastante humildad.

La sensación al acabar un concierto suele ser desconcertante. Igual que en esas raras ocasiones en las que percibes, estando despierta, cómo se te pasa la borrachera. Podría resumirse en una duda de este tipo: «A ver, yo estaba "ahí" hace un segundo y ahora estoy "aquí", ¿cómo y cuándo he recorrido esa distancia?». Y es que la música tiene la capacidad de transportarnos a sitios remotos, pero cuando acaba la canción tenemos que hacer el viaje de vuelta de forma casi instantánea. En esto pensaba mientras dábamos pasitos cortos en dirección a la entrada. Parada necesaria en el ropero. Ir al baño en ese momento era para valientes. Tardamos casi más en salir que en entrar, pero el frío del exterior nos despejó de una bofetada. Entre sollozos de los fans, nos planteamos si tomarnos «la última», pero lo descartamos con rapidez. Alicia y sus amigas ya habían salido el día anterior y yo quería emplear la mañana del domingo en preparar mi próximo reportaje. Además, todavía quería pasar por casa de mi madre a por ese *tupper*. Caminamos hasta la calle Mayor y cogimos un taxi de vuelta. Eché de menos la botellita de agua cortesía del conductor de VTC.

Al entrar en el piso de mi madre pasaban de las 00.30 h y nos la encontramos tirada en el sillón viendo uno de esos programas donde reconstruyen crímenes. Una especie de *CSI* sin trama ni ficción. Con muchos filtros de color y músicas intrigantes. Entre tanto *mindfulness*, ese debía ser su «placer culpable».

—Qué pasa, mami, ¿te costaba dormir con tanta meditación y has recurrido a la droga dura?

—¿Qué tal el concierto? —dijo ignorando mi chiste sin despegarse de la tele.

—Mejor de lo esperado —respondí.

—¿Cómo que «mejor de lo esperado»? —me imitó mi hermana dejándose caer sobre el sofá y desplazando la postura de mi madre—. Ha sido una pasada. Épico. Memorable —concluyó, y cogió su bolsa de gominolas.

—Anda, hija, siéntate tú también, que hago un té sin teína —me dijo mi madre, y se levantó en dirección a la cocina.

—No, qué va, mamá, gracias. No voy a quedarme. Venía a por las berenjenas... y a asegurarme de que mi hermana pequeña llegaba sana y salva.

Alicia rio nasalmente mientras estiraba y descuartizaba una chuche con los dientes. Fue entonces cuando me acordé de la petición mi padre.

—Ali... sobre la boda de papá... —le dije rebuscando en mi fondo de armario de tonos de voz serios.

Mi hermana me contempló con cierta solemnidad unos instantes antes de sentenciar:

—Yo solo voy si viene mamá.

Desde la cocina, llegó el ruido de un cubierto que se había caído al suelo. Apostaba fuerte la enana. Entonces sí me senté.

—Eso no es justo —dije, muy concentrada en no perder los nervios—. Además de muy infantil. Transfieres la responsabilidad de tu negativa a los demás.

Esperé una respuesta por parte de Alicia, pero simulaba ver la tele.

—Estás siendo una cobarde, al no querer hablar de ello. Y al poner como condición algo tan descabellado.

Mi hermana, sin apartar la mirada de la pantalla, se limitó a levantar las cejas. Al poco, mi madre volvió de la cocina. Se había enterado de todo, claro, pero no metió baza, al menos no estando yo delante. Me levanté y dije suspirando:

—Bueno, nos vemos mañana, que vendré a comer. Hasta mañana, madre. —La besé en la frente. Luego le dije a mi hermana—: Y tú recapacita.

Alicia me tiró un beso con la mano y se despidió diciendo:

—Hasta mañana, *sister*...

Salí de casa de mi madre bastante mosqueada. En el ascensor, empecé a escribir un mensaje a mi padre:

> Papá, no cuentes con Alic...

Me detuve. No pude evitar un leve gruñido. Podía entender que Alicia no quisiera ir a la boda de mi padre con Nina. Vale. Y convencerla no era mi guerra. Pero hacer un chantaje así a papá me parecía demasiado. Al final, cambié la frase por esta:

> Papá, ¿te parecería muy descabellado que mamá viniera a la boda?

Cuando me metí en la cama, era la una y pico de la madrugada y, evidentemente, mi padre no había contestado porque estaba en el quinto sueño. Escribí a Jacobo, que, al segundo, me envió una foto suya en pelotas. Lo había dejado colgado antes de entrar en la Joy y estaba deseoso de mensajeo erótico. No aguantaba más. Posaba frente al espejo de su baño con el miembro erecto y una cara de placer que, en lugar de despertar mi libido, me produjo risa. Me «ponía» muchísimo, pero así en frío y de repente era jocoso. Le dije que estaba como un tren, porque era cierto, y él entró al trapo con una pormenorizada descripción del sexo oral que me practicaría nada más verme. Me pidió fotos desnuda, le envié una, pero menos porno que la suya. El chat se calentó con vídeos y notas de voz. Al final, cada uno se apañó consigo mismo como pudo. Tras nuestros respectivos clímax, nos avisamos. Le hablé del concierto y de mi hermana. Él, de su nuevo pan de centeno y semillas de chía. Gracias a la tecnología, el campo y la ciudad nos dimos, muy relajados, las buenas noches.

13

La lista de la compra

Me eché crema hidratante en la cara y embadurné mis labios eternamente secos con la barra de cacao número cien mil que había comprado en la farmacia. Iba a una por mes, siempre las pierdo. Salí de casa sin maquillar lo más mínimo, buscando el look «cara lavada»; con una banda en la cabeza para sujetar el flequillo disparado y oculta tras unas grandes gafas de sol. El abrigo me llegaba hasta los tobillos, lo escogí a propósito porque así escondía mis *leggings* cutres y una sudadera gris de andar por casa. En los pies, zapatillas fosforito para despistar. No tenía claro si pasaba desapercibida pero *cool*, o si rozaba unas pintas estrafalarias aquel domingo a las once de la mañana, pero todavía no me apetecía arreglarme. Me convencí de que podía ser como una *celebrity* que hace recados y quiere pasar desapercibida. Solo que su chándal es de marca, no como el mío. Con ese uniforme de incógnito, a lo Chenoa en sus horas sentimentales más bajas tras la ruptura con Bisbal, tenía que ir a por fiambre y galletas para nutrir mi desolada despensa. Pocos transeúntes por la calle, pocas posibilidades de encontrarme con nadie que me reconociese. Perfecto para una pinta destartalada como la mía.

Lo bueno de vivir en el centro es que los domingos los supermercados abren. No son *gourmet* ni de grandes dimensiones, pero el soltero puede encontrar lo necesario para subsistir. El más cercano a mi piso era propiedad de una familia china. Superaba el típico concepto de tienda de chinos que solemos tener en mente. Gracias a vivir prácticamente allí, a abrir y cerrar antes que cualquiera, a criar a sus hijos por los pasillos y a sorber sopa tras el mostrador, los dueños habían conseguido ampliar el ultramarinos de chuches original e incluso habían contratado a un carnicero/charcutero español. Paco se mostraba encantado de estar a las órdenes del imperio mandarín porque, como él mismo argumentaba, serían los amos del mundo, si no lo eran ya. Le pedí cien gramos de pavo braseado, «pero córtalo muy fino, que se rompa, por favor, que si no me da grima».

—Sois más exquisitos que las abuelas —se quejó Paco englobándome en el grupo de jóvenes y excéntricos.

Me dio a probar una loncha para saber si ese grosor era el que solicitaba, y del hambre que tenía, me la bebí. En mi estómago solo flotaban un café y una magdalena. Le dije que estaba perfecto, que muchas gracias, y prosiguió guillotinando el cacho de pavo. Me adelanté a su pregunta de «¿Algo más?» porque quería otros cien gramos de queso sin lactosa. Él levantó una ceja como señal de que insistía en mis extravagancias. Una señora pequeña, con un carro de la compra a cuadros más alto que ella, preguntó quién da la vez. Lo hizo por inercia porque yo era la única en ese mostrador. Paco estaba cortando mi queso, levantó la vista para musitar «Ahí viene otro rarito» respecto a un cliente que se aproximaba a su área de actuación. Joder, no podía ser. Pero si solo había tres personas en la tienda y resulta que a una de ellas la tenía que conocer. No me apetecía ser vista, y menos hecha un adefesio. Dejé caer las gafas de sol que coronaban mi pelo para que me cubriesen de nuevo. Me parece absurda a la par que hortera esa gente que no se las quita en interiores, pero esto era cuestión de dignidad. El «rarito» era el hombre «con mochila» al que no le había hecho ni puñetero caso en ocasiones anteriores, y bajo mi punto de vista así debía continuar. Cogí el teléfono para disimular, pero él enseguida se percató de mi presencia. Dijo hola, pero no me giré. Al segundo saludo, ya fue más preciso:

—¡Hola, Olga!

—Ay, hola... Perdona, estaba ensimismada.

—¿Y tú de nuevo por aquí? —preguntó sorprendido. Entonces recordé que, en nuestro segundo tropiezo en el bar de su amigo, le había dicho que vivía lejos de allí. Para quitármelo de encima, básicamente. Tino, eso es. Se llamaba Tino. Tuve que rectificar por coherencia con mi look mañanero improvisado. Era apreciable que me había caído de una cama no muy lejana y había rodado hasta el supermercado más próximo.

—¡Es que me he mudado!

—Ah, ¿sí? Este barrio tiene su encanto, lo entiendo...

No le di bola. Estaba segura de que se había dado cuenta de que trataba de esquivarlo otra vez. Pero fue educado y mantuvo el tipo. Habló del tiempo frío y de lo sucia que estaba la calle tras un sábado de juerga. Parecíamos jubilados. La señora no perdía detalle, y Paco tampoco. Me devolvió el queso y le dije que no quería nada más. Era feo irse de manera drástica, así que prolongué la charla. Con las gafas puestas, por supuesto. Me contó que él llevaba dos años en la zona. La señora pidió a Paco un hueso de osobuco. Cuando llegó el turno de Tino, sacó unos *tuppers* de acero inoxidable y tapa de silicona de una bolsa de tela que llevaba al hombro. Le comentó a Paco si ahí podía meter trescientos gramos de jamón cocido y otros doscientos de mortadela italiana. Paco no pareció sorprendido:

—Muy fino todo, que se rompa, ¿no, caballero? Como la señorita de las gafas de sol...

—Bueno..., sí, me has leído la mente —respondió Tino, y me miró.

—Es que tengo una jaqueca terrible y esta luz blanca fluorescente me mata, ¿sabes? —justifiqué, y para cambiar de tema pregunté a Tino por los envases que había entregado al charcutero.

—Intento reducir el consumo de plástico en mi vida. El papel con el que envuelven el embutido está plastificado y, si puedo evitar llevarlo a casa, mejor. Debo ser el único que lo hace por aquí, ¿no, Paco?

Despertó mi concienciación medioambiental y, por

alusiones a la naturaleza, me acordé de Jacobo. De su pan y de su torso ardiente. Me entró un cosquilleo de índole sexual inesperado. «Luego lo llamo», pensé. Paco ponía cara de extrañeza mirando a Tino:

—Me tenéis curado de espanto... En lugar de ir *pa'lante*, sois como los cangrejos. ¡Esto de traer fiambreras ya lo hacía yo de pequeño cuando mi madre me mandaba al colmado! ¡Menuda novedad!

Ambos reímos y, cual lagartija, aproveché para despedirme con un par de besos. Mis lentes XXL chocaron ligeramente con su nariz y le pedí disculpas. Me perdí por las estanterías de cereales haciendo tiempo para no volver a coincidir con el hombre «con mochila» en la caja. ¿Quién compra tanto jamón york para uno solo? Sería para su hija, me respondí yo misma. Merodeé por los ingredientes de las cajas de galletas localizando aquellas que tenían grasa de palma para hacerles la cruz. También eché a la cesta pan de molde de centeno. Estaba tan remolona que el propietario pasó por mi lado sospechando que tramaba algo. En la pared, tenían una pantalla con hasta una decena de perspectivas diferentes de cámaras de seguridad. Para mí, era imposible discernir nada en aquel batiburrillo, pero él sí parecía tenerlo controlado. Le pregunté:

—Disculpe, ¿tienen Campurrianas?

—¿*Campulianas...*? Aquí. —Fue rápido al señalarlas dando a entender que era difícil no haberlas detectado.

—Uy, je, je, muchas gracias, *xie xie* —contesté distraída y simpática para despejar sus temores de robo.

Me encaminé a la caja y, por desgracia, Tino todavía estaba pagando. Le ofrecí una expresión agradable a punto de posar mi escasa compra en la cinta. La señora del carro a cuadros apareció:

—Solo llevo estas dos cosillas, chica —señaló adelantándose a mis movimientos.

Dejó en la caja la bolsa de la carnicería y una garrafa de aceite dando por hecho que yo le cedía el turno. Tino observó la jugada y sonrió silencioso. Me quedé con mis tres productos en las manos valorando qué prisa podría tener aquella mujer una mañana de domingo para querer colarse con tanto descaro. Hice a Tino un gesto que quería decir «habrá que comportarse». Me apiadé de la cajera china e imaginé las ocasiones en que la señora se había encontrado con una semejante: se habrían enzarzado en una discusión sobre quién estaba primero y habrían montado un buen escándalo en la cola. Pasé y dejé pasar.

Tino esperó a que yo pagase para despedirse de verdad con un «Hasta pronto, vecina» y yo le dije «Que disfrutes tu mortadela, vecino». Se montó en un patinete eléctrico que cogió en un punto de alquiler que había en la acera de enfrente y se alejó con su bolsa de tela a la espalda.

De regreso a casa, consulté el teléfono y, por fin, leí el mensaje que aguardaba de mi padre:

> He negociado con Nina y, aun corriendo el riesgo de convertir la boda en un vodevil, tu madre puede venir. Es más, ya le he mandado una invitación.

No le contesté, porque primero llamé a Alicia. La desperté.

—Tía, qué haces sobando, es casi mediodía.

—Es que ayer me quedé viendo con mamá la bazofia esa de crímenes sin resolver. El programa acabó a las tres de la madrugada.

—Ya no tienes excusas para no ir a la boda. Papá invita a mamá, me lo acaba de confirmar.

Alicia no habló, creí que eran segundos valorativos, pero al final terminaron en bostezo. Después, prosiguió como si nada:

—Bueno. Ahora solo queda que mamá acepte la propuesta. Hala, más tarde hablamos, que tengo sueño. —Y me colgó un poco malhumorada por la interrupción.

14

¿Esto cuándo sale?

Menos mal que había metido la bufanda y los guantes en la maleta. Principios de noviembre, seis grados, ocho de la mañana en un pueblo de Ávila. Rober tomaba planos recurso del interior del consultorio. Un esqueleto ficticio con casi todos los huesos se sentía muy olvidado en una de las esquinas. «Faltan un omóplato, dos vértebras y algunas falanges», me señaló Mariano. De la pared, colgaban antiguos pósteres de anatomía que ya eran color sepia. El paisaje lo completaban una báscula de contrapeso, una camilla que parecía incómoda, una nevera para las vacunas, estanterías de cristal con gasas, vendas, pomadas, jarabes, mercromina y otros primeros auxilios. «¿No hay calefacción?», me quejé para mis adentros. Mariano llenaba su maletín con jeringas, pastillas y papeles. Supongo que percibió mis labios morados y hombros encogidos. Justificó el ambiente «fresco»:

—Apenas recibo a pacientes aquí, ni siquiera yo paso mucho tiempo en consulta. Mi oficina es la aldea, al aire libre. —Sonrió. La bata blanca acumulaba polvo en el respaldo de su silla.

Mariano era uno de los pocos médicos rurales que quedaban. Su ayuda abastecía a unas ocho localidades abulenses de unos cientos de habitantes cada una. El hospital provincial estaba lejos y él era el primero en llegar ante cualquier urgencia. Se hacía unos treinta mil kilómetros en coche cada año. Mi jefa me había encargado seguir su jornada. Estaba empeñada en vender a nuestra audiencia la historia de Mariano como la de una reliquia. No le faltaba razón: la figura del doctor de familia en zonas del interior del país poco pobladas está a punto de desaparecer. No hay candidatos al relevo generacional.

—Los nuevos no quieren venirse, esto les parece poco emocionante. ¿Qué pasará entonces con los enfermos? Tendrán que mandar helicópteros desde Ávila a por ellos. Al final, más gasto. Tiempo al tiempo —pronosticó invitándonos a salir. La puerta metálica chirrió y él cerró con un fajo de llaves—. Podéis acompañarme a ver a Celestino, anoche me llamó por un percance que ha tenido cuidando el ganado.

Mariano era bonachón, no muy fuerte, pelo gris rizado con entradas pronunciadas. Bigote espeso y gruesas gafas de ver de cerca apoyadas sobre la mitad del tabique. Como nos explicó de camino, su jornada no deparaba grandes vértigos y, si se complicaba, había que llamar a la ambulancia para el traslado hasta la capital. Para el resto de las pequeñas emergencias, además de las visitas de rigor a por recetas, él era la única persona disponible para muchas familias. La edad media de sus pacientes rondaba, como la suya, los sesenta años.

—¿Nunca has pensado pedir el traslado a la ciudad? —planteé al suponer el hastío de más de treinta años de primeros auxilios a ganaderos.

—Soy de pueblo. Nací aquí cerca. En su momento, hice prácticas en el hospital de Valladolid y no llevé bien el estrés. Todo va demasiado rápido y el personal se molesta con facilidad. Aparte de eso, como comprenderéis, no puedo dejar a esta gente sin psicólogo de cabecera. —Al comentario le siguió una carcajada contenida que en ese momento no entendí. Nos montamos en su coche.

La mujer de Celestino abrió la puerta y secándose las manos en el mandil nos indicó que su marido era un cabezota y que, por sus santas narices y a pesar del dolor, acababa de salir de nuevo él solo con las vacas. Que a ver si lo puede convencer usted para que repose, don Mariano, porque en tres días marcha para Extremadura y, aunque diga que no, cada vez que se inclina ve las estrellas, que lo sé yo. Celestino, me aclaró el médico, era pastor trashumante y, en breve, junto a su centenar de animales, partiría en busca de tierras más cálidas. Toqué mi bolsillo para cerciorarme de que mi iPhone seguía ahí y que no había sufrido una regresión espontánea de varios siglos. Hasta ese día, no había considerado la trashumancia más allá de una fiesta en recuerdo de una tradición muerta que llenaba, una vez al año, el centro de Madrid de ovejas y cabras. Quince segundos en el telediario y punto.

Caminamos hasta una finca, el sol castellano no calentaba lo suficiente y me puse la capucha mientras Rober no grababa. A lo lejos, divisamos a Celestino, carrillos sonrojados bien nutridos, que daba voces para que sus animales no se dispersasen. Nos dio los buenos días alzando una mano y gritó de nuevo a las reses.

—Acércate sin miedo, que no van a ir a por ti —dijo Mariano ante mis pasos precavidos.

Treinta vacas de unos seiscientos kilos cada una intimidan.

—Yo es que soy de leche de soja. —Intenté hacer un chiste para relajarme y ambos me miraron como un bicho raro.

Quitando alguna excursión con el cole, nunca había tenido una vaca tan cerca. Ni ningún bovino en general. Olía fuerte, a una mezcla de excremento y el tufo de mil perros sin lavarse durante un mes. El pelo era negro y brillante. Me parecieron gigantes, moriría aplastada si tan solo una me embistiese. Pero también las noté un poco «pasotas» y eso me tranquilizó. Rober se situó a un palmo de la cabeza de una de ellas, filmando en detalle cómo rumiaba la hierba. Celestino ya estaba al tanto de nuestro reportaje, nos dimos la mano, no puso ninguna objeción y enseguida nos contó lo sucedido:

—Fue aquella, la Chispa. Me empujó. —Se levantó la parte trasera inferior de chaqueta y camisa para mostrar las consecuencias del golpe. Se apreciaba un vistoso hematoma que me hizo mirar hacia otro lado—. No veas lo que molesta, Mariano. Por algo la llamé Chispa, es de las más inquietas. Y pasado mañana me largo a por pastos con ellas, así que necesito cura.

—Pues te marcharás dolorido, Celes —dijo mientras palpaba con extremo cuidado la zona herida—. Es una contusión importante, pero por suerte no hay más. Analgésico cada ocho horas, que Marisa te eche esta crema mañana y noche y, sobre todo, reposo durante estos días previos a tu salida, por favor. No querrás quedarte tirado por la cañada adelante —le aleccionó serio.

A continuación, Mariano me explicó que las coces de vaca eran frecuentes en el rural. Solo ese año había atendido una veintena, y alguna bastante grave, con rotura de costilla y perforación en el pulmón. Los segundos accidentes más habituales eran las mordeduras de ofidios, el nombre técnico para referirse a víboras y culebras, aunque nunca eran letales. Se me pasó por la cabeza que el repelente que cubría mi epidermis no serviría de nada si una serpiente de Ávila se cruzaba en mi camino.

—Salgo tarde para allá y encima así de machacado... —Celestino meditaba quejoso—. Pero hay que ir, como siempre. Deben llegar a junio hermosas para que la carne sea tierna. —Miró para mí y preguntó—: Ya habréis comido un buen chuletón de aquí, ¿no?

Ni siquiera eran las diez de la mañana y, aunque estaba segura de que Rober empezaba a salivar por la gastronomía autóctona, yo no podía ni imaginar un pedazo de filete sangrante después de haber visto ese hematoma. Así que cambié de tema:

—¿Cuántos años lleva de pastor trashumante, Celestino?

—Toda la vida —respondió mientras observaba cómo Mariano cumplimentaba allí mismo, escribiendo sobre su maletín, una receta y después le entregaba al paciente una caja de ibuprofeno.

—¿Y tiene hijos que quieran heredar este trabajo? —Lo dudaba, pero quería confirmar mi intuición. Mantuvo un silencio de unos diez segundos.

—Tengo un hijo abogado en Salamanca, que está muy bien como está. Esto es muy duro, muchacha. Medio año fuera de casa. Y vuelta a empezar. Mejor que se quede donde está, por estos montes no se pierde nada... —Había trasfondo nostálgico en sus palabras. Sonó a que el hijo había cambiado para siempre el campo por el asfalto y apenas le visitaba.

—Como ves, no hay recambio. ¡Somos especies en peligro de extinción! Deberían protegernos. —Mariano bromeó para avivar el tono decaído del pastor—. Me paso a verte en dos días, Celes, antes de que te marches. Descansa, no seas tozudo.

Se dieron un abrazo con palmada en la espalda como dos amigos que se quieren y se despiden en un bar. Celestino me dijo adiós con la mirada triste y me sentí culpable por haberle preguntado por sus descendientes. Me sobrevino la imagen de «la mujer de los siete segundos». Le pedí a Rober que detuviese la grabación.

—No solo es su hijo, Celes también tiene nietos a los que no ve desde hace varios años. Los que se van, no suelen volver. El campo es saludable y tranquilo. Pero no todo el mundo vale. Hay que aprender a lidiar con la soledad.

Estaba claro que Celestino iría directo a un terapeuta si fuese un habitante de la urbe, donde ser expansivo está de moda y la soledad se entiende como un demonio al que hay que sacar del cuerpo cuanto antes. Mantendría un año de sesiones semanales, a setenta euros la hora, y hablaría con su entorno del tema para naturalizarlo y superarlo cuanto antes. Tal vez, el psicólogo lo derivaría a un psiquiatra que le recetaría un ansiolítico para aliviar la añoranza de su hijo y sus nietos. Sin embargo, en un pueblo recóndito donde el aislamiento es más físico y real que nunca, donde quizás en una semana te cruzas solo con un par de personas, donde ni siquiera internet funciona bien y apenas cuentas a nadie lo que te recorre por dentro, parecía que el problema se lo comía la tierra.

—Cada uno lo lleva como puede. Sin compartir demasiado. Y si no, para eso estoy yo. Para escuchar penas. Más de la mitad de mi trabajo lo dedico a escuchar.

La siguiente cita de Mariano aquel día era en casa de doña Isabel, en un pueblo vecino, para hacerle saber los resultados de su último análisis de sangre. Ochenta años, un poco sorda, seca y no muy amante de la luz, a juzgar por su casa lúgubre. Mariano le comentó que éramos periodistas amigos y ella dio el visto bueno a la grabación porque nuestra cadena de televisión era su preferida. Nos hizo pasar a un salón de cortinas tupidas presidido por un aparador monumental de madera rústica con cerrajes férreos. De negro y sobria en cada palabra y movimiento, la Castilla profunda parecía personificada en esa señora que, pese al ostracismo del lugar, tenía ganas de hablar, a su manera, con el médico. Mariano elevaba la voz para que la sordera no fuese un obstáculo:

—Está usted un poco baja de leucocitos, doña Isabel.

—Dígame usted qué es eso.

—Glóbulos blancos. Las defensas de nuestro cuerpo.

—Claro está, ya no me deben quedar muchas... —Miró de reojo el retrato, a medio camino entre el dibujo y la fotografía, del que supuse era su difunto marido. Gobernaba la pared principal de la estancia. Volvió su cara hacia mí—. ¿Y la periodista está casada?

—No, señora. —Fui parca al igual que ella.

—Ni falta que hace. —Me sorprendió su réplica también tajante y opuesta a la convención.

—Hematíes bajos también... —Mariano seguía con el relato.

—Eso es malo, entiendo —sugirió ella.

—Bueno, no tiene por qué ser grave. Se va a tomar usted estas vitaminas para que le aporten hierro.

Ella echó otra ojeada al cuadro de su esposo y dijo:

—Don Mariano, ayúdeme. Quiero descolgarlo de una vez por todas. —Apuntó hacia la imagen con su mano temblorosa—. No puedo hacerlo sola.

—Por supuesto. Entre otras cosas, para eso está el médico, ¿no? —respondió irónico.

Mariano se subió a una silla e inició la maniobra ante el silencio absoluto de la viuda, que se persignó justo cuando el médico retiró el rostro del marido del lugar

donde había estado unos veinte años, desde su falleci-
miento prematuro. En el espacio que ocupaba antes,
ahora solo había un rectángulo blanco delimitado por el
polvo que ocasiona el paso del tiempo. Mariano apoyó
el retrato en la mesa camilla y preguntó a la paciente el
porqué de la ocurrencia en ese preciso instante.

—Será porque estoy baja de defensas, como usted dice.

A doña Isabel, la imagen frente a la que, con seguridad,
había rezado miles de veces, ya le molestaba. Me preguntaba el motivo de haber esperado tantos años para quitár-
sela de en medio, pero, a raíz de estos reportajes, había
empezado a comprender que el tiempo transcurre a una
velocidad diferente en la aldea. La octogenaria se liberó
del duelo delante de nuestra cámara en un gesto que hasta consideré feminista. Al menos, revolucionario en ese
contexto y a esa edad. Cuando Mariano iba a continuar con la retahíla del análisis de sangre, sonó su teléfono móvil. Se extrañó y contestó con rapidez. Tardó segundos en palidecer.

—Voy tan rápido como pueda, en veinte minutos me
planto ahí. —Colgó y explicó a la anciana—: Se ha puesto
de parto Inés, la mujer de Félix, el de la ferretería, el hijo de
Paco el zurdo. No hace falta que nos acompañe a la puerta.

Salimos cagando leches. Mariano nos contó que en
los ocho pueblos que tenía a su cargo tan solo había nueve niños y dos mujeres embarazadas. Una de ellas era
Inés y, aunque habían llamado a la ambulancia, tardaría
unas dos horas en llegar y todo parecía indicar que el nacimiento se adelantaba. «Tal como está de envejecido el

panorama, no nos podemos permitir que nada salga mal»,
reconoció el médico, al que esta vez sí noté con la adrenalina propia de enfrentarse a una verdadera urgencia.

Entramos en la casa, guiados por los alaridos de la parturienta. Era el primer hijo de Inés y Tomás, veinteañeros, y allí se había concentrado hasta el cura en señal de apoyo. Un bebé en el pueblo era un notición. Mariano saludó y se abrió paso entre abuelos, primos y vecinos. Intentando no alarmar, dijo eso de «Están conmigo estos chicos de la televisión para hacer un reportaje sobre mi trabajo», pero la gente, como era de esperar, se mostró reticente. Un adolescente unicejo acabó con la tensión cuando vio razonable nuestra presencia: «Ah, claro, venís a grabar el parto porque no nacen niños y es todo un acontecimiento». «Es una bendición», añadió una señora con moño. «Pues el ayuntamiento da ayudas», dijo otra más pragmática. Respondí que sí, que grabaríamos siempre que los padres lo permitiesen. «Y hasta que mi estómago aguante», me puntualicé a mí misma. Rober me susurró «No te creo tan valiente» y yo le di unas cuantas indicaciones de cómo debería ser la grabación:

—Apenas quiero sangre o momentos escatológicos. Ten mucho tacto, ¿vale? —Recordé lo del tapón de mocos y me entró pavor.

—Sí, claro. Y te lo pinto de rosa.

Mariano entró en el dormitorio para ver cómo estaba el tema con un gran botiquín que siempre llevaba en el maletero del coche. No era el primer parto por sorpresa que tenía que asistir. A los pocos minutos, en un lapso en el que no escuchamos gemidos, Félix, el futuro padre, salió para presentarse y decirnos que sí, que podíamos grabar, siempre que luego le mandásemos un DVD con el reportaje para tenerlo de recuerdo. «Te envío dos o tres copias, macho», le contestó Rober. Félix, entre nervioso y contento, le dijo a una cuñada que «la Inés» había pedido que si por favor le podían echar un colorete rápido para no salir con tal mala cara en la tele. Coquetería hasta en plena batalla.

Dudé antes de entrar en la habitación del parto, porque no estaba segura de poder soportar hasta el final sin marearme. No obstante, sabía que a la directora del programa le iba a encantar ese tipo de grabación, lo expresaría de manera rimbombante con un «Esto es exactamente lo que buscábamos, reflejar la vida en crudo». A esto se sumaba que con seguridad era la peripecia laboral más arriesgada que el médico rural iba a protagonizar en el reportaje, así que no podía echarme atrás. Desactivé mis remilgos personales y puse en marcha la función de reportera superprofesional. Nada me afecta. No hay dolor.

El cuarto era amplio y en el centro estaba la cama. Su armazón de madera oscura contrastaba con las sábanas y almohadas blancas que mantenían semiincorporada a Inés. Ella, gruesa, sudada y desencajada a pesar del colorete, estuvo a punto de dirigirme una sonrisa de bienvenida cuando otra contracción la hizo gritar. Apretó el brazo de Félix, quien, con bigote poco poblado y cara de crío, susurraba como en las películas: «Empuja, empuja, empuja».

—Falta muy poco. —Mariano estaba a los pies de la cama, había desplegado sobre una cómoda el material de su maleta, se había puesto guantes, mascarilla y gorro verde de quirófano, aunque seguía con su ropa anterior. Según explicó concentrado, evaluaba la dilatación y posición del feto, pero no quise meterme mucho en su faena ahí abajo.

Me situé en la cabecera para poder entrevistar en lo posible a Inés, que apenas pudo completar dos frases entre queja y alarido. Que duele más de lo que creía y que sería una niña a la que llamarían Amelia, como una tía abuela que justo había fallecido hace un par de días. Junto a ella, Félix le acariciaba la frente para retirarle el sudor. Pedí a Rober que se recrease en los gestos de cariño de la pareja. Me confesaron que no habían ido a ninguna clase de preparto porque el ambulatorio donde las impartían les pillaba lejísimos. En resumen, sin pautas y sin anestesia porque no quedaba otra. Nueva contracción y chillido. Si les cuento en ese momento que la última tendencia de las parturientas capitalinas es rechazar el sedante y experimentar el parto en toda su intensidad como si estuvieran en la caverna, no me creen.

—¿Y esto cuándo sale? —Fue lo último que preguntó Inés antes de enfrentar la siguiente contracción. «Eso digo yo», pensé después de darme cuenta de que ya habían pasado tres cuartos de hora desde nuestra llegada. El médico me leyó el pensamiento y respondió por mí:

—¡Esto sale ya mismo! Ahora debes empujar una y otra vez con todas tus fuerzas cuando notes el dolor, ¿de acuerdo? Más que nunca. —Inés asintió y Tomás también.

A partir de ese anuncio, comenzó un ejercicio sobrehumano por parte de Inés. Cesaron las palabras porque entre contracciones solo tenía tiempo para recuperar el aliento. Apretaba mandíbula y agarraba sábanas, gruñía, no miraba a nadie. El rostro de Félix, en sintonía, emulaba de manera inconsciente sus muecas de esfuerzo. Mariano animaba cada empujón para que lo llevase al máximo, hasta que ella, al límite de romperse, dejaba caer su cabeza exhausta sobre la almohada, con una profunda respiración dolorida de alivio. Así una decena de veces hasta que comenzó a aflorar la cabeza del bebé.

—Puedes incorporarte y tocarla si quieres —le sugirió Mariano. Yo creí que me mareaba solo de imaginarlo. Mariano me invitó a asomarme, pero me negué. Desde mi posición, veía la sangre justa, para qué forzar. Rober sí lo hizo y no pareció impresionarse.

—¡¡Pero si es peluda!! ¡Como su abuelo! —exclamó la madre mientras tocaba la cabeza de su hija a medio salir.

Rober y Mariano rieron. También rio Félix, que no se separaba de una Inés empapada y recuperando energías. «Ya casi está, lo estás haciendo muy bien, Inés. Vamos, campeona», comentó el doctor rural convertido en una mezcla de matrona y *coach* para la ocasión. Pese a mis directrices, Rober pidió permiso para grabar la expulsión completa desde una posición más próxima porque, literalmente, «era la hostia, brutal, bestial». Ante un argumento de esa envergadura, los padres accedieron, porque así tendrían todo grabado para verlo tantas veces como quisieran en el futuro. Callé cualquiera de mis apreciaciones acerca de qué puñetera belleza puede haber en registrar para la posteridad tu vagina hiperdilatada y qué sé yo cuántos fluidos brotando de ella para luego dar paso a un pequeño ser humano retorcido, apretujado, sucio y cabreado luchando por salir del agujero.

La recta final fue rápida e intensa. Me salpicaban los sudores de Inés y experimentaba toda su hazaña física que a punto estaba de partirla en dos. Fuera, familia, allegados y paisanos intuían el alumbramiento, se escuchaban murmullos de emoción y algún rezo, el adolescente unicejo asomó la cabeza un par de veces por la puerta entreabierta para informar al personal. Mariano, también entusiasmado, como el comentarista de un partido de segunda regional, narraba los avances y describía las extremidades del bebé, que vislumbraba tras cada pujo y gemido de la madre. Orejas, cuello, hombros. Observé los dedos de Inés marcados en los brazos de Félix, que al día siguiente serían cardenales. Heridas de guerra. La exaltación de Rober evolucionaba en aumento, iba y venía con su cámara desde la cara de Inés a sus partes bajas y a la inversa, con el propósito de no perder detalle. «A la hora de editar, habrá que pixelar para no vulnerar sensibilidades de la audiencia», anoté en mi mente, que intentaba mantener incólume frente a la escena más animal y estresante que había presenciado nunca. En plena batalla, el doctor no avisó y con un solo movimiento ágil y veloz de manos, como un ninja, sacó en volandas a la niña y la depositó sobre el pecho de su madre.

Di un paso atrás, impactada. Era como si, a pesar de lo evidente, no me lo esperase. De verdad que estaba ahí metido, iba en serio. Percibí de golpe la gran distancia que existe entre observar una barriga embarazada donde supones que hay un feto y ver al bebé recién salido de dentro. De repente, lo que era ajeno y extraño, acababa de hacer, por primera vez, acto de presencia humana, pringosa y arrugada, con párpados hinchados y llanto explosivo. La cámara ya estaba sobre ella. Amelia, «como su tía abuela», repetía la madre, que la besaba llorosa, entre demacrada y enternecida, preguntando a todos si no era cierto que era una niña preciosa.

Suena la sirena de la ambulancia del hospital provincial. «A buenas horas», ríe el médico. Se quita el gorro de quirófano en aquel dormitorio de pueblo y limpia el sudor de su frente. Félix, con lágrimas silenciosas por las mejillas, acaricia a Inés y a su hija. Me acuerdo de Pablo y me molesta, porque creí que lo tenía superado. Me percato de los ojos vidriosos de Rober detrás del visor. Mariano, conmovido, toca un pie de Amelia, que todavía es incapaz de despegar sus párpados hinchados por un sueño de nueve meses. Sus manos son tan pequeñas como perfectas. Uno, dos, tres, cuatro, cinco deditos. Le acaricio una oreja. Mierda. No puede ser. También yo estoy llorando.

15

Arrebato rural

La bolsa repleta de ropa sin estrenar esperaba en la entrada desde hacía casi un mes. Solo me sentaban bien dos prendas y el ticket estaba a unos días de caducar. Viviendo al límite. Uuuh. A la ropa se le coge manía y yo me había vuelto loca en uno de esos ataques de aburrimiento frente al armario. Todo era viejo y anodino. Me había dejado trescientos euros en una única tienda al poco de mudarme. La pereza que me daba hacer la devolución se convertía en castañuelas en cuanto saltaba en mi cuenta el aviso de reintegro de doscientos cincuenta euros. Subidón. No era la primera vez que actuaba así. Llegué a pensar que, aunque inconsciente, lo hacía a propósito para tener una alegría económica justo cuando empiezan los números rojos. Con esa nueva «transfusión» en el bolsillo, volví a la carga. Escogí un par de chaquetas, dos vaqueros, un vestido y camisetas y me metí en el probador.

Nunca hay colgadores suficientes para tantas perchas.

Siempre entro con el máximo, siete, e intento colocarlas de manera ordenada para no hacerme un lío. Pero empieza el «quita y pon» y todo se desbarata. Ni demasiado ceñido ni demasiado holgado. Lo que rechazo acaba hecho un nudo en el banco porque me fatiga colgarlo de nuevo. Repaso mis curvas. Con los años, he acabado encajada en la talla 38, aunque siempre fui de la 36, flaca como mi madre. Cadera estrecha y pecho justo para llenar una 85. Mi culo respingón y mis ojos ovalados me salvan de la insulsez. Son color miel. La melena muy corta los hace parecer todavía mayores. Por lo demás, soy corriente: piel blanca, pálida en invierno, cabello castaño y labios finos sobre mentón redondo. Con el ajetreo de las pruebas, mi propia ropa se había caído al suelo. La piso. La que decido comprar tampoco considero que sea práctico devolverla a la percha. Después de varias comprobaciones empíricas para confirmar que no, que no es que haya perdido peso y parezca un chupa-chups, sino que los espejos de esta franquicia te hacen más delgada, salgo del probador con una montaña textil entre manos. Me siento el terror de la empleada de turno cuando finalmente solo me llevo una camisa y le traspaso, simbolizado en esa maraña de ropa, una dosis de mi caos.

Después de rebuscar durante una hora más en la tienda, comenzaron a irritarme los leves pero frecuentes empujones de la clientela ansiosa. Además de la camisa, había acumulado en la bolsa tres jerséis de hombre en tonos beige y marrón, dos pantalones de pana gris, dos camisas de franela y un *pack* de calcetines gordos. Seleccioné a un chico de complexión similar a la de Jacobo y le pregunté si creía que las prendas escogidas eran de su talla. Asintió taciturno, sin quitarse los auriculares. Decidí no dar más vueltas y pagar. Estos días de llamadas y mensajes fogosos previos a nuestro encuentro en la nieve, Jacobo me había pedido si, por casualidad y por favor, podría comprarle alguna ganga contra el frío. Al parecer, en la aldea era imposible adquirir ropa corriente «modernilla» sin desplazarse varias horas y, por otro lado, las compras online tardaban más de dos semanas en llegar a esos lugares ignotos. Le repliqué con guasa que, para ser panadero de pueblo, era bastante impaciente, y me respondió que prefería confiar en mi criterio y que, además, yo le tenía «bien medido». Me reí y le dije que sin problema. En un principio, el encargo me pareció atrevido pero simpático, tal como era Jacobo, y eso me gustaba de él. Pero yo pensaba que querría un par de prendas y no renovar el armario. Ya situada en la cola de la caja, con la vista puesta en los calcetines para un pie del 45, me rondó la idea de que era el típico recado que un hombre propone a una novia oficial y servicial o, mucho pero muchísimo peor, a su madre. Intenté desterrar esos pensamientos negativos mientras tecleaba el pin de mi tarjeta para abonar los 79,99 euros de la compra. «Alguna ganga.» Creo que usó esa palabra en un intento de edulcorar lo que a todas luces era un marrón. Envié un mensaje a Jacobo y él me hizo la transferencia enseguida y me escribió un «Deseando verte y hacerlo en la nieve» que, más que estimulante, esta vez me resultó un tanto cursi. Pulsé el emoticono de cara neutra para valorar la experiencia de compra, aunque la cajera no tenía la culpa de mi malestar.

Fueron unas cuatro horas de carretera hasta la zona de Brañavieja, en la Cordillera Cantábrica. Había pedido a mi padre que me prestase su coche, llevaba cadenas para la nieve en el maletero y un *pen drive* cargado de música. Cuando conduzco, a veces disfruto cantando a gritos, meneando la cabeza hacia delante como una locatis. Algo similar me ocurre en la ducha, me subo a mi escenario privado. También he llorado al volante de forma grandilocuente, diría que hasta cinematográfica. Sin querer, al mando del coche y a solas, le doy teatralidad a mis comportamientos y estoy convencida de que es culpa de la publicidad. «Esa mierda se te mete dentro», solía decir mi amigo Nico, que conocía a muchos publicistas. Escuchaba «Lean on Me» de Bill Withers y pensé en «la mujer de los siete segundos», en sus facciones de dolor sin resolver. En lugar de situarla en el banco de la plaza de Prosperidad, la senté a mi lado en el automóvil. Imaginé las preguntas que le formularía si fuese mi copiloto en este viaje. Ella, obcecada, respondería a todas con la misma sentencia, la única frase que había escuchado salir de su boca: que solo quería que su hijo no pensase que lo había vendido nada más nacer. Y yo le contestaría una y otra vez que no se preocupase, que me ocuparía de que su hijo supiese la verdad. Era mi pequeña investigación pendiente. Nadie me lo había pedido, solo un pálpito tiraba de mí para reconstruir el puzle.

A las dos horas, paré para hacer pis en una gasolinera inhóspita que me dio un poco de miedo. Compré una Coca-Cola y una exquisita chocolatina con grasa de palma que solo me permito cuando conduzco varias horas, como si estuviese en un territorio fronterizo sin ley. Proseguí un trayecto que prometía finalizar en los brazos torneados de mi panadero campero.

Llegué sobre el mediodía. Gracias a Google Maps, pude avisar a Jacobo cuando estaba a cinco minutos. Me esperaba sonriente en la puerta de la cabaña. Vestía gorro de lana, unas gafas de miope redondas de pasta que le daban un aire intelectual y un abrigo de piel vuelta con pelo de borrego en cuello y puños. De esos desgastados a propósito que valen una pasta. Parecía sacado de un catálogo de la temporada otoño-invierno.

Antes de bajar del coche, me puse mi plumífero azul eléctrico y las botas Gore-Tex que tanto odio pero que eran el calzado adecuado. Además, quedaban bien con los vaqueros pitillo que llevaba puestos. Nos dimos un morreo largo que fundió el paisaje nevado. Entramos con mi maleta y su bolsa de ropa de franquicia en una casa de madera que —pronto lo descubrí— tenía todo tipo de comodidades. Dos pisos reconstruidos, con calefacción, tres baños, uno con bañera hidromasaje, cinco dormitorios y un salón con chimenea y dos ambientes. En uno de ellos, sentados en los sofás y bebiendo vino, charlaban los amigos de Jacobo: Noa, Alberto y David. De cuarenta y tantos todos. Hice algún comentario alabando la casa.

—Sí, preciosa la «choza». ¡Tiene de todo! Menos wifi, joder —se quejó Alberto.

—Y la cobertura va fatal. Hay que acercarse al ventanal para poder llamar o wasapear sin parones —añadió David.

Fue lo primero que comentaron después de presentarse. Se les veía con abstinencia de conexión, conocía de sobra esa dependencia. Me sorprendió, viniendo de tres personas que, como Jacobo, habían decidido huir del mundanal ruido. Eran extrovertidos y parecían igual de convencidos y felices que Jacobo de su regreso al rural. Residían en pueblos próximos y se habían conocido en ferias ecológicas itinerantes. Cada uno tenía su huerto en casa. El de Alberto era el mayor —lo dijo unas cinco veces en los primeros diez minutos— y vendía sus hortalizas entre los vecinos y turistas. Estaba divorciado y con una hija de diez años que se llamaba Selva. Solo la veía un fin de semana cada quince días, porque vivía en Barcelona con su madre, «una abogada *workaholic*», dijo Alberto con claro desprecio. David, aparte de cultivar, era monitor de yoga y daba masajes tailandeses terapéuticos a domicilio. Aunque confesó que por ahora no despertaban demasiado interés en su aldea, salvo la curiosidad de algún habitante adelantado. Noa, vegana de nuevo ingreso, tejía manteles de ganchillo de colores fluorescentes y decía pretender reinterpretar el tapete tradicional de las abuelas y convertirlo en tendencia. Había traído unos cuantos en un gran cesto, eran un poco feos, llamativos en exceso. No sé cómo me convenció para comprar uno de color rosa fucsia y amarillo flúor. Por cortesía, palmé treinta euros nada más entrar. «Entiéndeme —justificó—, es una labor manual muy costosa.»

—Oye, y ¿qué tal está Madrid? Si hay una cosa que no echo de menos es el olor del metro. —Noa intentó hacerse la graciosa y posicionarse.

—Supongo que es lo más parecido a la versión urbana de un corral de gallinas —respondí con retintín.

Jacobo me acercó una copa de vino y me guiñó un ojo cómplice exculpando a su amiga para que no me enfadase. No indagué en sus anteriores profesiones. La ausencia de comentarios al respecto me dio a entender que tal vez nunca se habían dedicado a otro cometido que hacer realidad el sueño neohippy del regreso al campo.

Pasamos la siguiente hora intercambiando anécdotas, sin mirar casi el móvil debido a la ausencia de cobertura. Fue como volver a los tiempos pre-WhatsApp. Jacobo, sentado a mi lado, se reía de lo peculiar que es la gente a la hora de comprar el pan. Imitaba a algún paisano señalando una barra imaginaria y diciendo: «Yo la quiero más tostadita. Dame esa de ahí. No, esa no. La otra. Pero está calentita, ¿no?».

Por no desentonar ni salir de los asuntos rurales, les hablé del reportaje del médico que había hecho unos días atrás y me detuve relatando el pasaje del parto. Fliparon, como yo entonces. Incluso me emocioné al contar cómo habíamos acabado todos llorando en aquella habitación.

Sorprendí a Jacobo observándome ensimismado, con una mezcla de cariño y orgullo. Aunque fuese descabellado, su mirada disparó de inmediato una pregunta en mi cabeza, una pregunta que ni yo sabía de dónde venía: ¿sería Jacobo un buen padre?

Oíamos el claxon de un coche y el sonido de la nieve y gravilla crujiendo bajo las ruedas. Jacobo salió al encuentro del que luego nos presentó como un buen amigo desde la adolescencia en Valencia. Se llamaba Carmelo. Ahora vivía en Santander y se dedicaba a gestionar la empresa de congelados de su padre, que además tenía casas por toda la península. Una de ellas era la cabaña donde estábamos alojados. Esto, junto al Mercedes SUV aparcado fuera, la ropa de marca y el acento pijo, salpicado de anglicismos, denotaban un bolsillo más que pudiente. No pegaba nada con Jacobo, pero a medida que transcurrió el día me di cuenta de que quizás no eran tan diferentes.

Poco después de las presentaciones y de agradecer a Carmelo su hospitalidad, Jacobo le preguntó:

—¿Me lo has traído todo?

—Oh, *shit*. No me he acordado del *garam masala*, acabo de caer —lamentó Carmelo mientras Jacobo sacaba condimentos de una bolsa blanca de papel y los desplegaba en la encimera de la cocina—. Tengo un montón de mi último viaje a la India y se me ha pasado. *Sorry*.

—Tampoco veo la cúrcuma, ni el cardamomo ni el jengibre en polvo. Joder, joder... —protestó Jacobo colocando en fila una decena de salsas y especias. Carmelo se irritó:

—Pero ¿no eres agricultor, tío? Plántalos tú, digo yo. Claro que es más fácil que te los traigan del herbolario, pero es que eso es un chollo. Así también me mudo yo al campo.

—Pues vente, valiente. Ah, no. Que es más cómodo vivir en el palacete de papá en Santander. —Jacobo se picó. Olvidó que yo estaba delante y prosiguieron los reproches.

—*Don't fuck with me, Jacko.* Menuda valentía la tuya tirando del bolsillo de la *family* para hornear bollos de espelta...

Se retaron con los ojos como en un duelo de vaqueros. Fueron tres segundos de tirantez. Ambos dieron un sorbo a sus respectivas copas. Era evidente que se conocían bien. Querían ahogar la pelea en el vino y se mantuvieron la mirada mientras bebían. Para ayudar a disolver la tensión, sugerí que por qué no dábamos un paseo por la nieve antes de comer.

—Venga, vale, y luego pedimos sushi. Ah, que aquí no se puede pedir sushi, porque no llegan ni los *mails.* Ya le dije a mi padre que esta casa tiene que venderla de una puñetera vez, no es práctica —zanjó Carmelo agarrando a Jacobo del hombro y caminando hacia el salón.

Jacobo y yo nos abrigamos y decidimos dar ese paseo juntos por los alrededores de la cabaña. Fue refrescante. Me di cuenta de lo que cansa cada pisada en la nieve y cómo duelen los huesos pasado un rato. Nos besábamos a cada poco y me dijo que si no fuera por el frío me quitaría las bragas allí mismo y me haría el amor contra un roble milenario. Que esa noche me iba a enterar de las ganas que tenía de recorrerme el cuerpo.

El calentón se fue enfriando a medida que continuamos el paseo, pero fue lo siguiente que dijo Jacobo lo que realmente llevó mi temperatura a bajo cero. Lo soltó así, sin más:

—Tengo la teoría de que las parejas dan paseos, principalmente, para tirarse pedos con libertad.

«¿Perdona?», pensé indignada. Entendí que pretendía hacerme reír, ser originalmente natural o, al revés, naturalmente original, pero, bajo mi punto de vista, las flatulencias son un asunto exclusivo del ámbito de la pareja consolidada, y nosotros éramos, como mucho, un lío. Por otra parte, no resultaba un tema de conversación sexy, incluso en el supuesto de que tuviera razón. Me planteaba cómo salir de ese escollo cuando Alberto llamó nuestra atención desde la casa. Levantó una mano y con el dedo índice de la otra se señaló la muñeca que tenía en alto.

—¡Hostia, el arroz! —dijo Jacobo.

Habían encargado una paella en el restaurante para montañeros más cercano. A cuarenta minutos de allí. Jacobo me sugirió que fuéramos nosotros a por ella en mi coche, así podría enseñarme la zona. Me pareció buena idea. Sus colegas confesaron que se saltaban la dieta orgánica por un día y Carmelo soltó un vacilón «Ohhh, ¿de verdad que estáis preparados para asumir ese riesgo? *I can't believe it!!*». Me sentí fatal porque Carmelo debería haberme resultado un imbécil integral, pero me hacían gracia sus comentarios. Había incoherencia entre la presunta filosofía de vida elegida por Jacobo y su modo de actuar. Hablaba de conformarse con las comodidades básicas del pueblo y rechazar la televisión, el consumismo y las prisas, pero luego sufría sin wifi, necesitaba abastecerse de ropa en multinacionales textiles y se enfadaba cuando alguno de sus encargos sibaritas no se cumplía. A esto se añadía que, por lo que Carmelo insinuaba, su panadería pasiega estilo *parisien* no daba para mucho y que eran sus padres los que sufragaban el negocio y, en general, el capricho del traslado al campo.

Hicimos un fondo común para pagar el arroz. Noa reiteró que comprobásemos que la paella era de verduras. Que ni el *fumet* podía llevar caldo de pollo, porque no quería traicionar su veganismo. Me la imaginé en mitad de un atracón nocturno de lomo a escondidas, mientras que de día era fiel a su decisión de no comer nada de origen animal. Quizás estaba siendo demasiado crítica, pero lo de preguntarme por el mal olor del metro me sentó como un aguijón directo a mi patriotismo urbanita. También el timo de los treinta euros por un tapete contribuyó a mi falta de empatía.

En el trayecto hacia el restaurante, Jacobo fue mi Google Maps. Me señalaba en la distancia algunos de los atractivos de los alrededores. «Lástima que con la niebla no se pueda ver el pico Tres Mares», me contaba cual guía turístico. Esta faceta duró unos minutos porque enseguida empezó a hablarme de sus amigos. Aunque más que hablar de ellos, poco a poco fue poniéndolos del revés. Sus críticas se basaban en rencillas relacionadas con su pureza agreste. Parecían inmersos en una competición de autenticidad. Cuando le llegó el turno a Carmelo, se ensañó. Le tachaba de hijo de papá que no sabía ni pelar una patata. Guardé silencio. Estaba sorprendida de que con tantas pegas hacia ellos y tan dispuesto a airear las miserias ajenas, fuera capaz de usar la palabra «amigos».

Había empezado a nevar cuando llegamos al restaurante y me alegré de salir del coche. El ambiente se había viciado después de tantos juicios y sentencias. Pagamos el arroz y nos lo dispusieron en *tuppers*. Jacobo no aprobó el uso de estos envases de plástico por contaminantes, pero no había otra opción si no queríamos tener que venir a devolver la cazuela. Ya de regreso a la cabaña, siguiendo sus indicaciones, Jacobo me confesó que estaba muy a favor de los partos naturales, tal y como habían parido nuestras abuelas, sin anestesia generación tras generación, incluso en el agua, que es menos traumático para el bebé; y yo le dije, educadamente pero sin eufemismos, que tal vez pensaba eso porque él nunca iba a sentir como su vagina se dilataba como la de una vaca y un ser dentro de su cuerpo empujaba por ver la luz con tanta fuerza como para romperte en dos. Jacobo dijo que sí, por supuesto, que cada una haga lo que quiera, depende del umbral del dolor, faltaría más, y entonces noté que el coche se desviaba hacia un lado. Frené en mitad de una carretera comarcal sin población. No habíamos resbalado, la culpa no había sido del hielo, las marcas de la quitanieves por esa calzada eran recientes. Nos bajamos del vehículo y comprobé que una de las ruedas estaba pinchada. Planazo.

—Pues yo nunca he cambiado una. ¿Y tú? —me interrogó resoplando.

Tampoco yo lo había hecho. Jacobo se movía en bicicleta o en una antigua Vespa por el pueblo y en invierno siempre era copiloto de alguien. Hacía años que no conducía un coche. No sabíamos dónde estaba el gato ni cómo reemplazar la rueda.

—Llamemos a asistencia en carretera —sugirió agobiado, y miró su móvil—. ¡Mierda, no hay cobertura! —gimoteó—. ¡Es que estamos en el medio de la nada! —gruñó sacudiendo la cabeza hacia el mismo entorno que minutos antes, en el viaje de ida, había ensalzado—. ¡Joder!

Pronunció un par de tacos más y dio un puntapié a la rueda pinchada, cabreado. Su actitud no aportaba calma a la situación. Para empeorar la estampa, cada vez nevaba con más fuerza.

—Bueno, supongo que así de solitario es a veces «tu» campo —dije intentando localizar la rueda de repuesto en el maletero. No le miré, pero estaba segura de que sus ojos verdes me habían fulminado.

Encontré la rueda, pero ni rastro del gato. Me resultó extraño, mi padre es previsor en la conducción. En cualquier caso, solo veía una opción:

—Tenemos que volver al restaurante a pedir ayuda o, al menos, un gato —propuse.

—¡Eso está a más de una hora andando! —respondió Jacobo entre aspavientos.

—¿Se te ocurre algo mejor? —pregunté tan calmada que debí resultar desafiante.

Jacobo, aunque a regañadientes, terminó por aceptar tanto la situación como la solución. Decidimos que yo me quedaría en el coche, con las luces de emergencia activadas y un triángulo colocado unos treinta metros por detrás para señalizar el siniestro. Si pasaba algún conductor, pararía sin duda a echarme un cable.

Durante mi espera, observé cómo los copos se derretían al chocar contra el capó del coche todavía caliente. Intentaba que se me pasara el enfado, porque «mi panadero» había mostrado un actitud inmadura y egoísta. No solo en su reacción a la noticia del pinchazo, sino desde que llegué. Quizás incluso antes, si cuento el marrón de ir a comprarle ropa.

Cuando la nieve empezó a acumularse sobre el vehículo, ya estaba más calmada y, si no fuera por el hambre y el frío, hasta habría disfrutado del paisaje. Casi una hora y media después de que se fuera, apareció Jacobo como pasajero de una furgoneta. La conducía una vecina de la zona que por casualidad se tomaba algo en el restaurante. Pelo rizado y corto. Ancha de hombros. Vestía un chaleco sobre una camisa remangada y unos vaqueros. Con su gato, nos cambió la rueda en un tiempo digno de la Fórmula 1 y se despidió sin darle importancia. Llegamos a la cabaña sobre las cinco de la tarde. En un silencio total. Con la certeza de que había comenzado, demasiado pronto, el principio del fin del romance.

Había descubierto la impostura vital de Jacobo. Es

como cuando identificas una característica física determinada en un ligue y le coges tanta manía a ese detalle que, cita tras cita, no puedes dejar de pensar en otra cosa. Puede ser un lunar, un tic, un ligero ceceo, los andares con los pies hacia dentro, su risa que te recuerda a un rebuzno... Solo focalizas tu atención en ese defecto y al traste con todo lo demás. Nada lo compensa. Al conocer al panadero y su asilvestramiento sencillo, creí que podría llegar a cogerle el gusto a eso del «nuevo rural». O idealizarlo. Pero durante aquella jornada en la nieve, caí en la cuenta de que todo era una patraña esnob que ni ellos se creían y que solo conseguían mantener, ya en la cuarentena, con la ayuda de sus respectivas familias. Pese a la ingesta de buen vino —cosecha del padre de Carmelo—, no estaba dispuesta a soportar mucho más tiempo tanta pose.

La noche de sexo estuvo bien, pero nada que ver con nuestro primer y apasionado encuentro, que a mí me gustaba recordar manchado de harina. De madrugada, después de dos polvos correctos, con la excusa de que mi jefa me había apretado las tuercas para finalizar la edición de un reportaje, le dije a Jacobo que tendría que irme al amanecer. Me abrazó sin objeciones y cuando sonó mi alarma noté que se hacía el dormido. También yo preferí que no abriese los ojos para enfrentar lo que ambos sabíamos que sería una despedida definitiva. Jacobo seguía siendo igual de guapo que la primera noche que pasamos juntos. Su piel no había dejado de arder y emanar ese aroma a chapata rústica. Pero ya no me calentaba.

No dejé ninguna nota. Tan solo le di un último beso

que supuso la renuncia a futuros desayunos tranquilos con hogaza recién hecha en el porche de su casa.

Llevaría unos diez minutos conduciendo cuando recuperé la cobertura. Me entró tal aluvión de notificaciones que mi teléfono estuvo pitando y vibrando un buen rato. Al principio pensé ignorarlo hasta que parara a poner gasolina, pero luego, con el rabillo del ojo, reconocí la terminación de un número de teléfono. Paré de inmediato en una cuneta y pude confirmar que me había llamado Tomás Corrales, el cámara de *Documento Semanal*. Es más, me había dejado un mensaje —no tenía ni idea de que tenía el contestador activado— que decía: «Hola, soy Tomás Corrales y le estoy intentando devolver las llamadas».

Acto seguido marqué su número. Y de nuevo no contestó. Pero ya me daba igual, era cuestión de tiempo hablar con él y retomar mi investigación. Volvería a llamarle cuando llegase a casa, después de hacerme un sándwich de pan de molde.

16

Corrales

Todo empieza en el chat. O, al menos, una gran parte de lo que ocurre en mis círculos sociales. A veces, también acaba ahí. Que si escoges tal foto, que si escribes demasiado, que si nunca escribes, que si solo envías al «negro del WhatsApp», que si no lees los mensajes o lo haces muy tarde, que si desactivas el doble *check*, que si te sales del grupo. Cualquier movimiento tiene implicaciones fuera de la aplicación. Afecta al mundo físico. Un simple emoticono en un mal momento y puede que alguien no conteste tu llamada al día siguiente.

No pensé en nada de esto cuando vi que Pablo había cambiado su imagen de perfil de WhatsApp. Me sabía la teoría, pero no pude evitar que me afectara. Tenía buen aspecto. Salía él solo, aunque estaba recortado de una imagen mayor y podía apreciarse el contorno de otra cara cerca de la suya. De hecho, se intuía una melena rubia. Sin dudarlo, entré en su Instagram. Había dejado de seguirlo en las últimas semanas por precaución afectiva.

Pero no podía más. Cuatro publicaciones nuevas en las dos pasadas semanas. Descubrí que tenía una rutina repleta de actividad y amistades nuevas. Excursiones, exposiciones, exclamaciones. ¿Quién era esa gente con la que Pablo sonreía tanto? No sentí envidia, quizás algo de celos acompañados de culpabilidad por estar cotilleando. Pero, por encima de todo, me intrigaba su vida después de mí. De repente, todas esas fotos se fundieron sobre una pantalla en negro que decía: «Llamada entrante. Tomás Corrales».

Contesté de inmediato, todavía algo aturdida, y no le di muchos detalles. Le expliqué que estaba rastreando un fragmento que él había grabado. Su voz cazallera, sorprendida por mi curiosidad, reconoció que, si le mostraba el vídeo, quizás pudiera ayudarme. Preferí no enviárselo por mensaje o correo electrónico. Mi intención era extraer toda la información posible sobre la historia asociada a esa entrevista. Nada más efectivo que el cara a cara.

Corrales abrió la puerta con una expresión familiar de viejo compañero a pesar de no habernos visto nunca. Sesenta y pico años, algo bajo, delgado, abundante pelo blanco y barba grisácea. Vestía un chaleco con mil bolsillos como si estuviese preparado para salir de safari. Sus ojos azules, pequeños pero despiertos, se escondían tras unas gafas de montura metálica. Sospeché que vivía solo, por el desorden. No había fotografías de nietos. De hecho, no localicé ni un solo retrato sobre los muebles, que estaban un tanto ajados y anclados en un pasado ochentero. Solo maquetas de aviones y tanques de combate. A pesar de eso, no parecía una persona de carácter solitario. Era dicharachero. De fondo, en la tele encendida, se oía un documental de la Segunda Guerra Mundial en La 2. Me invitó a pasar a lo que él llamó «su taller». Intuí que Tomás sabía bien de qué material efervescente estamos hechos los reporteros y supongo que echaba de menos ese intercambio de energías. Yo necesitaba saciar el cosquilleo de la intriga y él estaba deseoso de rememorar sus buenos tiempos en el «tajo».

La habitación «taller» era oscura y olía a cinta magnética archivada. A polvo, tabaco, plástico, metal, humedad y algún producto químico. No me disgustó. Era un aroma que hablaba de aventuras buenas y malas. Sobre una estantería, pude contar hasta cinco cámaras de vídeo, no sé cuántos objetivos, visores, antorchas, reflectores y otros complementos. Varios trípodes de diferentes tamaños descansaban en una esquina. Encima de una mesa rayada por el uso intensivo, junto a un ordenador de pantalla catódica, había cajas de tornillos, celo y cables. Muchos cables.

—Antes, la televisión no prestaba tantas herramientas a los operadores. Había que buscarse las castañas —me explicó para justificar el despliegue caótico de instrumental—. ¡Vamos a ver ese vídeo!

Entendí que estábamos en su lugar sagrado y había decidido realizar ahí la «operación recuerdo». Abrió la ventana para que el pitillo que se acababa de liar no nos ahumase. Le mostré en mi teléfono a «la mujer de los siete segundos». Me pidió verlo varias veces. Luego, permaneció callado observando la pantalla con las cejas y la frente arrugadas. Dio una calada larga e hizo coincidir su mirada con la mía.

—Para mí, lo más importante es que mi hijo sepa que no lo vendí. —Repitió la frase de la protagonista, pero más despacio y aseverando con firmeza. Quería generar suspense.

Expulsó una bocanada de dióxido y nicotina apuntando al teléfono. Me aparté para no tragar el humo de segunda mano y él prosiguió en tono detectivesco:

—Sí, en efecto. Yo hice esta grabación. Después de decir esto, la pobre mujer rompió a llorar y no pudo continuar con la entrevista. Nunca olvido a los que han llorado delante de mi cámara. No han sido tantos, aunque parezca extraño, en más de treinta años de carrera. El objetivo impone y cuando una persona se derrumba frente a él, es que el dolor gana. Ya nada importa.

Me devolvió el teléfono y esperó mis preguntas:

—¿Recuerdas su nombre?

—No. Soy malísimo para los nombres, a diferencia de para las caras.

—Por lo que sé, en *Documento Semanal* dedicaron varios programas al asunto de los niños robados. Entiendo que ella buscaba a su hijo, ¿no? O sea, era madre de un bebé robado.

—Sí. Hasta donde llega mi memoria, fue en la época en que comenzaron a salir a la luz los primeros casos. A principios de los años 2000, coincidiendo con la etapa final de *Documento Semanal*. Creo que esa mujer había dado a luz en un hospital madrileño y le dijeron que su hijo había nacido muerto. Se lo arrebataron de las mismísimas entrañas.

»Médicos, enfermeras y monjas que robaban recién nacidos para parejas acomodadas y estériles. Eso sí... —Corrales tosió y sonó a caverna—: a cambio de un buen dinerito, por supuesto.

Frotó la punta de los dedos índice y pulgar de su mano libre y volvió a toser. Esta vez, el ataque duró casi un minuto. Cuando se recuperó, me preguntó:

—¿Tienes hijos?

—No, no es el caso.

—Tampoco yo. Este trabajo es gratificante, pero lo carga el demonio. Nadie fue capaz de seguirme el ritmo.

No lo expresó con tristeza, tan solo percibí resignación ante la realidad de una dinámica laboral tan intensa y absorbente que había eclipsado el resto de las facetas de su vida. Volví a la carga:

—¿Dónde grabaste la entrevista? Es un exterior, hay árboles de fondo. —Le mostré de nuevo el móvil. Amplió la imagen para encontrar alguna referencia del lugar, aunque percibí que lo sabía de antemano.

—Aquí, en Madrid. En la plaza de Prosperidad. Creo que ella vivía muy cerca.

Conocía el barrio y la plaza de Prosperidad. De hecho, estaba a diez minutos de casa de mi madre.

—Por cierto, ¿para qué necesitas encontrar a esa mujer? ¿Estáis con un nuevo reportaje a fondo sobre el tema?

—En realidad... no. No sabría explicarlo... —Me quedé en blanco, no esperaba ser yo la entrevistada. También Tomás guardó silencio. Debió intuir algo. Los cámaras son muy perceptivos, supongo que por deformación profesional.

—Yo soñaba a menudo con los entrevistados... Incluso llegué a enamorarme de un par de mujeres. Es curioso cómo le afecta a la gente estar delante del objetivo. Algunos responden con timidez y otros se hinchan y se sienten importantes. Pero todos intentan contar su historia. Y muchas de esas historias acaban siendo parte de tu vida. No hay nada de malo en eso. —Hizo una pausa. Nubló la vista para trasladarse mentalmente. Pareció recordar algo y añadió—: Realmente, lo único malo es no tener una historia propia que contar.

—¿Qué fue de ellas? —pregunté, cortando la reflexión. Él tardó en darse por aludido.

—¿De quién?

—De las mujeres de las que te enamoraste.

—Baaah, nunca tuve esa clase de coraje... Creo que preferí quedarme con la idea que me hice de ellas...

—¿A través de sus historias?

Corrales me miró un instante y dirigió la mirada al suelo para responder:

—Sí... Supongo que me bastaba con las grabaciones.

Intentó dar una calada al cigarro, pero se había apagado. Palpó todos los bolsillos del chaleco en busca del mechero salvador, pero no hubo suerte. Se levantó farfullando no sé qué sobre mecheros y agujeros negros y fue a la cocina a por un encendedor. Yo le seguí y le agradecí la ayuda. Rechacé la oferta de «café, cerveza o algo más fuerte». Al despedirnos, me interrogó con nostalgia: que cómo estaba el ambiente en la cadena, que si mengano y no sé cuántos más seguían en activo, que si aquel programa es una mierda y aquel otro también y que, en resumen, la tele ya no es lo que era.

«Nada es lo que era, Corrales», pensé al atravesar el umbral de salida. Bajé por las escaleras y, en el portal, revisé el alud de notificaciones en mi teléfono. Lo más llamativo era un recordatorio marcado en el calendario. El próximo sábado tenía una cita con amigas sin posible escapatoria: la *babyshower* de Nuria.

17

¿Por qué doblan las campanas?

Abrí la boca para que mis tímpanos no estallasen. Pero el sonido era bastante más ensordecedor que el de cualquier pirotecnia. Estaba pegado a mis orejas. El suelo vibraba tanto como mi caja torácica. Sentí vértigo porque no tenía a qué agarrarme. El paisaje retumbaba desde lo alto del torreón de la iglesia. Rober y su cámara acompañaban la oscilación de las campanas y yo contemplaba a Marcial desde una esquina para no entorpecer su labor. Era bajito y regordete y ejercía de campanero de aquel pueblo manchego. Lo hacía por afición, porque, oficialmente, se ganaba el sueldo como enterrador en el cementerio local, que estaba a cien metros. Aquella tarde tenía tarea. El día anterior, había fallecido uno de los ciento cincuenta habitantes. Y ya iban cuatro en el último mes.

Para la directora de mi programa, la saga de las profesiones rurales a punto de desaparecer debía continuar.

Insistía en que el tema era exótico. Para mí, en cierto modo, también lo era. Significaba enfundarme una vez más el mono de reportera campestre. Transformarme en exploradora de lugares abandonados y olvidarme de las mojigaterías del asfalto que tanto adoraba. Había asumido que en ese paraje recóndito nadie entendería, por ejemplo, qué es un *brunch*. Les parecería una ridiculez que, además, ellos habrían descubierto hace siglos. Lo denominaban almuerzo y se hacía mezclando migas con chorizo, panceta y uvas.

—Se tocan los clamores cuando hay difunto, como hoy.

Marcial elevaba la voz para hacerme llegar las explicaciones y tiraba con brío de la cuerda que guiaba el badajo de la campana principal. La apodaban María y las otras también tenían nombre: san José, santa Bárbara y campanillo menor. Pequeño pero fuerte, con setenta años encima, Marcial vestía traje gris oscuro, su uniforme de trabajo.

—¿De cuántas maneras es posible tocar las campanas, Marcial?

No hubo respuesta. Di un paso al frente y pregunté de nuevo. Tampoco. Me acerqué más e hice otro intento. Ahora sí. Consideré una probable sordera de Marcial después de toda una vida con los oídos bombardeados por el tañido.

—Ha *habío* más. Ahora *na* más que tocan a muertos o a vivos *pa* la misa de ocho. Cuando era chico, el toque era al amanecer, al anochecer, *pa* la catequesis, *pa* la escuela, *pa* la penitencia, *pa* la procesión... Los curas entonces tocaban las campanas hasta *pa* mear.

Encadenó una carcajada con una tos perruna bastante cargada que, sin embargo, no le hizo perder comba agitando la soga de la campana mayor. La sabiduría campanera se perdería cuando personas como Marcial ya no estuviesen, pero no parecía importar. Era un tipo único en el universo sin descendencia interesada en heredar su técnica. Mientras pudiese, él lo hacía gratis y en paz, aseguraba, por amor al repique. Fueron cinco minutos de badajos golpeando contra el metal para avisar de que el funeral por Avelino iba a comenzar. Funcionaba como sintonía de cabecera de la ceremonia lúgubre para decir adiós al que había sido uno de los más populares y «gambiteros» del lugar, esto es, fiestero, según el adjetivo autóctono empleada por Marcial. De las casuchas de barro, salieron más y más vecinos vestidos de riguroso negro. A vista de pájaro, recordaban a hormigas resignadas en dirección a la iglesia, que acabó llena hasta los topes. El pueblo entero iba a rezar por el alma del hombre que había luchado durante años para que el único bar no cerrase pese al envejecimiento de la zona y la escasez de negocio. A las doce en punto, cuando Marcial dio por hecho que no faltaba nadie dentro del templo, me dijo que por estar nosotros, remataría con «bandeo», que «no es lo suyo para este recogimiento —reconoció—, quizás los vecinos se asuren con tanto trajín», pero se lo planteaba como una oportunidad para exhibir su maña ante la televisión. Escogió una de las campanas de menor tamaño, se quitó la chaqueta y, empujón tras empujón, con sus manos en el yugo, sudores rodando por la sien, consiguió, como un jabato, que el campanillo menor diese una vuelta completa. Logró «bandearlo», según su jerga, y la melodía producida se acercó más al regocijo que al luto, pero nadie salió a quejarse de que las campanas no estuviesen doblando como Dios manda. «A Avelino le hubiese gustado, la de veces que me ayudó, menudo *achuchillo* era desde niño», farfulló Marcial recomponiendo su aliento y vestimenta. Tras la traca final, mis oídos tardaron en dejar de zumbar.

Fue una hora de funeral en la que acompañamos a nuestro protagonista a adecentar el panteón. El nicho estaba abierto, era un rectángulo de cemento oscuro y profundo. La lápida reposaba en una esquina. Todavía no habían sobrescrito el nombre del finado porque «eso llevaba su tiempo —justificó Marcial—, y de ahí el Avelino no iba a ahuecar, digo yo». Las tumbas anexas compartían apellidos y en algunas de ellas había fotografías de los muertos que me dieron repelús. Las flores ya no adornaban, sino que estaban marchitas a la espera de recambio. Algunos familiares habían optado por ponerlas de plástico, que aguantaban para siempre pero acumulaban polvo y tristeza. «Son solo almas, *muchismas* almas. Pero *na* más que almas», espetó el enterrador ante mi cara de circunstancia. Rober seguía la faena de Marcial, que apartaba hojas y pedruscos del caminillo que daba acceso al mausoleo. No había mármoles ni filigranas, era un camposanto sobrio que no quería molestar a nadie. Me llamó la atención el silencio abrumador y entendí la dimensión del significado del adjetivo «sepulcral». Era el paradigma de la ausencia de ruidos, tan común en cualquier pequeña población rural. Como ponerse unos auriculares aislantes. De repente, el entorno enmudece y estás tú solo con tus pensamientos. Convives con la calma y, bien pensado, no tienes que pagar por ella en retiros monacales de fin de semana para desintoxicarte del jaleo urbanita. En su hablar, los paisanos no temen las pausas prolongadas durante las que solo se oyen grillos. A mí me seguían sacando de quicio, pero reconocí que el dominio que esas gentes tenían de la tranquilidad podría ser una ventaja evolutiva. En el fin de los tiempos, en una isla desierta, yo me daría cabezazos contra una palmera, mientras Marcial silbaría relajado sorbiendo el zumo de un coco. Le pregunté cómo podía pasar de vapulear campanas atronadoras a la quietud absoluta sin volverse loco. No supo qué contestar más allá de un «A veces, es mejor callar, como los muertos». Continuó con sus preparativos hasta que vislumbró revuelo en la puerta de la iglesia.

Junto a él, en la verja del cementerio, esperamos a la comitiva fúnebre. Solo había visto algo así en las películas. Mi desmemoria en torno a las exequias de mis abuelos es intencionada. Imágenes distorsionadas. El párroco presidía la procesión junto a un monaguillo que portaba una cruz. Detrás, el ataúd. Seis jóvenes del pueblo, de no menos de cincuenta años por barba, lo transportaban a hombros. El sendero estaba sin asfaltar y a cada poco sufrían tropiezos. Al desequilibrarse e intentar compensar el bache, mecían a Avelino. Era la última nana antes de dormir la noche eterna. Reconocí que me estaba poniendo demasiado retórica, pero Marcial me sacó de ese estado con su descripción espontánea:

—Esa tan «lustrosa» es su señora. —Señaló con la nariz a una octogenaria de piernas gruesas, tripa y papada—. Y la del «chambergo» de categoría es la hija.

Deduje que se refería al abrigo de astracán que lucía una mujer que caminaba junto a la viuda. Ambas ocupaban la primera fila detrás del féretro. No lloraban, pero su expresión era de aflicción retenida por el hecho de tener a todo el pueblo encima. Al fin y al cabo, el entierro también era un acto social. Tras los pasos de mujer e hija, caminaba la cohorte negra y muda de allegados y vecinos que, en algunos casos, también eran parientes lejanos. «Aquí, por un lado o por otro, todos acabamos siendo familia», me explicaba Marcial. Agudizó el gesto de seriedad y reclinó la cabeza cuando el séquito funerario entró en el cementerio. Era su turno. Indiqué a Rober que dejase de grabar, pero ya lo había hecho por respeto a la intimidad.

El párroco pronunció sus últimas oraciones a pie de lápida. Viuda e hija tocaron la tapa del ataúd. Hicieron un amago de caricia que se quedó corta. Con ayuda de otros dos, Marcial aupó la caja de pino y la introdujeron en el nicho. Oí gemidos de dolor ahogados y algunas moqueras. La hija agarró a la madre del hombro y Marcial selló la tumba de Avelino para siempre. Las señoras se persignaron y murmuraron padrenuestros. De nuevo, solo nos rodeaba el silencio inmenso que todo lo enmascara.

Eran las dos y Marcial se puso nervioso porque ya era tarde para comer. Dijo que estaba *desalambrao* de tanto trabajo y que nos invitaba a unos bocadillos en el bar. «No hace falta, Marcial.» «Que sí, que yo pago las gachas», reiteró. Rober se mostró famélico y encantado y yo de nuevo me pregunté por qué en este país todo acaba en el plato. Quedó constatado al reconocer en el local a muchos de los enlutados. Entre ellos, la mujer y la hija de Avelino, circunspectas pero con hambre. Se habían sentado con unos primos carnales y esperaban su churrasco con patatas. Sin alborozo, en otras mesas cubiertas de manteles blancos de papel, tomaban otros su menú. La cocinera salía y entraba para pasar a la dueña bandejas y más bandejas de carne. Era el festín tras la despedida y qué mejor emplazamiento que el bar donde Avelino pasaba las tardes y donde invirtió parte de sus propios ahorros para que no echase el cierre. Fue inevitable establecer comparaciones con la clásica reunión homenaje al fallecido que hacen, al menos en la tele, las familias estadounidenses. En lugar de canapés había un intenso olor a parrilla que se impregnaba en ropa y pelo. El vídeo recordatorio en este caso era una fotografía de Avelino, benefactor del lugar, que enseñaba un par de dientes de oro colgado de un corcho junto a la máquina tragaperras. En un par de ocasiones, pillé a su viuda con los carrillos llenos de patatas mirando de reojo la imagen. «Era un buen hombre», señaló la dueña mientras nos servía las bebidas, e improvisó un breve discurso alabando la ayuda que el difunto le había prestado siempre. «Sus buenos cuartos», masculló Marcial para nosotros. A Avelino se le había parado el corazón muy pronto, a los ochenta años. «Una edad tempranera», según la opinión de la mesonera, teniendo en cuenta que la zona estaba poblada de nonagenarios e incluso había dos abuelas centenarias. La elegía que había entonado la propietaria llegó a las otras mesas y despertó un murmullo disidente, que fue cobrando voz hasta que se oyó decir:

—Menudo bacín el Avelino, solo enredaba...

—Y le gustaba más estar de casquera que cualquier otra cosa...

—Así ha salido el hijo, otro mangurrián...

Las críticas llegaban a mis oídos y, por tanto, a los de la viuda, que aguantó el chaparrón de forma estoica. Con los primeros comentarios, ella y su hija dejaron de masticar sin mediar palabra. Permanecieron con la mirada fija en el plato. El juicio popular continuó con quejas sobre el dinero que Avelino le debía a uno por una partida, sobre las ventanas que nunca pagó a otro, sobre la finca que se apropió por la cara, sobre la reparación del coche que dejó a fiar después de haberse *descalabrao* por llevar encima unos cuantos vinos de más.

Mujer e hija parecían estatuas bajo un bombardeo. Recias, erosionadas, reprimidas, de negro por fuera pero incluso más por dentro. Pensé cuánto tardarían en pedir la retirada de la foto de Avelino de la pared del bar, una vez que la tormenta cesase. E imploré que no transcurrieran otros veinte años, como había pasado con aquella paciente del médico rural. Marcial ordenó cerrar la boca con un imponente «Shhhhh». Habría dado un estrepitoso toque en ese instante si hubiese tenido sus campanas cerca. Uno de los comensales, abotargado de la comilona, eructó. Los vecinos continuaron con su banquete de reflexión y la viuda pidió bizcochada de postre. «Sin anís, por favor.»

18

Babyshower, S. L.

Los regalos para la recién parida y su bebé ya no se hacen como antes. Estados Unidos ha exportado sus fiestas de fertilidad y Europa las ha asumido con el bolsillo muy abierto, como ya hizo con Halloween y San Valentín. Nuria ya había sobrepasado los ocho meses de embarazo y María, conchabada con Luis, pareja de Nuria, se había encargado de organizarle una *babyshower* sorpresa. Se trataba, básicamente, de juntarse para «duchar» —de ahí la denominación inglesa— en obsequios a la embarazada y marcar así, a mi entender, el punto de partida del consumismo asociado a la maternidad. Otro negocio más. Meditaba esto sin compartirlo, aunque sabía que Berta y Ana opinaban lo mismo. Las tres estábamos afanadas en colocar unos banderines naranjas de una pared a otra del salón de casa de Nuria. Por suerte, María se las había dado de transgresora y decidió no decantarse por el azul pastel, a pesar de que el bebé en camino era niño. Había comprado toda la decoración y útiles necesarios para la «ceremonia» de color naranja: desde las pajitas para el zumo hasta la tarta de mandarina coronada por unos patucos de *fondant*. «También se comen, sí», me aclaró la experta. Servilletas y platos con lunares naranjas, galletitas con forma de gajos de naranja. Globos y guirnaldas naranjas. La harmonía era perfecta para una foto de Instagram y solo la rompía —suspiré reconfortada— la ginebra y la tónica que Berta había colado sin consentimiento de María. Era el único elemento díscolo frente a sus órdenes de dama de hierro y única madre del grupo. Luis, el cómplice, nos había prestado unas llaves y llevábamos más de una hora adornando el salón.

—Al menos, poned la ginebra detrás de las botellas de zumo, por favor, que no la vea nada más entrar, queda fatal. Rompe la escena —mandó María.

Sin rechistar, ocultamos —de momento— el objeto del mal y decidimos apartar los pensamientos críticos para no estropear la verbena. A fin de cuentas, pese a lo ñoño y a la sensación de imposición comercial importada, era una buena oportunidad para ponernos al día sobre nuestras vidas. Además, estábamos seguras de que a Nuria le haría muchísima ilusión tenernos cerca rindiendo pleitesía a su barriga.

Cuando faltaban diez minutos para la seis y media de la tarde, previsible hora de llegada a casa de Nuria y Luis, ya estábamos todas las que teníamos que estar. Habíamos convocado a las compañeras más majas del gabinete de prensa que Nuria dirigía y a tres primas con las que mantenía una relación estrecha. Éramos «la crema» de su círculo social femenino. Lo acordado era que cada una llevase algo de picar porque el sarao preveía alargarse hasta la cena. María estaba volcada en traspasar el jamón, la ensaladilla y las croquetas desde sus *tuppers* originarios a bandejas de cartón naranja, cuando sonaron llaves en la cerradura. Apagamos la luz y nos quedamos calladas y quietas para no hacer ni un ruido. Algunas nos escondimos agachadas detrás del sofá. Había olvidado lo emocionante que es esa espera antes de dar un susto. Contuve a duras penas una risilla nerviosa. Escuchamos como Nuria y Luis entraban en el piso inmersos en un debate sobre qué cuna comprar, si cuna o minicuna, si cuna apta para colecho o cuna autónoma, si cuna con ruedas o sin ellas. Se quitaron los abrigos y sus pasos se encaminaron hacia el salón, donde no aguantaríamos mucho más tiempo enmudecidas. Tan pronto como Nuria presionó el interruptor de los halógenos, saltamos y vociferamos:

—¡¡¡¡Sorpresaaaaaa!!!! —Alguien sopló uno de los matasuegras naranjas adquiridos por María para la ocasión. En lugar de despedir el año, decíamos hasta luego a una amiga sin hijos.

—¡¡Joder!! —gritó Nuria, y se agarró la enorme tripa del mismo modo que los futbolistas se protegen sus partes antes del lanzamiento de una falta—. ¡Qué cabronas! Ja, ja, ja, ja. ¿Y tú lo sabías? —dijo asombrada y cariñosa mirando a Luis—. ¡Qué perras! Ja, ja, ja. —Con tanta palabrota consecutiva por efecto de la estupefacción, me recordó a la Nuria menos cursi, previa a sus ansias de maternidad, y me gustó el contraste.

A partir de ahí, comenzó la dinámica de la *babyshower*, que no fue más que una concentración de gente adulta que se aprecia pero en un entorno similar a un cumpleaños infantil sofisticado. Agasajamos al futuro bebé con una hamaca mecedora de marca sueca que costó más de cien pavos. «Es la más ergonómica, sin comparación», aseguró María, y ella es, sin objeción, la que sabe de esto. Después hubo ofrendas menores, aunque no por ello menos relevantes. Entre pastitas, *muffins* y jugos de frutas, le regalamos chupetes, baberos, una cesta llena de cremas para el retoño y un esterilizador de biberones. Esto último fue idea de una de sus primas que no se había enterado de que Nuria a esas alturas ya estaba convencida de que iba a dar el pecho a su hijo sí o sí. Lejos de contrariarse, la expresión de felicidad de Nuria no se apagó ni por un segundo y Berta se encargó de inmortalizar su barrigota ochomesina para la posteridad con una de esas nuevas cámaras Polaroid. «Así luego te haces un álbum para que Bruno conozca cuál fue su primer superfiestón —sugirió Ana, siempre pensando en la juerga, señalándome la ginebra—. Porque se va a llamar Bruno, ¿no?» Nuria puntualizó que aún no estaba decidido, pero era el nombre con más posibilidades. «Si al nacer le vemos cara de Bruno, pues le llamaremos Bruno. Si no, tal vez sea Martín o Lucas.» Me pregunté qué significaba tener cara de un nombre, porque el mío siempre me había sonado a señora mayor, y entonces supuse que quizás mis padres me había bautizado Olga porque había sido una bebé con rostro de vieja, a lo Benjamin Button. Pensé que no les había quedado otra opción si no querían contradecir la realidad.

Durante el transcurso de la fiesta, fue inevitable que se formasen corrillos. Por un lado, el familiar, las tres primas de Nuria, dos de ellas con hijos pequeños, que recordaban sus procesos gestantes y se lamentaban de no haber tenido una *babyshower* tan especial como esa. En el grupo del trabajo, dedicaron un buen rato a abordar el asunto de los peligrosos microplásticos en las cremas faciales, un problema que su empresa intentaba solventar, eso comentaban, con una división de cosmética ecológica. Nuria, al frente del departamento de Comunicación, se había sensibilizado mucho con este problema desde que estaba embarazada. De hecho, había leído estudios serios sobre la cantidad de plástico que tenemos en sangre y la amenaza que esto supone para el feto. Tras esa charla concienciada, la anfitriona se sumó al batallón de amigas íntimas que configurábamos Berta, Ana, María y yo. Nos confesó que había descartado parir en la bañera pero que quizás lo intentase de pie, porque la gravedad ayuda, cuanto más natural, mejor, y que el hospital elegido era muy respetuoso con lo que ella decidiese y tal y cual. Ni Ana, que ponía caretos de marciana, ni ninguna otra nos atrevimos a pedirle que cesase el soliloquio. Era su *babyshower*. Suya y solo suya. Y tenía derecho a explayarse. Pero cuando hizo una pausa más prolongada de lo normal, Berta, que ya había apurado su primer gin tonic, se lanzó en plancha para cambiar de tema. Nos relató que su último caso consistía en defender a un tipo que le pegó un tiro a su primo en la pierna por rencillas en torno a una herencia. Había ocurrido en una localidad extremeña. Acto seguido, como en una rueda de prensa sin opción a preguntas y sin alterar el tono de fría letrada, añadió que la otra noche se había dado un beso con un compañero del bufete, que él también era divorciado, pero que no se repetiría. Dio un golpe al dejar su copa vacía en la mesa. Con sutileza y muchas ganas, arañamos en la medida de lo posible su escudo de protección. Al final, desembuchó que la noche del citado tonteo había coincidido con una fecha memorable para ella: el aniversario del inicio de la relación con el que ahora era su exmarido, José. «Quince años son muchos años», resumió Berta, y admitió que, aunque había tenido *affaires* con otros hombres, esta vez había sentido que traicionaba un hito de su calendario sentimental. Tanta presión ejerció una detectivesca María que Berta llegó a admitir que, tras el morreo ocasional, sus tacones de férrea abogada la llevaron hasta el baño del bar para verter un par de lágrimas a puerta cerrada.

—Pero ¿follasteis o no? —Ana no soportó más el conato de melancolía de Berta.

—No, solo fue ese pico y un par más con lengua al despedirnos —explicó Berta.

—Vaya miseria. Es lo que yo llamo un «amante de besos». Ya ni los cuento en mi currículum. No tienen suficiente entidad —menospreció Ana.

Todas le dimos la razón, María incluida. Como veteranas aprendices en el mundo de las relaciones, aprobamos el siguiente decreto: las aventuras empiezan a contarse a partir del primer polvo. No era necesario sentir remordimientos por unos besos furtivos. Lo demás son flirteos por los que no merece la pena comerse el coco. Eché una cuenta de los «amantes de besos» —me declaré fan del concepto— que yo había tenido y recordé un tonteo nocturno con un excompañero de facultad en mis inicios con Pablo. Lo había enterrado en la desmemoria de lo poco que había significado para mí. Ana quiso atajar el tema con una invitación a su próxima obra de teatro.

—¿Próxima?

—¿Teatro?

—¿Desde cuándo?

—¿Lo haces para ligar?

Fue un sondeo inquisitivo en cinco segundos. No teníamos ni idea de la nueva afición de Ana. Era especialista en crear desconcierto.

—Bueno, siempre ha sido un poco lo mío. Actuar y viajar por el mundo. Será en una sala alternativa en Lavapiés. Quedáis convocadas —indicó sin darnos pistas de con qué papel debutaría. Ninguna sabíamos si podríamos ir, habría que cuadrar agendas; no obstante, prometí que no me lo perdería.

—A propósito de viajes, ¿cómo van tus idas y venidas, Olga? ¡Veo en las redes sociales que no paras! —preguntó María levantando la cara del móvil. Había logrado concluir un intercambio de mensajes con su marido sobre qué han cenado los niños y si ya duermen.

María siempre parecía ajetreada a pesar de haber dejado su puesto de redactora en un diario económico cuando nacieron sus mellizos. Tenían ya ocho años. Su marido, de familia forrada, trabajaba para una multinacional y sostenía la economía del hogar mientras ella hacía todo lo demás. Se conocieron al poco de acabar la universidad y enseguida se quedó embarazada. Nos dio un buen susto al resto de las compañeras que todavía vivíamos las mañanas de domingo en pijama y con resaca. María, según su confesión textual, a los veintiún años —todavía revivo mi careto de estupefacción—, percibía que había «nacido para ser madre» y disfrutaba con menudencias como coserles a sus hijos disfraces para el colegio. Nunca la había escuchado quejarse de su aburrimiento por el papel de ama de casa que había adquirido con el paso de los años, ni de haber perdido la fogosidad del amor en pareja. No tenían baños separados en su piso de cuatro habitaciones, dato contrastado por mí, sin embargo, estaba convencida de que los frecuentes viajes de negocios de su marido al extranjero tenían mucho que ver con su duradero matrimonio. Otro punto para el éxito era la niñera que vivía empotrada con ellos, incluso en vacaciones. Su teléfono vibró otra vez por la llegada de una última notificación desesperada de su marido, y María, en un arranque de bohemia, ni lo miró. Seguía esperando sonriente mi respuesta repleta de anécdotas laborales.

Pensé en narrar el parto vivido con el médico rural, pero temí que Ana me atravesase con una espada láser por volver a mencionar el tema de la progenie. Así que opté por un argumento más jugoso: la historia con Jacobo y la decepción tras nuestro encuentro en la nieve. Carnaza para buenas amigas hambrientas. Cada cual despotricó siendo fiel a su estilo. Berta, tajante: «Un farsante de manual». Ana, pragmática y hedonista: «No merece la pena irse taaan lejos para echar un polvo». Nuria, entre suspiros hormonados: «Menudo memo. ¿Algún trauma de la niñez, quizás?». María, bien casada e indignada: «Me parece vergonzoso que sus padres lo sigan manteniendo». Yo: «Tranquilas, ya lo he superado».

Tratamos el recuerdo de Jacobo como si fuese la piñata de la fiesta. Fue medicinal cuando recurrieron a chistes fáciles del tipo «Normal que tu horno no esté para sus bollos». O cuando Ana, de acuerdo con la descripción que tracé de Carmelo y recurriendo, subrayó, al método Stanislavski, intentó imitar un acento del amigo de Jacobo. Le salía fatal. Me reí de todo a la vez. Fue la pizca de frivolidad que convenía añadir a la masa.

Eran casi las nueve de la noche y María, directora de orquesta de la velada, dijo que no podía faltar un juego para que la *babyshower* fuese completa. Había elaborado unos tarjetones con opciones de respuesta que Nuria tendría que adivinar. La propia María formulaba las cuestiones que giraban en torno a lo que tituló como, tachán tachán: «los misterios de la crianza». Se sucedieron las preguntas al público: ¿cómo se llama la primera caca del bebé? ¿De qué color es? ¿Cuántas tomas de leche al día pide un recién nacido? ¿Cuántas horas debe dormir de media? ¿Qué son los cólicos del lactante? Lo interesante del *quiz show* no era solo ver cómo la mayoría del personal dudaba y Nuria, la empollona, acertaba todas, sino contemplar el éxtasis de María desde su púlpito de la veteranía cada vez que tenía que extenderse en la contestación. Disfrutaba como si la preñada protagonista fuera ella. Era su terreno, su oficio y su hobby. Le dijo, enternecida: «Ya verás como echarás de menos la barrigota cuando esto se acabe», y pensé que su proporción de glucosa en sangre era demasiado elevada a consecuencia de la ingesta de dulces. En mitad de esa coyuntura, me pasaron un plato con una porción de tarta a la que justo correspondió un segmento de los patucos. No localicé ninguna cucharita, así que fui a la cocina a por una. Allí encontré a Luis, el único hombre del lugar, que nos había dejado a nuestro aire y encima ponía el lavavajillas para contener el desorden:

—He aprovechado para acabar de corregir unos exámenes. —Luis era profesor de literatura en secundaria—. Y he hecho una pausa para organizar el lavavajillas, que Nuria siempre lo pone todo fatal, je, je... Oye, por cierto, ¡cómo está disfrutando! Muchísimas gracias por... —Un pequeño estallido de cristal mientras recolocaba unos vasos en la parte superior frenó sus palabras. Luis, sin quejarse pero con el ceño fruncido por el dolor, llevó un dedo bajo el agua del grifo para limpiar el corte—. Pero ¡qué torpe soy, hostias!

Le pasé una servilleta limpia para envolver y contener el sangrado, que no era demasiado, por eso me costó reconocer su reacción posterior. Luis me miró un instante y luego bajó la cabeza como temblando. Estaba llorando. En calma y silencio, pero sin pausa.

—¿Luis? ¿Qué te pasa?

Tardó en responder y me estresé al pensar que pudiera entrar alguien.

—Nada, nada, Olga. —Apretaba el dedo herido e intentaba también interrumpir el sollozo repentino.

—Nunca te había visto así... Dime, ¿qué ocurre? —Me alarmé. Luis era una persona, en general, templada.

—¡Pues qué va a ser! —Silencio y gemido contenido, el volumen de su voz descendió aún más—. El bebé.

—Pero... —Busqué en una fracción de segundo múltiples justificaciones que abocaron en una, la más probable si eres medio normal—: ¿Te da miedo?

—Mmm... sssí. —Se sonó los mocos y empezó a disminuir su llantina—. Llevábamos mucho tiempo queriendo tener hijos, pero ahora que ya casi está aquí... me asusta. Me asusta la paternidad.

Entendí que era la primera vez que lo confesaba con todas sus letras. Desde que nos contaron la noticia, solo había advertido satisfacción y deseos cumplidos en el comportamiento de Luis. Pero ese día, con el jolgorio de fondo por la llegada de su vástago, el accidente había detonado el desahogo. Que fuese yo la interlocutora era producto del azar, tan solo pasaba por la cocina cuando se rompió un vaso. Luis se sentó en una silla sujetando su dedo lastimado.

—¿Se lo has contado a Nuria?

—Cómo se lo voy a decir, si está redonda y espléndida... —Observó la puerta entreabierta.

—Pero ¿qué te asusta tanto, Luis? —pregunté disimulando, cual psicoanalista profesional, mi propia desorientación existencial.

—¿Sabes qué pasa? Que con mi padre nunca he tenido buena relación y me da pavor fastidiarla como él hizo.

—¿Y por qué vas a ser como él?

—¿Y por qué no?

Ahí estaba, sobre la mesa, una de las grandes letras a pagar del crédito que suponía ser tan conscientes de nosotros mismos: el parecido, heredado o aprendido, con nuestros progenitores. Nos aterra parecernos, incluso reconocernos, en aquello que nos disgusta de nuestros padres.

El relato del desasosiego de Luis se quedó flotando en unos puntos suspensivos porque entró una de las primas de Nuria a por agua. Él recuperó con rapidez la entereza y le ofreció una botella fría del frigorífico. «Anda, ¿qué te ha ocurrido?», le preguntó ella tras apreciar las manchas de sangre en la servilleta. «Nada, que voy y rompo un vaso poniendo el lavavajillas... Como si fuera un principiante, je, je. Se me pasará.» Luis destacó esa sentencia final dirigiendo sus ojos hacia mí. Interpreté que daba por concluida la «confe-sesión» que la casualidad había propiciado. Cogí la cucharita y salí trastocada de vuelta al salón. Allí brillaba Nuria, en plenitud, sin que pareciese albergar ninguna duda de lo que estaba por venir. María computaba las respuestas acertadas, un noventa por ciento. «¡Estás superpreparada, guapa!», exclamó, y todas aplaudimos para que no decayese el clima de alboroto candoroso.

Le di un bocado a la tarta y el *fondant* naranja crujió. Fue igual que masticar un azucarillo. Me empalagó de inmediato. Localicé mi gin tonic bien servido por Berta para aliviar el empacho. Mis papilas se sintieron abofeteadas al entrar en contacto con la ginebra. Como un golpe de hiel en esa tarde de piruleta. Como la incongruencia de una Nuria embelesada y un Luis angustiado frente al lavaplatos. Di otro trago. «Qué malo está, carajo.» Y volví a arrepentirme de beberlo.

19

El amarillo

Como preveía, Elena calificó de curiosa la grabación del campanero fúnebre; sin embargo, el reportaje del médico rural lo definió como un bombazo. Era un parto, algo que ocurre más de trescientas mil veces cada día en el mundo. Pero, tras ver el montaje, admitió estar fascinada y determinó que, teniendo en cuenta el envejecimiento de la población, la naturalidad del alumbramiento en cuestión, a la antigua usanza, sin apenas intervención médica, con una banda sonora de alaridos que eriza la piel y un final lacrimógeno —«Tu plano llorando me pirra, se incluirá sí o sí», exigió—, ese sería el reportaje que abriría la saga de documentos rurales. Es más, habló con la directora del magazine matinal para que nos cediese unos minutos en su espacio y poder promocionar las grabaciones campestres. Comenzarían a emitirse en breve y esta publicidad, según mi jefa, abriría el apetito de la audiencia.

—Irás tú misma al plató, ya está decidido. Preocúpate de vender bien los *repor* —me encomendó delante de dos compañeros.

Marta estaba grabando, investigaba el asunto de los narcopisos en Barcelona, pero Teo y Chema ultimaban en la redacción sus próximas producciones: el poder del *lobby* empresarial del azúcar y el auge de la prostitución transexual de lujo. Que me diesen la oportunidad de defender mi trabajo en plató sabía que incomodaba a los otros dos. Suponía dar protagonismo a mis reportajes por encima de los suyos. Intentaron disimular la envidia con un «Pues menuda mierda, no los verá nadie si los piensan programar a partir de la medianoche» y el consiguiente discurso de quejas a Elena sobre por qué no emitíamos en *prime time*. Elena explicó por enésima vez que, lamentablemente, los jefes supremos de la cadena consideraban que no podíamos competir con los *realities* y *talent shows* que a esa hora ponen en otros canales. Entonces la conversación derivó en el debate eterno sobre qué suministrar a los espectadores: si contenidos de calidad, entretenidos e instructivos, a pesar de una caída en picado del *share*, o espectáculos adictivos que no les hagan pensar demasiado, echando mano de guiones sensacionalistas cargados de cotilleo y voyerismo *hardcore*. «Estaban pensados para enganchar y de eso tiene la culpa la tele», señaló Chema. «Pero, en cualquier caso, el espectador siempre puede cambiar de canal, o incluso apagar la tele», le respondió Elena. Los dejé inmersos en esas reflexiones sobre ética catódica que siempre llegan al mismo punto sin retorno. Eran las dos de la tarde y tenía una visita pendiente.

La sede del canal está en las afueras de Madrid y no había ido en coche, así que primero cogí un tren, después un autobús y, en tercer lugar, el metro. Lo normal. Después de cincuenta minutos y con las tripas al límite de rugir, salí en Prosperidad, justo en la plaza que le da nombre a la parada. En algún punto de esa plaza, «la mujer de los siete segundos» se había quebrado frente a la cámara. Me senté en una decena de bancos y, en cada uno de ellos, reproduje el vídeo con el propósito de comprobar si la entrevista se había producido allí. En un principio, todas las posiciones me parecieron válidas. Amplié la pantalla para discernir qué elementos había en segundo plano. La imagen se pixelaba y acababa por convertirse en varias manchas borrosas, entre ellas una de color amarillo. La devolví a su tamaño original. La aumenté de nuevo. Sí, eso amarillo se semejaba al toldo de un bar. Justo detrás de la cabeza de la mujer. Retrocedí en mi ruta hasta que lo vi. Allí seguía. El toldo, bastante roído, y el bar. En un letrero ponía EL AMARILLO, nombre evidente. La España castiza no se rompe demasiado la cabeza al bautizar sus negocios. Regresé al banco situado justo enfrente del bar. Miré de nuevo el vídeo. Efectivamente, allí se había grabado la entrevista. Esa había sido la posición de las lágrimas hace veinte años.

Pasaban de las tres de la tarde y El Amarillo estaba abierto. El bar tenía una larga barra de aluminio que parecía la original, pero se notaba que el resto, mobiliario y baldosas, había sido reformado. También la camarera era demasiado nueva para el barrio, unos veinte años, sudamericana. Lo que no se había renovado era la clientela, una decena de hombres que superaban los sesenta y que se repartían entre la partida de tute y cafés de sobremesa con chorrito de coñac. Olía a tortilla con mucha cebolla, mi estómago reclamó atención. Me senté en una de las banquetas altas de la barra, pedí un pincho y un agua sin gas. Aproveché para preguntar a la camarera por el propietario del local, quizás él me diese alguna pista sobre el paradero de la mujer. Salió de la cocina un hombre de unos cincuenta y pocos años, que después de escucharme admitió que llevaba muy poco tiempo allí, había comprado el bar hacía un año y apenas conocía a una veintena de personas. Aun así, le mostré el vídeo; confirmó que nunca había visto a aquella señora.

—A lo mejor Ramón te puede ayudar —dijo señalando con el mentón a un tipo sentado solo en una mesa—. Él lleva mucho tiempo en el barrio.

Le di las gracias al dueño y abordé al tal Ramón. Tenía el pelo largo y algo sucio. Leía el *Marca* desde detrás de unas gafas gruesas que le daban un aire a Paco Umbral. Tardó en apreciar que estaba junto a él, pero cuando por fin se dio cuenta me prestó toda su atención. Le hablé de mi búsqueda y le mostré el vídeo.

—Si mis ojos no me engañan, esa es doña Ángela.

Me pidió que alejase un poco el móvil porque la *prisbicia* no le dejaba ver bien de cerca, y volví a reproducirle el fragmento dos veces más. Su nariz roja denotaba historial de bebedor, pero hablaba con seguridad.

—Doña Ángela Cubero, sí. Bien guapa que era. —Habló en pasado y apuró su carajillo. Así, de un trago, supuse que la mujer ya había fallecido y que mis indagaciones se acababan de truncar. Ramón continuó—: Le pinté la casa varias veces y otras tantas fui a desatascar desagües. Estas cañerías de edificios viejos, ya sabe usted. ¿Para qué busca usted a doña Ángela?

—¿Está viva, entonces? —pregunté esperanzada.

—¿Quién ha dicho lo contrario? —replicó sorprendido o juguetón.

Después de inventarme que era familia lejana de la mujer, justificación que me di cuenta que él no creyó pero dio por suficiente, me habló de los vecinos insignes del barrio y deduje que había sido el chapuzas de la zona durante cuarenta años. Que él supiese, doña Ángela seguía viviendo como siempre en el número 3 de esa misma plaza. Me indicó que le acompañase hasta la puerta del bar y señaló un bloque de ladrillo anaranjado y balcones con toldos verdes. Habría pasado por esa plaza y por delante del edificio un sinfín de veces, cuando caminaba desde la boca de metro hasta casa de mi madre.

—Pero hace tiempo que no la veo, oiga. Aunque la verdad es que cada vez veo peor. —Aprecié que le temblaba un poco el mentón.

Agradecí la información a Ramón y pagué una tortilla que se había quedado corta. Me dio igual, el hambre estaba eclipsada por una voluntad: la de dar un paso más en la búsqueda de la «prota» de los siete segundos de vídeo que me rondaban desde hace semanas. Así que Ángela. No sé por qué me había imaginado que se llamaría

Carmen o Lola. Me dirigí al portal en cuestión. Estaba cerrado. Pegué la nariz al cristal, no había portero. No quedaba otra que colarme cuando un inquilino entrase o saliese. O bien probar suerte con el interfono. Era más rápido lo segundo. Pulsé al azar y nadie contestó. A la cuarta, respondió una voz masculina con carraspera. Dije la verdad: «Perdone, busco a una de las vecinas, Ángela Cubero, ¿sabe usted en qué piso vive?». Colgaron. Llamé a otro piso y esta vez escuché un «Dígame» tímido de una anciana. Sin rodeos, exclamé «¡Cartero comercial!» y entonces sí, oí el ruido de la apertura electrónica del portal.

En el interior, conté unos cincuenta buzones. Busqué el nombre de Ángela Cubero. Me llevó un rato, pero por fin lo identifiqué, escrito a mano con una grafía didáctica y añeja: ÁNGELA CUBERO MARTÍNEZ. El papel había envejecido y la tinta azul estaba en parte emborronada. Piso 4.º A. Solo figuraba ella. El buzón estaba vacío, no sobresalía por la ranura ni una carta o folleto de propaganda. Había alguien en casa.

Estaba tan cerca de ella que me asaltaron dudas que hasta ese instante no había tenido. Tienes un día malo y alguien se cruza por casualidad ante ti, como un retazo de vídeo traspapelado. Su rostro te conmueve, sus palabras te inducen a querer saber por qué sufre de esa manera. Le han robado a su hijo, sugieren las pesquisas. Había empatizado con un trozo de cinta usada y sentía que necesitaba averiguar en qué había acabado todo. O si no había terminado. De ser así, por otro lado, ¿qué derecho tenía yo para aparecer de repente y remover su dolor? ¿Qué le diría cuando la tuviese delante? ¿Que me abriese su privacidad sin más para satisfacer mi curiosidad? Podría mentir, barajé. Le explico que estamos elaborando un nuevo reportaje sobre la trama de bebés robados y que teníamos sus datos. Responde a mis preguntas, me relata su historia, fracasos y éxitos. Escucho atenta su intimidad, lloro y río con ella. Y cuando me interrogue con el inevitable «¿Y esto cuándo sale?», le digo que la avisaré y nunca lo hago. Sin embargo, me llevo su vida entera anotada a cambio de falsas esperanzas. Sin pudor. Aquella tarde, la duda y el sentimiento de culpabilidad ganaron la batalla. Observé unos instantes su nombre desgastado en el buzón. Preferí marcharme.

20

Apaguen sus móviles

Jueves. Siete de la tarde. Para María, Berta y Nuria había sido imposible encontrar un hueco, así que convencí a Nico para que me acompañase al estreno de *Horas sin luz*, el montaje donde Ana inauguraba su faceta de actriz. «No consiste en hacer bulto —le expliqué—, Ana necesita nuestro apoyo, sentir el calor de público conocido —me puse profunda—, y además tú eres el mejor crítico, Nico —apostillé incidiendo en su ego de periodista cultural especializado en tendencias minoritarias y complejas.» Entre que nos paramos a tomar un café y que Nico le dio conversación a más de un exrollo musculado con el que nos cruzamos por Chueca, llegamos muy justos a la sala. La conocía de oídas y Nico también. Era un teatro pequeño en la zona de Lavapiés, la más multicultural del centro de Madrid. Licenciados en Arte Dramático daban clases para aficionados, aunque lo que en realidad le había dado fama era el bar de al lado, regentado por un senegalés casado con una española y a la inversa. Podías comer por solo cinco euros un plato hondo de arroz con pollo o pescado —a elegir la proteína— más bebida, pan y café cualquier día de la semana. Con salsa especial de origen africano que empapaba la servilleta y saciaba el estómago. El restaurante y la sala se retroalimentaban de verdad, porque los estudiantes solían acabar pidiendo allí el menú único y algunos comensales se sentían tentados de conocer qué pasaba por aquel escenario contiguo. De modo que, desde que ponías un pie en el teatro, olía a perola de arroz meloso, como si estuviesen guisando en la butaca de al lado.

Una acomodadora con el pelo rojo y azul nos condujo en la oscuridad, abriéndose paso con la luz de su móvil, hasta nuestros asientos. «De momento, todo muy alternativo, desde luego», se pitorreó Nico por lo bajini mientras se cubría la nariz con un pañuelo de mentol. «La entrada cuesta tres euros y estamos en tercera fila, así que no te quejes», le espeté al tiempo que la megafonía anunciaba que desconectásemos, por favor, nuestros dispositivos. Hacía fresco, no nos quitamos los abrigos. Seríamos unas treinta personas y en esos segundos previos a la función tosieron más de la mitad como por contagio. «Ya estamos», refunfuñó Nico. Activé el modo silencio de mi teléfono tras un chequeo rápido de los mensajes. Uno de ellos era de Nuria, en el grupo Núcleo Duro, que avisaba que se había ido al hospital por unas contracciones extrañas que quizás fueran las definitivas, pero, como faltaban todavía diez días para salir de cuentas y ella, aunque muy aplicada, era primeriza, le resultaba extraño. Por si acaso, había cogido un taxi desde el trabajo y ya estaba en urgencias esperando a Luis. «Mantennos informadas —le escribí—, estoy en la obra de Ana, luego te llamo.» También mandé a mi madre un wasap repleto de signos de interrogación. Esperaba que por fin desvelase si asistiría o no a la boda de mi padre. De eso dependía la decisión de Alicia. La incertidumbre me comía por dentro y de nuevo volví a pensar que mi hermana tenía mucho rostro, además de ser un poco inmadura. Nico me dijo que le estaba cegando con el brillo de la pantalla, que qué falta de respeto, así que lo metí en el bolso justo cuando el telón se alzó.

Ana, nunca dudé de su talento, fue la primera en aparecer en escena e inaugurar la acción. Se oyó el sonido de una aldaba golpeando un portón, y ella dijo: «¡Ya están aquí!». Se retocó el maquillaje, nerviosa, con un espejo de mano dorado y abrió la puerta de un decorado modesto, pintado en tonos ocres, pero suficiente para estimular la imaginación del aforo. Entraron los otros seis miembros del elenco. El papel de Ana parecía principal, daba la bienvenida a todos los invitados, era la dueña de una mansión que organizaba una cena donde nadie se caía bien. Las fobias entre unos y otros se fueron desgranando, en la primera media hora, a través de diálogos y monólogos un tanto farragosos. Nico y yo esperábamos impacientes el turno de Ana para ver cómo interpretaba su texto, porque hasta ese punto no había añadido ni una palabra más, tan solo la veíamos poniendo la mesa del supuesto salón. Salía por un lado y volvía con platos y copas. Pasaron otros diez minutos de discusiones por dinero y la trama abocó, de forma inesperada, en el secuestro de la dueña del caserío, o sea, de Ana. El resto de los personajes habían decidido aliarse y pedir un rescate por la anfitriona adinerada. La ataron de pies y manos a una silla y le cubrieron la boca con un pañuelo. Ana emulaba oponer resistencia, era bastante creíble, y gemía con ira de cuando en cuando intentando liberarse de su mordaza. «*Horas sin luz* tiene un argumento introspectivo», era lo único que Ana nos había adelantado. Ahora lo entendía todo. Nico me hizo ver cómo intentaba refrenar su mandíbula loca por explotar en carcajadas. «Porque es tu amiga, me cae fenomenal y, además, siempre he pensado que lleva una gran lesbiana dentro, no me marcharé», me dijo en un susurro de cachondeo latente. Era para partirse la caja de risa si no fuese por el hecho de que Ana estaba tomándose muy en serio su trance de señora rica capturada. E intentaba que sus pupilas, que se movían de un lado a otro entre asustadas y coléricas, transmitieran la agitación que recorría a su personaje ante un grupo de invitados que se habían convertido en captores. «Otra cosa no, pero su actuación es muy verosímil», contrarresté a Nico, que me observó con piedad por encima del hombro.

Pero, en efecto, Ana no volvió a pronunciar palabra, aunque, siendo rigurosa, había estado todo el rato en escena. Hora y media después, eché una ojeada a mi teléfono para saber cómo evolucionaba Nuria y resulta que la última noticia era que habían decidido ingresarla. Mencionaba que ya estaba dilatada de tres centímetros, que el niño tenía prisa, y que se avecinaba un parto prematuro, aunque según el ginecólogo todo estaba controlado. «Dejo el chat en manos de Luis, chicas», concluyó.

Oí el papel de un caramelo que una espectadora ubicada cerca desenvolvía con lentitud para no hacer ruido. Sin embargo, esa parsimonia excesiva provocaba el efecto contrario. Me extrañó que Nico no hubiese saltado ya con uno de sus «¡Shhhhhh!» más sulfurados. Le contemplé. Se había puesto las gafas de sol de cristal de espejo azul para quedarse dormido. Su cabeza reposaba ladeada en el respaldo. Estuve tentada de darle un rodillazo para despertarlo. Ana seguía allá arriba amordazada con un trapo. La del caramelo de eucaliptus acabó por fin de quitarle el celofán, que ahí dentro retumbaba como un trueno. Nico se sobresaltó tras el primero de sus propios ronquidos. Dos horas de teatro con olor a pollo que acabó como debía: una suerte de aplausos asíncronos y sin fuelle.

Nico oyó palmas y salió del letargo como un profesional. Se puso en pie sin dudarlo y alabó, titánico, la representación. Enseguida le siguieron muchos y, poco después, casi todos. Creo que hasta los cimientos de la sala agradecieron los vítores de la treintena de espectadores.

Guiñé un ojo a Ana, que sonreía radiante, y me alegré de haber acudido. «A veces las palabras sobran, déjate», me decía Nico para compensar mientras salíamos de la penumbra. Tan solo di unos cuantos pasos más cuando reconocí un timbre de voz y un abrigo entre los murmullos. Ese chico de espaldas, el que agarraba de la cintura a una rubia. Nico se disculpaba por haberse quedado dormido, «No es mi estilo y lo sabes, pero es que vaya sopor», y se preguntaba quién sería el director de esa basura y otros tantos juicios sobre que no todo vale. El chico besó a la rubia y después, como si notase que alguien lo escudriñaba por la espalda, giró la cara y se chocó con la mía. Nico seguía con sus valoraciones despiadadas acerca de la obra obviando el rol de Ana para no enfadarme. Inmerso en su discurso, no cayó en la cuenta del cruce de miradas entre Pablo y yo. Fueron escasos cinco segundos. Me quedé paralizada. Él también. Ninguno dio el paso de saludar al otro. Pablo retiró despacio el brazo del torso de la que podría ser su nueva novia. Aunque no debería, le dio reparo. A mí también. En el fondo, me alegré de ese gesto. Ella hablaba por el móvil. Sin embargo, no sentí celos, sino nostalgia. Entre nosotros, se produjo una corriente veloz de imágenes bonitas. Tanto, que era irremediable no revisarlas con tristeza. Su intensidad se había quedado atrás, no se repetiría. Pero habían dejado un poso difícil de olvidar. Se me empañó la vista. Pablo se percató y contuvo la añoranza. Poco a poco, la comisura de sus labios dibujó una sonrisa llena de cariño. Le respondí con otra. La rubia se abrazó a Pablo y, sin más, él retomó la marcha. Continuó hacia delante. Se fueron. Uf. Tres segundos más y lloro sin parar. Continuaba estática y Nico despotricaba.

—¿La esperamos aquí o comiendo pollo? —preguntó desde su quinta dimensión—. Hija, qué careto se te ha quedado. No va a triunfar en Broadway, es evidente, ni le darán un premio Max, pero es «Ana mucha marcha» y hay que esperar para felicitarla.

Asentí y caminé. ¿Cómo explicarle a nadie que, en escaso medio minuto, Pablo y yo acabábamos de darnos el consentimiento recíproco para ser felices cada uno por su lado para siempre?

—¿¿Qué?? ¿Pollo senegalés? —me azuzó Nico.

—En ocasiones no hacen falta palabras, como tú dices.

Nico puso rostro suspicaz. Impregnados como ya estábamos de la atmósfera procedente del bar, decidimos que sería una buena idea rematar la jornada allí mismo. Avisé a Ana, que tardó unos veinte minutos en celebrar el debut entre bambalinas con sus compañeros de reparto. Cuando apareció, espídica y contenta, Nico cogió la margarita que adornaba la mesa y se la dio declamando: «¡Ya está aquí!», en alusión a la única frase que Ana había pronunciado en su actuación. Hizo el gesto de «¿lo pillas?» con los dedos. Ana dio un paso atrás con expresión ofendida. Tiró la margarita al suelo. Fue seca:

—Sin mi papel, no hubiera habido trama. A ver si os enteráis de que era una pieza angular.

Ambos nos quedamos cortados y avergonzados.

—Ja, ja, ja, ¡¡¡os lo habéis creído!!! —Comenzó a reírse de nosotros y de sí misma—. ¡¡Tal vez no sea tan mala actriz!! ¡¡En la siguiente, espero llegar a decir una oración subordinada!! Ja, ja, ja, ja.

Le dimos un abrazo de enhorabuena por lo poco que

había hablado y lo mucho que había sufrido en silencio, al tiempo que ella nos aseguraba que esto solo era el calentamiento de su faceta tragicómica y que ya dentro de un año, veremos. Nico le dijo que él será el primero en llevarle un ramo de rosas al camerino y que si la cosa mejora, se ofrecía para ejercer de mánager. Sonaron a la vez el teléfono de Ana y el mío. Era un mensaje en el chat de amigas del que ambas formábamos parte. «Ay, ¿¿¿y por qué yo no estoy ahí metido???», se lamentó Nico como un niño quejica.

—¿¿¿Que Nuria ya ha parido??? —se sorprendió Ana cuando leyó la buena nueva:

> Soy Luis. Y este es Bruno. Le ha entrado prisa por salir, es pequeñín, pero tanto él como Nuria están bien. Y yo, también 😉.

El grupo se revolucionó con emoticonos de besos. María, Berta, Ana y yo enviando corazones de todos los colores a tutiplén para los padres primerizos. Una de las fotografías mostraba a Nuria enrojecida con su hijo sobre el pecho. La otra era un primer plano de Bruno. Saludaba con unos ojos enormes y demasiado abiertos para acabar de nacer. Pensé que no quería pestañear por si se perdía algún detalle del entorno donde acababa de aterrizar. Tenía un importante guion por escribir. En mi cabeza, Pablo me volvió a sonreír conciliador como había hecho hacía un rato a la salida del teatro y le dije adiós sin dejar de enfocar la imagen del recién llegado.

Ana bloqueó su teléfono diciendo «Jolines, qué feo»,

y le hice un gesto reprobatorio. Nico dijo eso de que en pocos días cambian un montón y debatimos sobre si hay madres que ven horrorosos a sus bebés y no lo dicen, o si los condicionantes genéticos obligan a la hembra, por instinto y supervivencia, a considerar su cría como bella. Llegó otro mensaje de Luis diciendo que Bruno, al haberse apresurado para nacer, tendría que pasar unos días en observación para descartar cualquier problema y que a Nuria no le molestaba que acudiésemos al hospital las amigas más cercanas. Esas éramos nosotras, el grupo Núcleo Duro según WhatsApp, muy diferentes pero muy amigas, siempre dispuestas ante cualquier emergencia. Imaginé a Luis meciendo al renacuajo en sus brazos temblorosos en un primer amago de superar inseguridades. Aquella noche celebramos los estrenos con el arroz más barato y más rico de mi mundo.

21

La toquilla

Como persona sana, me repele el olor de los hospitales. Esa mezcla de antiséptico y enfermedad es mareante. Recuerdo uno de esos artículos histéricos sobre salud que señalaba los botones del ascensor de un hospital —en concreto, el de la planta baja— como una orgía bacteriana. Fantaseo con virus invisibles subiéndome por las piernas e intento no cruzarme con camillas y goteros de suero. Enfermeras que ponen vías y cambian cuñas para el paciente que no puede ni levantarse a cagar. Curas, gasas, vendas, agujas, chorrazos de Betadine. Camisones que te dejan el culo al aire. Admiro a esos trabajadores vocacionales, pero no por ser hija de médico mi percepción iba a ser diferente a la de la mayoría. Aunque la finalidad es curar, poner un pie allí dentro siempre significa estar más cerca del sufrimiento. Palpar la fragilidad del organismo humano. Al igual que un caballo al que se le coarta la visión lateral, camino concentrada en el punto de fuga, para no girar la cabeza e imaginar las historias de los ingresados detrás de cada una de las puertas del pasillo.

La habitación 146 era la de Nuria. María, Berta, Ana y yo entramos con varios sobres de jamón de jabugo envasado al vacío. Nuestra ofrenda al niño y a la diosa lactante.

—¡¡¡Gracias!!! ¡¡No sabéis cuánto me apetece!! Además, con la subida de leche, me está entrando un hambre bestial —dijo una Nuria con las contracciones del parto todavía marcadas en la cara.

—Pero ¿a cuánto dices que está el tetrabrik de entera, entonces? —respondió Ana mientras la besaba, con el propósito de hacer un chiste tan malo que me reí por solidaridad.

Nuria tenía ojeras, labios hinchados y una barriga de unos seis meses cuarenta y ocho horas después del que definió como el día más feliz de su vida. Su pelo largo y liso le caía sobre los hombros y una bata blanca la envolvía. Parecía una virgen dolorida o una elfa de resaca. Estaba rodeada de las flores con las que sus allegados les daban la enhorabuena por el nacimiento de Bruno. También había una «tarta» de tres pisos de pañales y una cesta con un enorme lazo azul repleta de jabones, cremas y ungüentos para el bebé. Estaba sentada en la cama, con el culo sobre un cojín circular porque le molestaban los puntos. «Un buen tajo me han dado», especificó. El corte la fastidiaba a cada paso. Como un acto reflejo, apreté las piernas para salvaguardar mi vulva.

—Bruno está a punto de llegar. Luis ha ido a recogerlo a la unidad de neonatos, nos acaban de avisar, hoy ya puede dormir con nosotros en la habitación. ¡Y mañana, al fin, para casa! —nos contó ilusionada y atacando el jamón—. ¡Es muy muy bonito, preciosísimo, ahora lo veréis, y se ha enganchado a la teta enseguida! —exclamó satisfecha por el objetivo cumplido—. ¿Podéis ir hasta allí alguna de vosotras? No me han traído la silla de ruedas y no puedo moverme sin ver las estrellas. Luis estará esperando hecho un flan, necesitará compañía.

La invitación me sonó a que ya estaba al tanto de las incertidumbres internas que su cónyuge albergaba sobre la paternidad. Decidí ser yo la enviada especial. María había empezado a impartir su clase magistral del posparto y Berta y Ana hacían que escuchaban.

Un cartel en la puerta de la sala de neonatos especificaba que únicamente se permitía la entrada a los progenitores de los recién nacidos cada tres horas. El resto del tiempo, durante su reposo, estaban a cargo de enfermeras especializadas. Pero un gran ventanal permitía observar su interior. Localicé a Luis, que se rascaba la cabeza y hablaba con la que parecía, por el uniforme verde, la pediatra jefa encargada. Señalaban al bebé que una matrona cambiaba de pañal y vestía sobre un cambiador. Supuse que era Bruno, uno más entre la decena de incubadoras. Mamás y papás primerizos estaban pegados a cada una de ellas contemplando la evolución de sus hijos prematuros. Cada cierto tiempo, las enfermeras los iban sacando de esas máquinas de calor y los depositaban en los brazos de sus padres para que les diesen la verdadera calidez que los ayudaría a crecer. Las madres aprovechaban para amamantarlos o darles el biberón. Los había pequeños, pequeñísimos. Tanto que parecía increíble que algunos pudiesen salir adelante. El panorama transmitía amor incondicional y desasosiego a partes iguales. Un hombre levantó a su hijo en la palma de la mano y lo olfateó apasionado como si quisiese esnifarlo. Se drogaba con esa fragancia en la que se funden el bálsamo y la piel nueva. Frente al embrujo de los padres, la mecánica de las enfermeras continuaba: limpiaban pis y caca a unos, bañaban a otros, controlaban que la luz y la temperatura de sus lechos fuese adecuada para que sus cuerpecillos rematasen la adaptación al mundo. Era lo más cercano a un taller de almas, consideré, y pensé que Marcial, el campanero, apoyaría mi definición. La pediatra entregó a Bruno envuelto en una manta, con gorrito y manoplas. Luis lo tomó en su regazo sin maña, pero con ganas. Le sonrió, lo olió, lo besó y se dirigió hacia la puerta. Al salir, me miró en busca de apoyo moral y respuestas:

—¿Se coge así? ¿Estará cómodo?

—¡Y yo qué sé! Tú hazlo como te salga, que seguro que está bien.

El diálogo torpe camufló que ambos estábamos enternecidos. Acaricié la barbilla de Bruno. Tenía el mismo hoyuelo que Nuria. Al llegar a la habitación, en la primera media hora, ella apenas lo soltó. Lo enchufó al pezón para alimentarlo y luego lo mimó como cualquier madre haría con su cría. El instinto de protección que quizás a «la mujer de los siete segundos» le habrían cercenado. Fue inevitable no relacionar lo que estaba presenciando con Ángela Cubero.

María proseguía con su retahíla de consejos enfocados a una etapa que escuché allí por primera vez y que me pareció hasta complicada de pronunciar: el puerperio. O lo que es lo mismo, según los conocimientos ginecológicos de María: los cuarenta días que la madre necesitaba para que su cuerpo recuperase en parte el estado pregestacional.

—Pero, seamos sinceras, se trata de que se nivelen las hormonas, porque tu cuerpo nunca vuelve a ser el mismo. Y como quieras tener otro hijo, ni te cuento.

—Eso, dando ánimos —apostilló Berta, y pidió coger en brazos a Bruno. Lo hizo con una seguridad inesperada—. Bueno... ¿qué tal me queda? —preguntó posando como una tía orgullosa de su nuevo sobrino.

Ana estuvo rápida y le sacó una foto con el móvil. Fue el único momento en que Luis interrumpió para pedir con educación que no publicáramos, por favor, las imágenes del niño en redes sociales, que en todo caso difumináramos su cara, ya no solo por su derecho a la privacidad, sino porque cualquiera podría tener acceso a ellas y hacer lo que le diese la gana con ese material, que estaba harto de explicar a los alumnos en el colegio los peligros de internet, etc. «Por supuesto, descuida, Luis», aseguramos, y María añadió un «Ay, amigo, a partir de ahora entenderéis qué significa preocuparse sin fin por ellos».

Las abuelas aparecieron justo a tiempo para que la conversación no entrase en el ámbito proceloso de los miedos que estaban por venir, que era lo que peor llevaba Luis. Ambas hacían visitas diarias de varias horas a su primer nieto. «Anda, si tú eres Olga, hartita estoy de verte en la tele, me encanta el programa», me dijo la madre de Luis durante las presentaciones. Contrasté una vez más el dato de audiencia que nos habían trasladado desde el departamento de Marketing de la cadena: el perfil de nuestro espectador medio era el de una mujer de sesenta años. Lo primero fue achuchar al bebé, se fueron turnando para mecerlo. Ahí comenzó el juego de los parecidos razonables. Que si los ojos eran del padre y la boca de la madre, que si la forma de la cara era del abuelo paterno y que los dedos de las manos eran larguísimos como fueron los del propio Luis al nacer. Quizás la nariz era también de Luis, este aspecto generaba dudas, pero en lo que sí concordaron fue en la herencia genética materna en el mentón de Bruno. Después llegó la tanda del frío/calor. Porque «fíjate que yo estoy sudando, tienen demasiado alta la calefacción, seguro que el niño se asa, pobrecito, le quito la chaquetita, ¿te parece, Nuria?», opinaba la madre y, sin esperar autorización, lo hacía. Entonces la suegra respondía que «no sé qué decirte, porque su temperatura no es la nuestra, puede que pase frío, mejor ponerle la chaquetita o, casi mejor, arrópalo bien con otra toquillita más, esta la he tejido yo, mira, así, déjame a mí que se la pongo. Que esté bien abrigadito el chiquitín». Las componentes de Núcleo Duro —María no pudo ni meter baza, aunque lo ansiaba— asistíamos a la escena entretenidas y los padres, en principio, aceptaban la veteranía de las abuelas en la crianza, que intercambiaban pareceres y ejecutaban a su antojo. El tercer punto que tratar fue si era acertada o no la elección del nombre, aquí el debate giró en torno a si pronunciar la «Bru» de Bruno era complicado, si un nombre corto como el escogido era perfecto porque la gente no hace apócopes y te acaba llamando Fran en lugar de Francisco, y a continuación:

—La verdad es que a mí me hubiera gustado que se llamase como mi hijo y mi marido, para continuar la saga de los Luises —culminó la suegra.

Nuria resopló como una leona y ellas se dieron por aludidas. Luis propuso que se fueran a tomar un café. «Eso, id a dar una vuelta —reiteró Nuria—, que esto parece el camarote de los hermanos Marx y las enfermeras nos echarán la bronca, mamá, que hay demasiada gente en la habitación.» Ante la amenaza de que la autoridad sanitaria les podría llamar la atención por quebrantar el orden, las abuelas salieron pitando. Todas nos sentimos liberadas porque, en pocos minutos, nos habían dado una tunda mental. Juramos, a viva voz, que jamás seríamos como ellas.

—Bueno, creo que en mi caso ya es demasiado tarde... —dijo María, destapando su disfraz de madre jovial perfecta en un ejemplo de transparencia que nunca antes le habíamos escuchado.

Luis fue el primero en echarse a reír tras la reacción de María. Lanzó un par de carcajadas descontroladas, lo que dejó entrever su necesidad de canalizar tensiones.

Todas seguimos su compás. Bruno despertó y lloriqueó. Nuria lo puso de nuevo al pecho para calmarlo. Bajo los efectos del ataque de risa, recordando el duelo de abuelas, advertí que la estampa familiar era equilibrada y perfecta. Porque con Bruno, junto a la fascinación de una y los comprensibles temores del otro, sobre todo habían nacido ellos: un papá y una mamá.

22

Mercado de valores

Demasiado temprano para poner un pie fuera de la cama en domingo. Bajo el edredón de plumas, mi calor corporal se acumulaba y me envolvía con una sensación agradable. Modo hibernación. Después de intentar retomar el sueño en vano durante media hora, decidí rendirme. Los continuos madrugones de trabajo acaban por domesticar al cerebro, que no entiende de días festivos. Despegué la nariz de la almohada y me puse boca arriba. En el techo, había una grieta que no me inquietó. Parecía superficial. Pisos de Madrid con tropecientas capas de pintura, alquiler tras alquiler. El revestimiento se desconcharía sobre la cabeza del inquilino algún día. Solo imploré para que no me tocase a mí despertar sobresaltada por un pegote de pared en la frente. Prefería asumir el riesgo que llamar al casero.

Apenas eran las siete y media de la mañana. El parquet no estaba tan helado como esperaba, la calefacción había funcionado. Sin hambre, me hice un café. Ni siquiera encendí la radio, escuché el silencio de la calle. Malasaña no se desperezaba hasta entradas las once. Aunque el apartamento estaba caldeado, abrí la nevera y me entró un escalofrío. Dos tomates, mermelada, un yogur y una cebolla pedían compañía. La imagen de un frigorífico vacío da mucha pena. Desde que había vuelto a la soltería, los domingos me sentía sola. Es el día de la semana socialmente destinado a un plan de manta, sofá y serie en pareja. Cogí la leche de avena y cerré el frigorífico. Tenía sello ecológico y sabía bastante peor que la de marca blanca del súper. Acaté su insipidez. Es sana, según los expertos. Pequeños sacrificios del paladar y el bolsillo en aras de la longevidad. «¿Qué expertos?», me pregunté, y aparqué el tema enseguida porque la cafetera hervía. No le echo azúcar. Ni blanco ni moreno ni panela, tampoco edulcorante o siropes raros. Pero revuelvo con tesón. Es absurdo porque no hay nada que mezclar ahí dentro. Solo mis cavilaciones. Me concentro haciendo círculos con la cuchara. Su «clin, clin» contra la taza sonaba solemne en la quietud de mi casa. Clin, clin. Mi madre etérea indecisa, mi hermana escaqueadora, mi padre preocupado y Nina en leotardos de *fitness*. No había por dónde cogerlo. Incertidumbre a un mes del bodorrio. Clin, clin, clin. La sonrisa de adiós que intercambié con Pablo en el teatro también se enredaba en mi desayuno. Removí más fuerte para dejarla atrás. Cuando lo huelo templado, paro. El café se queda quieto como el agua oscura de un pantano. Me devuelve la imagen de Ángela congelada buscando respuestas. Otro escalofrío. Adentrarse en un lago es para temerarios. Para los que no piensan en lo que discurre por el fondo. Lo bebí tan rápido como mi respiración me lo permitió.

Todavía no había tenido reposo suficiente para decorar mi refugio. Pablo me había ofrecido un par de láminas abstractas que habíamos pagado juntos, pero, en la vorágine de mi huida, las rechacé. Tampoco me llevé ninguna de nuestras fotografías enmarcadas. En la India, en Nueva York. Suponía que en el futuro podría reencontrarme con ellas, pero el presente me pedía empezar de cero. Solo el tocadiscos, herencia de mi padre, se vino conmigo, junto con una pequeña colección de vinilos antiguos. Desenfundé el de Nat King Cole en español. «Estas son las mañanitas», cantaba, a un volumen mínimo porque eran las ocho y no quería incomodar a la vecindad. En un rincón del minisalón, aguardaba un póster regalo de Nico. Era un diseño *low poly* de la cabeza de un zorro. «Tu primer trofeo», me dijo, y luego disertó sobre que ahora «lo más de lo más» es replicar en distintos formatos la vieja y horripilante taxidermia. Bustos de jabalí hechos de cartón para colgar en la pared y recordarnos nuestro origen cazador. Se venden caros para esos hogares unipersonales que guardan poco más que una cebolla en el frigo. Cuando me estaba cepillando los dientes, recordé que hacía dos días había comprado unas plantas que esperaban en el balcón de mi habitación. Ese espacio era lo más alegre del apartamento y volví a confirmarlo al levantar la persiana. El sol de noviembre se coló raudo y espléndido. Me cegó. El cielo azul despejado invitaba a salir bien abrigado. Vi las cuatro macetas en el suelo. Las flores amarillas y violáceas habían sobrevivido gracias a la tierra humedecida por la dependienta:

—En esta época del año, lo mejor es que te lleves estos pensamientos —explicó.

—Pero... ¿son buenos o malos? —respondí con el chiste fácil que una encargada de floristería tiene que soportar. Sabía de sobra que el pensamiento es una planta de invierno. Un clásico en los jardines de la ciudad. Ella, en lugar de molestarse, me siguió el rollo:

—Bueno... Si no te gustan estos pensamientos, tengo otros. —Guiñó un ojo. «Mírala que maja», me dije—. Pero recuerda que solo hay un truco para que no se mueran: regarlos a menudo.

Sin saber con seguridad dónde acababa la floristera y dónde empezaba la psicóloga, compré cuatro pensamientos como si fueran un libro de autoayuda.

Me puse un jersey y salí al balcón. Tenía un saco de tierra y un macetero rectangular de barro para trasplantar. El frío era de ese que mantiene el cutis terso y hace pasar el aire contaminado por limpio. El brillo de la claridad me animó. Imaginé que algo similar les ocurre a los ciudadanos nórdicos cuando llega la primavera. El mínimo aumento de las horas de luz les da subidón. Enfebrecidos por la energía solar, se afanan para adecentar la terraza más alegre del vecindario. La mía no llegaría nunca a esa categoría, sobre todo por carencia de metros cuadrados, pero había cierto margen para el ornamento. Me agaché y comencé la tarea. No tenía guantes. Mis dedos atravesaron el sustrato. Relajante. Moldeable. «Ahora entiendo a los suecos.» Estaba a punto de efectuar el trasvase de los pensamientos al nuevo receptáculo, cuando oí carraspear. Madrugador como yo, el vecino del pelo blanco y batín fumaba en la balconada de enfrente. Parecía un señor respetable e intelectual venido a menos por una trayectoria llena de baches. Setenta y tantos. Igual que la primera vez que nos topamos, echaba humo deprisa como una locomotora. Pero aquella mañana no insinuó unos «Buenos días». Tosió de nuevo rascando sus cuerdas vocales. Miró de reojo sus dos tiestos olvidados. Tallos pelados que se clavan en arena ya seca. Les dirigió una bocanada de tabaco que los nubló. Iba a saludarle con educación, sin embargo, él dio por terminado su vicio y apagó el pitillo contra una de sus plantas marchitas. De espaldas, levantó el brazo en señal de «Hasta pronto» y él y su batín se metieron dentro. Al acabar mi sesión de jardinería, mi balcón ya era otro. Cerré el ventanal, se empañó por el contraste de temperatura. Aproveché para dibujar una cara sonriente sobre el cristal. Observé satisfecha los colores. Bonito. Solo una mácula: en un gris segundo plano, al otro margen de la calle, la colilla del vecino todavía humeaba aplastada.

A mediodía, me encontré con Berta en el Mercado de Motores. Se llama «mercado» por mantener la tradición y porque se producen transacciones económicas. Lo de «motores» tiene que ver con su primera ubicación en la nave que albergaba los motores eléctricos del metro de Madrid. Empezó ahí y cobró tanta fama que a día de hoy está emplazado en el Museo del Ferrocarril de la capital, la antigua estación de tren de Delicias. Puedes caminar entre vagones y el recuerdo de una de las escenas de *Doctor Zhivago*, que se rodó allí en los años sesenta. Todo es nostálgico y también caro. Mataderos que son museos. Fábricas que son centros culturales. Salas de cine X que son bares alternativos a doce euros la copa. Antes denostados y hoy reinterpretados, son lugares de visita imprescindible para el pelotón interesado en empaparse de tendencias, en el que me incluía. El precio del metro cuadrado con solera sube como la espuma y, con él, todo lo demás. Total, que a la media hora de llegar, entre los empujones del gentío, estaba deseando pirarme. Para no divagar de puesto en puesto, convencí a Berta para centrarnos en el único que me interesaba: el de las medias de colores. Desde niña, tenía debilidad por este complemento. Solía detenerme en los escaparates de las mercerías hipnotizada por esas piernas ortopédicas que sirven para exhibir el material. Un par de emprendedoras las vendían con todo tipo de estampados. Y aunque una me trató de usted, me llevé tres pares: las fucsias, las de topos azules y las de rayas naranjas. «A ti te quedarán fenomenal», puntualizó Berta, dando a entender que eran excesivas en su armario de abogada agresiva. Treinta euros en medias. Al menos, espero no coincidir en la tele con nadie que lleve las mismas.

Berta se empeñó en tomar un aperitivo. En la zona de *foodtrucks* no cabía un alfiler. Comimos de pie unas arepas de aguacate y pollo, además de tomar un par de cañas. Las pedimos en un camión rosa con ruedas donde despachaba una chica de uniforme similar al de una camarera de *diner* americano. Nos salió todo por un pico y me cagué en el precio de la modernez. Pregunté a Berta por su ligue del bufete, una historia que no estaba zanjada pese al impacto negativo que para ella había tenido el primer beso en un bar. Seguían viéndose y ya no era solo un inofensivo «amante de besos». Pero él atravesaba una fase de inseguridades al respecto. Había abandonado una relación difícil —sin especificar el nivel de trauma— hacía pocos meses y su propio terapeuta le había aconsejado no involucrarse sentimentalmente con nadie tan pronto. «Me toca los ovarios, ahora es el psicoanalista quien decide con quién te tienes que enrollar», protestó Berta, y dio un último bocado cabreado a su arepa. *Cool* y grasienta. Me quité la cazadora, la muchedumbre había aumentado los grados en aquel meollo de la contemporaneidad: barbas hípster, gafas de pasta, familias jóvenes a juego con sus niños molones, ante, pana, sombreros de ala ancha, boinas *newsboy*, bufandas que parecen colchas... el espíritu *influencer* reinaba en cualquier esquina. Era estético, pero tenía un punto de tontería abrumadora.

A dos metros de nosotras, percibí una cara familiar que miró hacia otro lado al tropezarse con la mía. Caminaba con camisa vaquera y empujando una silla donde dormía, a pesar del barullo, una niña. Aunque él rehuía, no dejé de mirarle hasta cerciorarme de que, en efecto, se trataba del hombre «con mochila», Tino. Me había visto, pero se hacía el despistado con tal descaro que me fastidió. Berta, que seguía dirigiendo improperios hacia el psicoanálisis, se sorprendió cuando elevé la voz y las manos para que él no tuviese otra opción que saludarme. Incluso di un pequeño brinco con objeto de no pasar desapercibida.

—¡¡Holaaa, Tino!!

Entonces se detuvo cortado y sonriente. Desde la distancia, imitó desganado mi gesto efusivo. Pasaban cabezas sin parar de un lado a otro entre su posición y la mía. Algunas iban a por arepas, otras volvían. Fueron unos segundos de duda por su parte sobre si acercarse o no. Berta preguntó si ese no era uno de los tíos que conocimos en el pub clandestino donde nos había colado Ana. Le dije que sí y me hizo gracia que emplease la palabra «pub», sonaba a viejo. Ella respondió: «La vieja es usted». Tino se aproximaba hacia nosotras y Berta insistía en que no lo recordaba tan atractivo. «¿Me estaré haciendo mayor como usted, señora?», se preguntó. También yo me noté desmemoriada en cuanto al físico de Tino. Su barba había crecido y, sin duda, estaba más guapo.

—¿Qué pasa? ¿No pensabas saludar? —reproché con guasa durante el par de besos de rigor. A Berta le sobresaltó mi tono despechado. Estaba herida por la pretendida indiferencia de Tino. En anteriores coincidencias, a pesar de mi desdén, había estado empeñado en interactuar conmigo. «Encima, hoy voy supermona.»

—Pues no quiero ser borde, pero no pensaba pararme. Creía que tú tampoco y me sorprende que hoy lo hayas hecho. —Le costó decirlo, pero fue sincero y no sonó agresivo.

Me sonrojé al recordar que él me había invitado al vino aquella noche en el local al lado de casa y yo había «pasado de su culo». Incluso le había dicho que vivía lejos de allí. Y luego en el supermercado tampoco fui muy enrollada, que digamos.

—¡¡¡Bien dicho!!! —contesté por decir algo con el tono de imbécil que empleo cuando veo que no hay salida. Como ya estoy haciendo el ridículo, exagero para que, al menos, quede patente que soy consciente de mi perfidia.

Berta se percató y retomó la conversación cordial: «Anda, ¿es tu hija?». «Sí, Margarita, tiene cuatro años.» «Margarita, me encanta el nombre. Oye cómo duerme, qué paz. En mitad de este tumulto, ja, ja.» «Sí, es su hora de la siesta, nunca falla, acabamos de comer por aquí.» «Nosotras también, hemos picoteado algo, están buenas las arepas.» Abordaron lugares comunes. Margarita era la que ingería los trescientos gramos de jamón york que su padre compraba en el supermercado de los chinos. Tino charlaba relajado, pero se le escapaban miradas de recelo en mi dirección. Decidí intervenir para, esta vez yo, invitarle a tomar algo.

—¿Una cerveza?

Se tomó un segundo para sopesar la oferta o buscar alguna excusa y dijo:

—Vale, a Margarita le queda un rato de letargo, según mis cálculos.

Aliviada de que aceptase mi ofrecimiento de concordia, fui a pedir las bebidas, sorteando obstáculos humanos. Hacía muy buen día y el sitio estaba repleto. Quince minutos y quince euros después, regresé. Desde lejos, presentí que algo no iba bien. Tino estaba agitado. Rebuscaba en la parte de abajo de la silla de su hija. Berta le ayudaba sosteniendo pañales, toallitas húmedas y otros bultos que él iba sacando para revisar cualquier compartimento.

—Es imposible, si la había dejado aquí...

—¿Qué ocurre?

—Me la han quitado. Me han robado la cazadora. Y ha tenido que ser hace nada...

Era una faena. No perdió la calma. La cartera, por suerte, permanecía en su pantalón. Comenzó a enumerar lo que llevaba en los bolsillos de la prenda sustraída. El móvil y una libreta. «Mierda, la libreta. Mierda.» Fue lo que más le apesadumbró. Preguntamos a los guardias de seguridad si alguien había encontrado algo, dijeron que no. Volvió a lamentar la pérdida de su libreta. De su móvil ni se acordaba. Margarita despertó, repasó su entorno y pidió galletas. Estaba acostumbrada a acoplarse a los planes de su padre divorciado. Tino se las ofreció y nos presentó ante el rostro somnoliento de la niña. «¿Galletas de dinosaurio? ¿Me das una?» Berta le hacía bromas a Margarita para que no se alterase frente a la preocupación de Tino. Pronto se la ganó. Berta era franca y socarrona, sin embargo, tenía una capacidad de generar confianza muy trabajada gracias a su oficio. Tino, con semblante de haber tomado una decisión firme, me preguntó:

—¿Me dejas tu móvil, Olga? —Ese «Olga» sonó tan grave y masculino que mi tripa dio un vuelco. Sensualidad que solo yo parecía detectar dentro del caos.

Le presté el teléfono y se sucedió una escena de la que fui espectadora y que más tarde el hombre «con mochila» me relataría al milímetro. Tino llamó a su propio número con la esperanza de que el ladrón respondiese. Comunicaba. A la cuarta o quinta vez, alguien contestó, pero no dijo nada. Al otro lado de la línea, aparte del silencio del interlocutor, sí se oía el ajetreo del mercado. El maleante todavía estaba cerca del lugar del hurto. Sin más, Tino aseveró con seguridad:

—Te pago por la libreta que tienes en tu bolsillo derecho.

No hubo réplica. Tampoco colgaron. Una respiración reveló que quien fuera, seguía ahí atento a las instrucciones. Tino no se amilanó e insistió:

—Para ti, la libreta no vale nada. Para mí, es muy importante.

Mutismo. Segundos de tensión. Bullicio de fondo. Otra respiración constata que el ladrón escucha. Tino no despega mi móvil de la oreja y observa cómo Margarita juega con Berta. Me mira, no piensa abandonar su propósito de recuperar, al menos, su preciado objeto personal. Por fin, una voz emerge:

—¿Cómo me vas a pagar si es tuya? —dedujo el supuesto caco con timidez.

—No... tal y como yo lo veo, ahora es tuya —rebatió Tino.

El tipo se tomó su tiempo antes de decir:

—Yo no soy un ladrón... Es la primera vez que me llevo algo. —Se adivinaba acento sudamericano—. Estaba llamando a mi mamá en Chile...

—Pues si no eres un ladrón, entonces acepta mi oferta... Estás todavía cerca del mercado, ¿no? —Tino, sin tiempo que perder, fue al grano—. Quedamos en la taberna que está frente a la puerta principal.

—¿Cómo sé que no me vas a esperar con la policía?

—Te vas a tener que fiar de mí.

—*Ta* bien.

—OK, nos vemos en diez minutos en el bar. Eso sí, te voy a pagar treinta euros, que es lo que tengo encima, para recuperar todas mis cosas: mi chupa, mi teléfono y mi libreta.

—*Ta* bien. *Ta* bien.

Tino nos preguntó si podíamos dar un paseo con su hija, que era una niña lo suficientemente extrovertida como para aguantar un rato con dos desconocidas sin gimotear. No lo dudamos. Subimos con ella a un tiovivo tradicional que encajaba a la perfección con la filosofía *vintage* del mercado y servía de preludio de la Navidad. En unos veinte minutos, Tino volvió victorioso con su chaqueta, el móvil y, por supuesto, su libreta en la mano.

—Se llamaba Nelson. Se lo pusieron por Mandela. Aunque me ha dicho que no sabía bien quién era Nelson Mandela.

Estaba muy sosegado para acabar de vivir un capítulo tan extraño. Le preguntamos qué había pasado. Y nos lo contó todo con tranquilidad. Terminó su relato diciendo:

—Me costaba aceptar que tenía que pagar treinta euros. Pero la chupa me costó unos doscientos. Más de trescientos el teléfono. Así que, en realidad, recuperarlos ha sido una ganga. Me hubiese salido más caro darme de hostias con el tío.

Margarita corrió hacia su padre, Tino se agachó, se abrazaron y ella le arrebató la libreta. Era corriente, de color ocre, con un tamaño menor a una cuartilla y tapas blandas desgastadas por el uso. La niña la abrió y colocó su mano derecha sobre una de las hojas en blanco. Se miraron cómplices. Su expresividad era similar. Con un bolígrafo, Tino trazó el contorno de la pequeña mano de Margarita en la libreta.

—Y así cada vez que nos vemos desde que tiene un año —explicó Tino, emocionado, mostrando cómo la palma de su hija había ido creciendo a través de las páginas. Desde el divorcio, cada jornada juntos dejaba una huella de cariño recíproco en aquella libreta.

Berta me apretó el brazo: «Tía, es adorable. Voy a llorar, joder». No exterioricé, por precaución, lo enternecida que yo también estaba. El hombre «con mochila» me había seducido con esa mezcla de arrojo y sensibilidad. Incluso su «mochila» me había caído en gracia. Margarita, de nuevo muy pancha en su sillita, intentaba encajar la palma de la mano derecha en las hojas de la libreta para comprobar lo pequeña que había sido. Tino y yo nos despedimos con un «Hasta pronto» que, en realidad, fue un «hasta mañana».

Al día siguiente, desde la redacción, me mensajeé con él y quedamos para merendar por el barrio esa tarde. Llevaba la cazadora del delito, lo que interpreté como un detalle de continuidad que me transmitió vibraciones positivas. Él era el mismo. No se había afeitado esa barba informal que le sentaba tan bien. Sin fallos de *raccord*, pensé empleando una metáfora sacada del lenguaje audiovisual a causa de la edición de tantos reportajes. La vida entendida como un «corta y pega» intencionado de secuencias, con sus encadenados, *flashbacks* y, para rematar, fundido a negro. También con planos olvidados que de repente el montador decide recuperar y encajar.

Pedimos tarta de frutos rojos para compartir en un local acogedor y bohemio donde predominaba la madera. Había sendos corazones en la espuma de nuestros cafés. Sé que ya lo hacen por defecto y que es carne de Instagram, pero en ese momento lo consideré un vaticinio osado por parte del barista. Enseguida agité el mío para disipar ñoñerías. Soy una *indie* del romanticismo, que quede patente. Tino tampoco le echó azúcar, pero ninguno destacó la coincidencia de nuestros paladares en este aspecto. A mitad de conversación, recordando la anécdota en el mercado, comenzó a reírse y señaló mi boca:

—Tienes fresa entre los dientes.

La frase rompió el clima de incipiente sentimentalidad. Por suerte, esa nota ácida sirvió de contrapeso al tono meloso que iba adquiriendo el encuentro. Luz tenue, roce de manos presuntamente casual. Aroma a pastel. Me entraron ganas de abrir la boca con un pedazo de tarta a medio masticar y mostrarle el contenido a Tino como una niña gamberra. Pero lo consideré demasiado *gore* para una primera cita. Tampoco iba a olvidar mi dignidad y correr al baño avergonzada tras una servilleta. Así que, para mitigar el percance, me burlé de él con una sonrisa de encías rosadas por las moras. Cuando no puedes con el enemigo, únete a él. Tino me plantó un beso de sirope en los morros al que yo contribuí. Mi cuerpo identificó una emoción que desde hace mucho tiempo no experimentaba: la de sentirse ante el inicio de algo que podría ser bueno. Casi al unísono, una parte del cerebro encendió el piloto rojo para alertar de las inseguridades. Hice la media aritmética entre pasión y raciocinio mientras el beso duraba. Cuando acabó, decidí pedirme otro café y me pusieron en la mesa un nuevo corazón de espuma que me retaba desafiante.

23

En directo

—¡Silencio en plató! —gritó, malhumorado, el regidor. Tenía sobrepeso y caminaba con los hombros hacia atrás, como si fuera el sheriff del condado. Quería zanjar murmullos, toses y alguna risa furtiva. La pausa publicitaria estaba a punto de terminar. Entre cámaras, sonidistas, responsables de iluminación, estilistas, productores, mozos de almacén, relaciones públicas y un montón de gente de función desconocida y que no paraba de ir y venir, había allí un ambientazo pendiente del directo. Un cielo de focos en el techo, una maraña de cables por el suelo. Personal que quita y pone atrezo, los vasos de agua quedaban mejor medio llenos, nunca hasta arriba. Otros, con sillas al hombro, esperan la señal para el cambio de decorado. Solo tienen un par de minutos. Invitados que entran, hablan de lo suyo y salen. Retoques de labios, «Quítame estos brillos, por favor». «Espera, que tienes un pelo disparado.» «Ay, estoy sudando», dice una tertuliana rubia con curvas. Esa expectación, junto con el paso previo por el túnel de embellecimiento (maquillaje, peluquería, vestuario) suele incrementar mi nivel de nervios cuando piso el plató. Tanto acicalarse impone. «A ver si la voy a cagar con la inversión cosmética que han hecho en mí», pensaba. Me forcé a sonreír con exageración, improvisando ejercicios faciales para comprobar que mi cara seguía siendo mía bajo la capa de corrector y polvos. El regidor mandó callar de nuevo. «Treinta segundos y en el aire», anunció.

La presentadora enumeró las noticias que se abordarían en el programa: el misterioso doble crimen del pantano, el secuestro en condiciones infrahumanas de un empresario, el asesinato de una mujer con arma blanca a manos de su expareja, una adolescente desaparecida sin apenas rastro desde hacía un mes y el inminente desahucio de una familia numerosa. Me recorrió un escalofrío al escuchar el sumario. La actualidad que la televisión contaba cada mañana se había convertido en un relato a sangre fría. De unos años a esta parte, los canales competían por revelar los detalles de los sucesos más duros aderezados con escándalos políticos. La justificación siempre era que el horror engancha, despierta las vísceras, los odios y las filias. «Funciona en términos de audiencia», solía resumir Anabel, la directora del magazine. Como cada día, ella estaba en plató al pie del cañón, sentada tras las cámaras, con una doble pantalla delante, micrófono en boca y auriculares puestos. De esa manera, se hacía omnisciente y daba órdenes vía pinganillo a presentadora y reporteros. También se levantaba en los cortes publicitarios para azuzar el debate entre tertulianos. Sus escasos escrúpulos lo controlaban todo y, como el dato de espectadores había remontado durante su tiempo en la dirección del espacio, ningún jefe osaba moverla del trono. Fue muy directa conmigo:

—Con franqueza, me fastidia tener que hacer «promo» de vuestros reportajes. Pero se lo prometí a Elena y, otra cosa no, pero soy mujer de palabra. ¿Qué carajo le pasa con el monte a tu jefa? Que se lo haga mirar, de verdad. Tendrás poco más de dos minutos, un par de preguntas breves, metemos unos «totales» de veinte segundos y listo. Ya te aviso yo.

Esperé mi turno a su lado, ella mandaba. Anabel y yo nos conocíamos de anteriores incursiones mías en plató, me había intentado captar para ser reportera de sucesos. Había logrado escabullirme, pero debía estar alerta porque su ambición por reclutar súbditos siempre iba a más y sus tentáculos eran poderosos.

El programa se vertebró con distintos directos desde «el lugar de los hechos» y con el posterior intercambio de opiniones entre los expertos o «todólogos» moderados por la presentadora, guapa y elegante, que acataba los preceptos de Anabel. Si la directora le decía tal cosa por el «pinga», ella lo reproducía. El manejo no era tan fácil con los periodistas que estaban en la calle. Les exigía con insistencia formular determinadas preguntas y, conforme se plegasen o no a sus mandatos, Anabel reía satisfecha o maldecía al redactor, incluidas amenazas desmesuradas tipo «Nunca más vas a hacer un directo» o «Se ha acabado tu carrera aquí», etcétera.

Aunque ya conocía el percal y sabía que el temperamento de Anabel se enfriaba en cuanto sonaba la sintonía final, la ceremonia de despotismo en directo me abrumaba. Encima, me apretaban los tacones que me habían prestado en vestuario para la ocasión. Ya llevaba media hora en alerta esperando como un poste mi minuto de gloria. Anabel me indicó que, tras el asunto del desahucio, vendría mi intervención. El programa se fue a «publi» y, durante este lapso, la directora empezó a despotricar como poseída. Chillaba a través del micro al realizador diciendo que le importaba un pimiento, que ahora tocaba desahucio por sus ovarios, que así estaba marcado en la escaleta y que habría desahucio, como que ella se llamaba Anabel del Olmo. Deduje y al poco confirmé el motivo de su ira. La noticia había cambiado: el reportero avisaba de que la familia numerosa finalmente no sería desahuciada y lo estaban celebrando. Pero, claro, eso no encajaba en el guion truculento que Anabel había planeado para el programa. Aleccionó al reportero:

—Isra, te digo que se lo expliques a esa gente, que tenemos que decir que los van a desahuciar, que habíamos quedado en eso. No me vengas con gilipolleces. Que no, que no. Tienes que convencerlos o tu directo se va a la mierda. Hacemos un primer «cebo» contando que les van a echar de casa y que pongan cara de pena, ¿vale? Exígeselo y, si no, se lo pides por favor. Me da igual. Pero ¿no querían salir en la tele? ¿No se habían comprometido contigo? Serán unos segundos y ya luego veo qué hacemos. ¿Cómo que eso es mentir? Eso no es mentir, es vender el tema. ¿Entiendes? ¿Trabajas en la tele o dónde trabajas? Y si no te gusta, ya sabes. Hay una fila de periodistas que quieren currar aquí. Y te recuerdo que hace mucho frío ahí fuera.

Pude ver la artimaña desde una de las pantallas que controlaba Anabel. El reportero, pálido, agachó la cabeza, olvidó su dignidad profesional y pidió a los protagonistas que por unos minutos cortasen la fiesta y simulasen estar desamparados por el futuro desahucio. Isra parecía rogarles compungido y prometerles lo impensable para que, tal como ocurrió, la familia aceptase el fingimiento. Anabel se tranquilizó y dijo a la presentadora que diese paso al directo:

Isra: «¿Cómo afrontan ustedes este momento? Se quedan en la calle, sin hogar, y son nueve personas...».

Padre de familia: «Sí, bueno... es muy duro... no tenemos adónde ir... esperemos que haya una solución, nunca es tarde...».

No sabía dónde meterme. Si reír o llorar ante la gran farsa.

—Isra —prosiguió Anabel—, ahora mira tu teléfono móvil, que mires el móvil, joder. Eso, di que te ha llegado un mensaje urgente, eso es. Haz que lo lees, en silencio. Y ahora dices que es un wasap del abogado, que os comunican que el desahucio no se va a producir, eso, ¡dilo con sorpresa y alegría! Esooo. ¡¡Felicítalos!! ¿Ves qué bien? ¡¡Abrazos, besos!! ¡No te cortes!

Padre, madre y siete hijos dieron por fin rienda suelta a la fiesta congratulándose de la gran noticia que el reportero les acababa de transmitir. Anabel aplaudió extasiada el teatrillo que había orquestado. Un reportero manipulado y una familia humilde, en éxtasis, cediendo al montaje por no quedar mal ante la tele. Me pareció tan bochornoso que cuando me tocó dar la cara por mis reportajes frente a las preguntas de la presentadora insípida, hablé cual autómata. La vuelta al campo y pim, pam, pum. Todavía no había salido del aturdimiento que aquella mentira me había provocado. Nunca había negado que la televisión tuviese un componente de actuación mayor que cualquier otro medio. Pero aquello sobrepasaba cualquier límite. Era una falsedad para la audiencia que la directora había decidido mantener porque la realidad le parecía poco atractiva.

Cerré sin cuidado de no hacer ruido la puerta acorazada del plató. Recordaba a la de un barco, tuve que girar un manillar circular, como un timón. El espectáculo se quedó dentro, insonorizado y ajeno. Fuera, sacudí los brazos en un ademán de despojarme de los kilos de tensión que había acumulado al contemplar el show. Tenía un wasap de mi jefa diciendo: «Qué mona pero qué sosa has estado, Olga». Ni le contesté. Me senté en un sofá viejo que había junto a las máquinas expendedoras. El reponedor que silbaba la banda sonora de *La vida es bella*, te saludaba con una sonrisa y siempre estaba de buen rollo, hablaba por el móvil en una esquina. A sus pies, un cargamento de botellas de agua para abastecer las gargantas secas del plató. Comenzó a discutir al teléfono: «Tu puta madre. Ese dinero es mío, cabrón. Me cago en tus muertos». Su boca escupía exabruptos en lugar de la reconfortante melodía a la que nos tenía acostumbrados cuando te cruzabas con él por los pasillos. Pensé en el esfuerzo que aquel hombre grosero hacía a diario para aparentar ser encantador. «Otro falso», me dije mientras buscaba monedas para pedirme un café en la máquina. Comenzó la preparación y el vaso de plástico cayó después del chorro. Mi café se fue al garete. Joder.

Hastiada y decepcionada observé como el repartidor entraba en plató retomando con impostura su silbido optimista. Me quedé unos instantes mirando la luz roja de encima de la puerta que avisaba, parpadeante, de la emisión en directo. En la pared contigua, a la misma altura, reparé en otra señal que indicaba la salida de emergencia. Un monigote huyendo. «Literal y simbólicamente, lo que necesito en este momento», admití. Fue entonces cuando vi con claridad qué tenía que hacer. Mi salida de emergencia. Quizás fuera solo una piedra bien puesta en un muro que crecía y se derrumbaba constantemente. Una única línea completada en la partida de *Tetris* de mi realidad. Un poco de solidez. Pero me bastaba. De una vez por todas, visitaría a Ángela.

24

Sobre Ángela

La lluvia me tuvo más de media hora dando vueltas hasta que encontré un hueco para aparcar. Lo metí al segundo intento. Acabé de maniobrar, apagué el motor y permanecí en silencio oyendo cómo la lluvia caía sobre el coche. Empezaba a atardecer y recordé que estaba cerca de casa de mi madre. Le escribí un mensaje:

> Mamá, ando por tu barrio. ¿Te va bien si me paso en una hora o dos?.

En los minutos que esperé su respuesta, varios conductores pararon junto a mi coche y me preguntaron con señas si me iba. Respondí trazando un amplio NO con la cabeza y se alejaron resoplando como si yo tuviese la culpa de su mala suerte. Mi madre respondió:

> Claro, quédate a cenar, Olga.

> Perfecto. Llevaré helado. Besos.

Guardé el teléfono y, antes de salir del coche, me abroché la gabardina hasta el cuello. Caminé por la calle Suero de Quiñones, en dirección a la plaza de Prosperidad. Pisé una baldosa inclinada, salió agua disparada y me mojó el pantalón. Maldije al ayuntamiento, pero no tuve tiempo para enfadarme. Las gotas golpeaban rítmicamente en el paraguas. Sonaba como un compás de espera, la música perfecta para el desenlace de mi pequeña obsesión. Me había imaginado un buen número de posibles finales. Fue haciendo ese ejercicio de combinaciones cuando me reconocí a mí misma que no quería saber qué había pasado. No. Lo que en realidad quería era que Ángela Cubero se hubiera reencontrado con su hijo. Un auténtico y merecido final feliz.

Al doblar la esquina, vi una ambulancia frente al número 3, el portal de Ángela. Noté una punzada fría en el pecho. La luz de la ambulancia giraba y se reflejaba por todos lados tiñendo de naranja la escena. «No puede ser», pensé, aunque sabía que la vida (o la muerte) no tienen sentido de lo narrativo y tampoco me debían ningún favor. Recorrí a paso rápido los metros que me separaban del portal y pude ver como salía una camilla empujada por dos operarios del Samur. El paciente era un hombre de unos setenta años. Iba con la camisa abierta y respiraba tras una mascarilla. Junto a él, caminaba la que debía ser su mujer. Podía verse la bata sobresaliendo por debajo del abrigo. Con discreción, me fijé en su rostro y, aunque habían pasado dos décadas desde el vídeo, descarté de inmediato que fuera Ángela. Contuve un suspiro de alivio que me hizo sentir algo culpable.

Aproveché el revuelo para ir directa al ascensor. Era uno de esos OTIS de mi niñez, aunque más profundo. Apreté el cuatro y observé la clásica placa de advertencias sobre los botones. El mensaje originario era IMPIDAN QUE LOS NIÑOS VIAJEN SOLOS, que quedaba reforzado por un par de grabados. De un lado, una mujer y un bebé de la mano, con un estilo cómic de los años sesenta. Junto a estos, otro dibujo del mismo bebé, pero esta vez solo y con una generosa X roja sobreimpuesta. Como era previsible, las dos primeras letras de IMPIDAN estaban tachadas, de tal forma que el aviso resultante era PIDAN QUE LOS NI-ÑOS VIAJEN SOLOS. Una pullita existencial a la que Ángela estaría expuesta cada vez que usase el ascensor.

El ligero rebote me indicó que había llegado al cuarto piso. Me noté nerviosa. Recompuse mi aspecto frente al espejo. Me arreglé el pelo y, tras dos brochazos de colorete, juzgué que mi cara no estaba mal. Me había desmaquillado al salir del plató, pero el rímel a prueba de lágrimas permanecía inalterable en mis pestañas. Intuía que podía venirme bien.

Nada más salir del ascensor solo tuve que dar un par de pasos para situarme delante de la puerta de madera oscura presidida por la letra A. Llamé al timbre y esperé. Oí los sonidos del edificio: voces, tosidos, una cisterna y ladridos amortiguados por las paredes y la distancia. Enseguida distinguí unos pasos que se aproximaban desde el interior del piso. Luego, un destello por la mirilla dorada. La puerta se abrió con un leve quejido. Me encontré con un hombre de unos cincuenta y tantos años, pelo canoso, barba afeitada, bien vestido y poca barriga para su edad. No esperé ni a que me diese las buenas tardes.

—Perdón, creo que me he equivocado —empecé a disculparme.

—Nada, mujer. ¿A quién buscas? Quizás pueda ayudarte. —Su tono era afable.

—Busco a Ángela Cubero Martínez. —Lo dije tan seria y de carrerilla que sonó como el mítico «Hola. Me llamo Íñigo Montoya. Tú mataste a mi padre. Prepárate a morir».

—Ah, pues entonces no te has equivocado. Soy Santiago, su hijo —respondió arqueando las cejas.

Me quedé paralizada. ¿Era «el hijo» o un hijo?, dudé conteniéndome. Ante mi silencio, él continuó:

—¿En qué te puedo ayudar?

No me había presentado. Cuando trabajo, me presento sin parar, como una autómata. «Hola, soy Olga Colmeiro, reportera del programa *Ahora* de 10TV.» Aprieto la mano con seguridad y pregunto si podemos empezar a grabar. Así, hasta una docena de veces por reportaje. Pero en esa ocasión, lo hice más convencida que nunca. A continuación, justifiqué mi presencia con la verdad por delante:

—Hará más un mes, por casualidad, conocí el caso de su madre y, con todo el respeto posible, he venido a saber qué fue de ella.

—¿A qué te refieres con el caso de mi...?

Le interrumpió el ruido del ascensor, del que salió una mujer envuelta en toquilla de lana y con los rulos puestos. Pasó a nuestro lado, murmuró un «Buenas tardes» tan discreto que casi fue inaudible, y se detuvo en la puerta de enfrente, la del 4.º G. En lugar de llamar al timbre, arañó la madera. Al instante, se oyó la retirada del cerrojo y la puerta se entornó. La vecina de los rulos, sin quitarnos el ojo de encima, empezó a hablar en voz baja con quien le acababa de abrir. «La ambulancia ha debido generar revuelo en la comunidad», pensé.

Santiago arrugó la frente y sus pupilas me hicieron un escáner de detección de embaucadores. Después, volvió la cabeza hacia el pasillo de la vivienda, comprobó la hora en su reloj de muñeca y me miró con gesto amable. Entendí que había superado el filtro de la primera impresión:

—Pasa, por favor. Será mejor que hablemos dentro. —Cerró la puerta y añadió—: Ya decía yo que tu cara me sonaba, pero imaginé que serías la nieta de alguien del bloque.

Le seguí a través de un largo pasillo hasta un salón de forma rectangular. El fondo de la estancia estaba ocupado, de lado a lado, por un ventanal. Había una mesa redonda adornada con mantelería de ganchillo y una puerta que conducía a un pequeño balcón. La pared derecha estaba ocupada por una estantería maciza empotrada que albergaba televisión, libros y figuras decorativas imitación de Lladró. Frente a ella, un tresillo que se hundía demasiado por el uso, tal como comprobé al sentarme. En la esquina, otra puerta entreabierta daba paso a un minúsculo distribuidor. Bodegones con frutas y flores adornaban las paredes. Todo era modesto, pero estaba ordenado y limpio.

—Me decías entonces que vienes por «el caso de mi madre» —retomó Santiago con calma invitándome a que continuase. Consideré que lo mejor sería empezar por el principio. Le entregué mi móvil con el vídeo listo para ser reproducido.

—Son solo siete segundos —indiqué señalando el botón del *play*.

En cuanto vio la imagen congelada de su madre, su expresión cambió. Palideció como si hubiese visto un fantasma. Respiró hondamente. Antes de activar el vídeo, se acercó el móvil hasta tenerlo a un palmo de la cara. La luz de la pantalla iluminó su rostro. Sus ojos eran idénticos. Los párpados trazaban una curva somnolienta como los de Ángela. Me los sabía de memoria. Y el mentón, igual que el de ella, cuadrado y fuerte. Dio inicio al fragmento y la mujer repitió su sentencia:

«... para mí, lo más importante... es que mi hijo sepa que no lo vendí.».

Santiago permaneció con la vista puesta en la pantalla con ganas de más. Esperaba que su madre continuase hablando. Lo reprodujo de nuevo. Y de nuevo. Examinó la imagen despacio para no pasar por alto ni un detalle. Me dio la impresión de que la estaba grabando en su retina para siempre. Se emocionó. Le expliqué que la grabación tendría unos veinte años y formaba parte de un reportaje sobre bebés robados. Aclaré que no había encontrado rastro de la entrevista completa, nunca se había emitido. Ese era el único extracto que había sobrevivido.

—Como le decía, lo encontré por azar, pero... —Me

resultaba difícil reconocer esto— no me lo he podido quitar de la cabeza. Tenía que saber qué había ocurrido.

Por una vez, no tenía que insistir ni convencer al invitado, solo admitir que quería enterarme del final de una historia. Sin dejar de mirar la imagen paralizada de su madre, con los ojos empañados y apretando los labios, aseveró:

—Ya sé que no me vendió.

Exhaló como si acabase de mover un gran peso. También yo debería sentirme aliviada al oír aquello. Pero no fue así. Estaba claro que algo se me escapaba y Santiago confirmó mi sospecha:

—Nunca la había visto... Nunca la había visto así.

25

Sobre Santiago

—Me crie y crecí en Valladolid. Supe que era adoptado en torno a los treinta años. Mis padres no biológicos, que eran ya muy mayores, murieron de modo repentino, con solo unos días de diferencia. Primero él, luego ella. Las últimas palabras de mi madre, entre lágrimas y sedantes, revelaron el secreto: «Que Dios nos perdone, Santiago. Siempre te quisimos como si fueses nuestro». Aunque al principio estaba muy afectado, aquello solo podía significar una cosa. Días después, rebuscando entre los papeles de mis padres, encontré un documento de adopción de la maternidad de O'Donnell. Figuraba mi fecha de nacimiento, el nombre de mi madre biológica, Ángela Cubero, y el motivo por el que me dio en adopción: «Sin recursos». Lo extraño era que, en mi partida de nacimiento, mi madre adoptiva figuraba como biológica, por lo que tenía que ser falsa. Mis difuntos padres me habían dado todo el cariño del mundo. Pero el dolor y el engaño se mezclaron. Sufrí una crisis de identidad.

No podía dormir. No me reconocía en el espejo. Pensaba en cuántas veces había oído decir a alguna vecina frases como «Tiene los ojos de su madre» o «Ha sacado el mismo pelo que el padre». La ocultación y el engaño en torno a mi verdadero origen me habían convertido en un desconocido para mí mismo.

»Acudí al hospital, pero no había un registro que me diese más información acerca de Ángela. Comenzaron a llegar a mis oídos los numerosos casos de bebés robados en esa maternidad y en otras. Me uní a una asociación de afectados, contraté un abogado, pero fue todo en vano ante la falta de pruebas que demostrasen la ilegalidad de la adopción. Mi denuncia, junto con otras dos mil, se archivó. Y eso que se estima que pudo haber hasta trescientos mil casos, hasta bien entrados los años noventa, en todo el país.

»Fue hace un par de veranos, por Facebook, cuando conseguí contactar con familiares lejanos de Ángela. Las pesquisas me condujeron hasta una prima de mi madre, ya octogenaria. Fue quien la acompañó el día del parto. Veintidós años, embarazada y soltera. Sus padres, apostólicos de antaño, renegaban de un bebé concebido fuera del matrimonio. Según me contó la prima, nada más parir, sin dar ninguna explicación, sedaron a mi madre. Al despertar, la enfermera le comunicó que el bebé era un varón, pero había nacido muerto por sufrimiento fetal. Mi madre estaba convencida de que había oído su llanto. Exigió ver el cuerpo y apareció un doctor para reiterarle que no podría hacerlo porque el cadáver ya estaba camino del cementerio de la Almudena. Eran otros tiempos. Estaba indefensa. Una monja añadió que esos lloros que mi madre insistía en haber oído en el paritorio habrían sido los de otro recién nacido. Su prima me describió cómo Ángela intentó empujar a las enfermeras y se retorció de dolor e impotencia en aquella habitación. Convencida de que se lo habían quitado, se negó a irse hasta que le dieran un certificado de defunción. Finalmente, le entregaron un informe en el que constaba "hemorragia intracraneal" como causa de la muerte. Pero ella sabía que su hijo estaba vivo y lo buscó incansablemente. Hasta fue a pedir la exhumación de los restos en el cementerio, pero se lo impidieron. Por lo que sé, mientras tuvo fuerzas, recurrió a todo, incluso a los medios.

Santiago terminó su relato extenuado, pero con una sonrisa de resignación.

—Entonces... usted... ¿nunca la conociste? —Tuve que preguntarlo, no aguantaba más.

Su mirada me recordó a la de un preso que admite su condena y, antes de que dijera nada, el sonido de un bostezo colosal y sin complejos inundó el apartamento.

Santiago se levantó como un resorte. Me pidió que esperase y desapareció por el distribuidor. A pesar de estar acostumbrada a que extraños me cuenten su vida y obra, en esta ocasión estaba más emocionada y aturdida que nunca. Me puse la mano sobre el pecho y comprobé que se me había acelerado el corazón. Estaba acalorada, aunque quizás fuera consecuencia de la calefacción central. Aproveché el momento para levantarme y me acerqué al ventanal. El cristal desprendía algo de frío. Ya había terminado de oscurecer y todavía llovía. Abajo estaba esa pequeña plaza y el banco donde se grabaron aquellos siete segundos de vídeo. Más allá, tras una primera hilera de edificios, debía estar el de mi madre. Pero no lo localicé porque me sorprendió el reflejo de una silueta en la ventana.

Me volví. Era Ángela. Con veinte años más de arrugas encima, había hecho su aparición en el salón. Su pelo era corto y gris con retazos del tono pelirrojo que lucía su melena en los siete segundos de vídeo. Estaba delgada y llevaba gafas. Tras las lentes, confirmé una mirada familiar. Quizás no tan melancólica, pero bastante más gastada. Vestía una bata de color morado y zapatillas blancas de andar por casa. Al verme, sonrió, por primera vez, para mí.

—Anda, qué bien acompañado te veo, Francisco —le dijo a su hijo.

Me volví extrañada hacia él y Santiago me sostuvo la mirada pidiéndome que esperara un poco.

—¿Qué dices? ¿No me la vas a presentar?

Ángela se aproximó a mí arrastrando los pies, ayudada por Santiago. Me tendió la mano, muy varonil:

—Ángela Cubero, para servirle. Y tú debes ser una de las nuevas maestras, ¿no?

—Hola, Ángela... Me llamo Olga y soy periodista.

—Sí, mamá. Es una periodista interesada en tu historia.

—Bueno, bueno, no hagáis que me sonroje. El colegio va muy bien desde que soy la directora, pero tampoco es para tanto... A lo importante. Francisco, ¿no le has ofrecido ni un café a la chiquilla?

—A eso iba. —Santiago me hizo un ademán para que lo acompañase a la cocina mientras su madre se sentaba en una butaca. Volvimos al pasillo por el que habíamos entrado. En la mitad del corredor, una puerta daba a la cocina.

—La mayoría del tiempo me confunde con su difunto hermano —me explicó Santiago en voz baja mientras preparaba una cafetera italiana. Callé unos segundos hasta que reuní fuerzas para preguntar:

—¿Desde cuándo...?

—Desde antes de que la encontrase —me interrumpió. Sonaba a tristeza asumida que ya había hecho mucho callo.

—O sea que ella nunca ha sabido que eras tú...

Santiago negó con la cabeza:

—Su memoria alcanza recuerdos lejanos, como su etapa de directora en el colegio. No se casó, ni tuvo más hijos. Su hermano cuidó de ella cuando los síntomas de su demencia empezaron a agudizarse. Fue poco después cuando la encontré, gracias a su prima.

Santiago hizo una pausa. Tenía la mirada fija en un punto indefinido de la pared de la cocina.

—A menudo me habla del parto y del niño que le robaron... Le digo que soy yo, que puede descansar tranquila. Que ya estamos juntos. Pero su vista se nubla y enmudece. Como si el sufrimiento pasado no le permitiese creerlo.

Santiago continuó contándome que por las mañanas su madre iba a un centro de día, donde «está entretenida y la atienden como es debido». Por las tardes y fines de semana tenía una cuidadora que pasaba con ella las noches. Él la visitaba todas las semanas, cuando el trabajo se lo permitía o «cuando la cuidadora tenía médico, por ejemplo, como hoy». Además, los domingos solía llevarla a comer a su casa, con su familia.

Nos movimos con el café al salón. Ángela había sacado una caja de bombones de un cajón y saboreaba el chocolate con el mismo placer que una niña golosa.

—Con calma, mamá, que algunos tienen licor.

Me pregunté por qué la llamaría «mamá» si ella no lo entendía. Quizás él necesitaba hacerlo y pensaba esperanzado que ella, en la negrura de su desmemoria, tendría algún punto de lucidez.

—¿Tú tienes hijos? —me preguntó Santiago.

Negué con la cabeza sin precisar nada acerca de mi debate sobre la maternidad. Él me dijo que era padre de dos chicos que estudiaban para ser arquitectos, como él. Durante nuestra conversación, Ángela apenas intervino. Se limitó a asentir sonriendo y a emitir largos «¡Mmm!» con los que daba su aprobación a los bombones. Después de un par de dulces más, Santiago se los retiró y la invitó a ver un concurso en la televisión, pero fue incapaz. Era evidente que mi visita la había alterado.

Mientras Santiago terminaba de contarme cómo se había hecho cargo de todo, Ángela se levantó para encender y apagar la luz del balcón. Pulsó el interruptor enérgica y concentrada de forma continuada, como si focalizase un pensamiento profundo en ese gesto. Parecía víctima de un tic nervioso.

—Mamá, ¿otra vez? Se acabarán fundiendo las bombillas —reprendió con suavidad el hijo.

Ella se apresuró a sentarse, pero esta vez junto a él en el sofá. Apoyó las manos sobre las rodillas. Sus dedos eran alargados y huesudos. Con la piel tan fina y pálida que traslucía sus venas moradas a juego con la bata. Las gafas le colgaban ahora del cuello sujetas con una fina cadena. Sus pupilas se elevaron y coincidieron con las mías. No sé dónde estaban, pero muy lejos de ese salón.

—Bueno... se ha hecho tarde. —Apuré el café y concluí—: Tengo que marcharme.

—Claro, claro... Sonia debe estar a punto de llegar —sentenció Santiago mirando la hora, y se dirigió a su madre—: Mamá, Olga se va ya.

Me acerqué a ella y le di un beso en la mejilla. Ángela se reactivó, me dijo que para ser maestra era muy guapa y preguntó que si me creía capaz de dar una primera clase de ciencias sin supervisión. «Por supuesto», respondí. Santiago y yo nos encaminamos hacia el pasillo, pero me giré cuando Ángela dijo efusiva:

—Seguro que lo vas a hacer muy bien, te lo digo yo.

Estaba otra vez de pie, junto a la puerta del balcón, apagando y encendiendo la luz. Santiago la dejó seguir adelante con su manía y me acompañó hasta la salida.

Después de tanta catarsis y sin apenas conocernos, no supimos bien cómo despedirnos. Iba a amagar con un par de besos formales, cuando Santiago decidió iniciar un apretón de manos más lento de lo normal que le hizo confesar:

—En ocasiones, me coge de la mano y, de alguna manera, siento que sabe quién soy. —Sus palabras estaban cargadas de ilusión.

Ya fuera del piso, con un pie casi puesto en el ascensor y sin masticar todavía la escena, tuve que soltar algo, en un impulso sentimental, para aplacar mis ganas de llorar. Me volví:

—Tu madre tiene mucha suerte de tenerte.

Él sonrió y dijo, antes de cerrar la puerta con delicadeza:

—Espero que aquí termine tu búsqueda.

26

Juego de luces

Sin duda, mi búsqueda había concluido. Aunque no tenía claro qué había encontrado.

Compré no una, sino dos tarrinas de helado para edulcorar lo que había sido una tarde cargada de intensidad dramática. Bajé por la calle Juan Bautista de Toledo hasta casa de mi madre. Tan pronto abrió, la achuché como si no la hubiese visto en meses.

—¿Y esto? ¡Cuánta pasión! —se sorprendió mientras la estrujaba. Llevaba un mandil de cocina manchado de salsa naranja.

—Ya ves... tu hija mayor, que te quiere —dije dándole un beso sonoro.

Cenamos frente a la tele y hablamos de tonterías que sirvieron de preludio para abordar el asunto más candente: si mi madre ya había decidido asistir a la boda de su exmarido con «super-Nina», uno de los motes que le había puesto mi hermana a Saturnina, *madame* del gimnasio.

—No te quiero agobiar... pero solo falta un mes, mamá. Y que Alicia vaya depende de ti.

—Tu hermana tiene mucho morro. —Tan pronto acabó esta frase, su tono dio un vuelco zen—. Entiéndeme, a mí me parece bien que se casen... quiero decir, ni bien ni mal. Me da igual. Cada uno debe perseguir su bienestar. Por eso, no me apetece ir de invitada, sería un tanto incómodo para mí y para algunos... pero entiendo que vosotras sí deberíais estar.

—Qué cabal te has vuelto en tu viaje al nirvana, madre —me burlé con cariño. Aunque mis padres se llevaban bien, no me creía su indiferencia y todo ese rollo *happy flower power* que me estaba vendiendo.

—Todo es cuestión de perspectiva, Olga. Aparte de eso, están otras cuestiones prácticas como que no sé qué ponerme. Fíjate qué michelines. —Indicó su abdomen.

Esa era mi madre. Me entusiasmaba que, por fin, sobresaliera su materialismo oculto bajo el envoltorio espiritual de moda. Al tiempo que acababa la frase, se levantó de un salto para dirigirse a la ventana del salón. Señaló hacia la lejanía con preocupación y el ceño fruncido como si pretendiese descifrar un mensaje:

—*Voilà!* ¡Ya están esas luces de nuevo! —exclamó.

A través del cristal, mis ojos enfocaron el parpadeo que no dejaba de intrigarla. Caí en la cuenta entonces de que ambas habíamos estado persiguiendo el mismo misterio.

—Mamá, tengo una historia que contarte.

27

«Bodavil»

No sabría identificar con nitidez el detonante de la irritabilidad que a menudo me invade en las peluquerías. Pero lo habitual es que sufra un brote de hartazgo psicótico en algún punto del proceso. El lavacabezas siempre parece diseñado para partir cervicales y no me explico cómo, después de siglos en la historia de los salones de belleza, no se ha ideado otro sistema para que el cuello repose cómodo mientras te echan veintisiete champús. Esa es otra, la cantidad de cremas para abrillantar que te ponen porque, por supuesto, tienes el pelo seco, dañado, pajizo, falto de vida y, en resumen, hecho un estropajo por la contaminación, el estrés y la falta de hierro. No te cuidas lo suficiente, chica, ya lo dicen los anuncios. Después del diagnóstico, atemorizada porque estás a un mes de quedarte calva, cualquiera se niega a que te echen mascarilla de karité y ampollas revitalizantes que luego no se olvidarán de cobrarte en caja. El tiempo de espera durante el tinte también contribuye a mis rabietas contenidas. Cuando acabo de repasar los mensajes en el móvil, alzo la vista y el espejo me devuelve la imagen de una replicante. De cuello para abajo, estoy envuelta en plástico y con la cabeza mitad electrificada y mitad relamida. El ungüento cubrecanas me ha invadido las sienes. Me siento vulnerable y a merced de unas señoras que emparedan con papel albal los mechones de la gente. Mi teoría es que no me fío del gremio porque jamás he tenido un peluquero de referencia. Lo de entrar y decir: «Juan, estoy en tus manos, hazme lo que quieras porque tus tijeras mandan» es para mí una frase tan de película como decirle al taxista: «Siga ese coche». Mi sino es visitar franquicias de estética hasta que encuentre mi medio rulo.

—Ay, quema un poco.

La peluquera me pide disculpas y aleja el secador. A los dos minutos, nuevo escozor abrasivo al que contesto con su correspondiente gruñido. Baja la temperatura del aparato. No quiero ser borde y ya sé que su intención es acabar rápido porque hay una ristra de clientas a la espera, pero cómo explicarle que no me calcine la cabeza, que tengo una boda. La de mi padre. La boda de mi padre. Vaya titular. La que está en edad de merecer soy yo, pero el que se casa es mi padre. El guion del capítulo no era el previsible. No había final *made in Hollywood.* Observé a Alicia, también la estaban peinando, pero sus greñas iban para un rato más largo que las mías. Le había pedido expresamente a la peluquera que no me secase al más puro estilo «casco» de mujer sesentona. No sé si me había explicado bien porque no le había hecho la mímica correspondiente a «casco». También me asaltaban dudas en cuanto a los tijeretazos que le había dado a mis puntas. Me miro y remiro. Sí, el problema es ese, se ha pasado cortando. Me suben unos calores de impotencia que logro disimular. A esas alturas, no hay vuelta atrás. «Ya crecerá» es la consigna que me consuela. Es cierto que entré por mi propio pie y sabiendo que pagaría sesenta euros y saldría ligeramente malhumorada. Confirmé que, al igual que otras se relajan tan solo con olfatear la laca, en mi caso, las peluquerías me obligan a pausar planes, a esperar y desacelerar durante unas horas, y eso las convierte en un espacio perfecto para que aflore mi mala uva. Desde su silla, Alicia me adivina el pensamiento. Opta por la discreción y, aunque está a un palmo, me manda un wasap:

> No te gustas nada, ¿verdad? Pero ¿por qué hemos venido a esta pelu?

Me los tomo como interrogantes retóricos a los que prefiero no responder porque eso alimenta mi cólera. Quejarse de lo que te han hecho en el pelo delante de tus narices es de tonta del bote, según mi opinión. Hay que ser más rápida. Por eso, me como la impotencia y pago. Para mi sorpresa, cuando mi cabeza está lista y me enseñan, con un espejo de mano, mi nuca recortada, juzgo que tampoco estoy tan «pelada» como esperaba. Y el peinado ha quedado muy desenfadado. Achaco mi pesimismo a los nervios de la boda. «Es que se casa mi padre», le cuento a la que hasta hace unos minutos era la peluquera «asesina». Ella responde «Mira qué bien» por decir algo, porque quiere quitarse de encima —comprensible— a una quejica como yo. Abono mi sesión y la de Alicia y ella no tiene más remedio que sonreír a su hermana mayor. «Gracias.» «De nada. De periodista precaria a investigadora precaria. Tienes que ahorrar para gominolas.»

Tino apareció en mi piso con un traje marrón y una pajarita. Iba «apuesto» y con gracia. Se comprometió a no beber y asumir la conducción. «No está mal tu novio», soltó con retintín Alicia en voz baja mientras nos arreglábamos y él esperaba en el sofá. «Que no es mi novio, pesada.» «Ya, claro, por eso lo llevas a la boda.» «Me apetece ir acompañada, ¿y qué?» La eché del baño para ponerme a solas la segunda capa de rímel y el pintalabios.

Le había dado bastantes vueltas al hecho de que Tino fuese mi pareja en la boda. En principio, me negaba por lo que suponía de presentación en sociedad. Podría parecer que lo nuestro era ya formal. No me lo quería tomar de esa manera, nos veíamos desde hacía solo un mes. Dormíamos juntos con frecuencia. Cada semana, montábamos algún plan «cultureta». Todavía no había vuelto a coincidir con su niña. Mejor. Antes, el paso serio era conocer a los padres; ahora, con más de treinta, es conocer a los hijos. Le había mencionado la boda de soslayo y todavía estaba inmersa en el debate de proponerle o no ser mi consorte, cuando unos días antes me dijo:

—Oye, si quieres que te acompañe a la boda de tu padre, yo encantado.

Fue directo. Se apuntó él solito. Eso me gustaba de Tino. Cuando quería algo, no se andaba con rodeos.

En cierto modo, agradecí que se postulase porque así dejé de plantearme cuál era el estatus de nuestra relación.

—¡Impresionantes! —exclamó él con pompa y agravando la voz para que el piropo no resultase tan pedante como de verdad era.

Mi hermana se había puesto pantalones pitillo grises y una chaqueta entallada azul que resaltaba sus ojos claros. Yo reutilizaba un vestido de terciopelo verde con falda hasta la rodilla y manga larga. Sin duda, teníamos la facha idónea para una selfi. «Morritos, morritos estúpidos», sugirió Alicia.

El viaje hasta la finca nos llevó unos cuarenta minutos. Sonaba Radio3 y los cristales se empañaban. Nuestros abrigos de piel y pelo ocupaban la mitad del asiento trasero. En la otra parte, estaba Alicia escuchando música en su teléfono. Tampoco yo le daba mucha conversación a Tino, que no forzó la charla. Se había percatado de que el peliculón *La boda de tu padre* debía ser todo un viaje astral. Hacía calor dentro del coche. Los grados que marcaba la pantalla del salpicadero iban en descenso a medida que subíamos hacia la sierra. Cuando, según Google Maps, quedaban dos minutos para alcanzar nuestro destino, Alicia comentó que le parecía demasiado pronto, que qué palo. Faltaban tres cuartos de hora y pasaba de estar inmersa en los prolegómenos de besos a familiares y amigos como si fuese parte interesada en el enlace. Nos pidió si podíamos hacer tiempo. Tino paró en el margen de un amplio cruce de caminos, fuera de peligro. Aguardaríamos a petición de la superestrella. Fue un paréntesis que empezó con silencios incómodos y bromas fáciles. Pero había tensión. Poco a poco el sonido de la música fue llenando el coche. Y, en eso, llegó un temazo: «All that Trouble» de Lee Ann Womack. Ella lamentaba, en su *country blues*, que ya tenía suficientes problemas. Y suplicaba que alguien le escribiese de una santa vez el final feliz que tanto ansiaba. De estar sola al volante, habría gritado ese estribillo cual posesa. Juraría que hablaba de mí, pero reconozco que me ocurre con demasiadas canciones. Cuando acabó, nuestras cabezas seguían la cadencia de la música haciendo, con mayor o menor empeño, un *car-aoke*. Una ráfaga de hojas de otoño rezagadas se empotró contra el parabrisas de manera dramática. Interpreté que era la señal para retomar la marcha y pregunté a Alicia si daba el visto bueno.

Aun así, llegamos unos diez minutos antes de que Nina hiciese su entrada triunfal. La gente estaba reunida en un jardín cubierto de pérgolas y salpicado de estufas exteriores. Sillas de madera adornadas con lilium rosa y, en el horizonte, las montañas de Guadarrama coronadas por sus primeras nieves. Era un día afortunado de mediados de enero, helado pero luminoso. Tanto, que recordaba a un decorado. O al logo de la Paramount. Mi padre, que saludaba a los corrillos de invitados, nos abrazó efusivo. No había adelgazado, pero el traje azul marino le estilizaba. Compartía el mismo color claro de pupilas que Alicia. Se emocionó al verla y ella también, pero lo enmascaró igual de mal que yo. «Así que tú eres Tino, encantadísimo y muchas gracias por venir», le dijo simpático ofreciendo su mano, sin tiempo para darle más profundidad al encuentro. Había otros tantos esperando su turno de primera felicitación al novio. En total, serían en torno al medio centenar de personas, entre las que reconocí a varios compañeros del hospital donde había trabajado mi padre durante años. Pero en primer lugar me acerqué a mis dos tíos que, con sus respectivas mujeres, habían venido desde Galicia para la ocasión. Hacía unos cinco años que no nos veíamos y no se querían perder las segundas y revolucionarias nupcias de su hermano menor, el único de los tres que había nacido en la capital y que allí se había quedado y estudiado una carrera. Los mayores habían optado por continuar al mando de la fábrica de conservas de mis abuelos paternos en A Coruña y se habían establecido allí hacía más de tres décadas. Nos hablaron de lo bien que iba el negocio, de cómo vendían a Alemania mejillones en escabeche con guindilla, porque les gusta a rabiar el picante. Me agradó escuchar el acento cantarín del norte en sus palabras. Era acogedor y auténtico en una situación que para Alicia y para mí daba pie al artificio. Éramos figurantes principales de una película donde presentíamos que podría ocurrir cualquier cosa. Tino hablaba de su afición por las latas de atún y la de veces que le habían salvado la vida. La otra sección del convite eran familiares de Nina y camaradas de sudores. Era fácil de averiguar quiénes pertenecían a este segundo bloque porque sus siluetas trabajadas y su moreno de solárium los delataban. Me posicioné como una cotorra prejuiciosa para enumerar las melenas con ondas que no eran acordes a la edad de las monitoras y los bíceps hinchados de los amantes de las pesas que se marcaban en sus chaquetas ajustadas. Alicia miraba el reloj, inquieta, porque «Olga, solo quedan cinco minutos para que papá se case con Jane Fonda, qué fuerte». Ambas mirábamos alrededor sin parar justo cuando nos invitaron a sentarnos en primera fila. Tino, a mi izquierda, fingía, para transmitir calma, que él no estaba tan a la expectativa como nosotras. Alicia se situó a mi derecha con cara de cabreo universal. «Me la ha jugado», me dijo rabiosa. Mi madre no aparecía y el cotarro estaba a punto de comenzar. Hacía una semana, nos había prometido que asistiría, que finalmente se lo había comunicado a mi padre, y por eso mi hermana había aceptado. La única condición que mi madre estableció fue que no le organizásemos la vida, que ella acudiría por su cuenta, en su propio automóvil, porque era mayorcita, abstemia, yogui autosuficiente e independiente como el viento. Nos fiamos hasta que la música de acompañamiento a la novia empezó a sonar y Alicia a resoplar. No había música en directo, sino que por los altavoces comenzó a reproducirse la canción «La bicicleta» de Shakira y Carlos Vives. Un tema latino bailongo que, al parecer, había marcado los inicios de la historia de amor de los novios, según los cuchicheos de las amigas de Nina que estaban detrás de nosotros. «Empezamos bien, patético, menuda horterada», musitó mi hermana con cuidado de que solo yo fuese la receptora del reproche. Mi padre reía erguido, a la espera de Nina, junto a una mesa que funcionaba de altar civil. Cuando empezó el estribillo hizo el amago de menear la cadera e imploré que no siguiese, por pudor. «Doctor, está usted irreconocible.» Los invitados rieron y alguno dio palmas, pero el novio no continuó con sus movimientos salseros porque Nina ya se acercaba, radiante y de blanco amarillento. Su falda de tul con un poco de cola y el *body* de encaje no desentonaban con las flores escogidas. Tenía ese punto clásico-cateto, pero ni rastro de lorzas. A los cincuenta y muchos, sin hijos de por medio, su cuerpo estaba bien conservado por la dieta y el deporte. Además, una capa de maquillaje disimulaba sus años bien llevados. Iba enganchada del brazo de un forzudo. Cuando estaba a punto de llegar a la altura de su prometido, Shakira cantaba «Latiendo por ti, latiendo por ti» y la cara de mi padre era de embobado feliz. En lugar de pensar en salir corriendo, contuve una explosión de risa a moco tendido. Sentía que una gran carcajada estaba cogiendo carrerilla en mi barriga, cuando Alicia me pisó el pie. Me indicó que mirase atrás. Mi madre, aunque *in extremis*, había llegado. Con el pelo semirrecogido y vestida de rojo oscuro, observaba la escena de pie tras las últimas sillas, junto a otros invitados. Alicia y yo respiramos con satisfacción. No recordaba tan guapa a mi madre. Ese color le daba una luz especial. Un hombre que estaba a su lado parecía conocerla. Le dijo algo al oído. Ella no pareció sorprendida. Sonrió. Él también sonrió. Alicia se dio cuenta de que yo seguía con la cabeza girada escudriñando a mamá. Entonces, ambas lo contemplamos: el hombre, canoso pero más joven que mi madre, la agarró del hombro. Con cercanía. Con sorprendente cercanía. Alicia y yo, con temor a ser vistas y preguntándonos lo mismo, volvimos la cabeza rápido hacia el altar donde continuaba el discurso del forzudo. Era profesor de zumba y buen amigo de Nina. Hablaba de cómo él mismo los había presentado en el gimnasio.

—Pero ¿mamá tiene...? —Alicia estaba flipando.

—No lo sé, Alicia, no lo sé —la corté.

Y no lo sabía. Hasta ese día no lo supe. La primicia era que mi madre era sospechosa de haberse echado un ligue y decidir contárnoslo el día de la boda de su exmarido para liar más el cotarro. Fue imposible que sus hijas se concentrasen en la ceremonia a partir de ese incidente. Tino fue el único de los tres que reaccionó a los chistes que se sucedieron en los discursos que protagonizaron seis invitados. Tres de cada parte. Enumeraron anécdotas y alabanzas sobre la pareja. Alicia y yo desconectamos. Estábamos con nuestras conjeturas mentales acerca de aquel individuo que cortejaba a mi madre y por qué ella lo había mantenido en secreto.

Después de los anillos, repartieron pétalos para lanzar a los recién casados al son de «Love Is in the Air». Aprovechamos que el personal se arremolinaba en torno a los novios para acercarnos a mi madre. Tomé la iniciativa:

—Mamá, este es Tino, él es... —me enredé más de la cuenta eligiendo la dichosa etiqueta— un amigo.

Mi madre fue encantadora con Tino y él con ella. No aprecié que le hubiese sentado mal la etiqueta «amigo» y destacó lo mucho que mi madre y yo nos parecíamos físicamente. Alicia, para suavizar, añadió que también estábamos igual de locas. El acompañante desconocido, que había ido al baño, reapareció y mi madre aprovechó para presentárnoslo:

—Pues este es Juan... Un... ¡un amigo! —Rio por haber utilizado la misma fórmula que yo.

Solo hicieron falta unos diez minutos de conversación durante el cóctel para enterarnos de que Juan, ocho años más joven que mi madre, era su profesor del «taller de felicidad» que ella visitaba desde hacía tiempo. Psicólogo de formación y *coach* emocional autodidacta, imaginé que se había diplomado por la «universidad de la vida», como indican muchos en el apartado «Estudios» del perfil de Facebook. Alicia y yo le hacíamos un escáner —americana y pantalón, camisa de cuello mao— mientras nos contaba los beneficios sanadores de la carcajada y elogiaba la enorme capacidad de resiliencia que tenía mi madre. Hablaba despacio y vocalizaba con precisión exagerada, su cadencia me recordaba a la de un cura impartiendo doctrina. En las descripciones, movía los dedos de la mano acariciando un arpa invisible. Mi madre le seguía el rollo y no estábamos seguras de si lo hacía por quedar bien, por amor o porque su maestro la había hechizado con esa apariencia mesiánica.

Los novios recibían la enhorabuena por parte de unos y otros. Dejaron para el final nuestro círculo. Fue «almodovariano» ver cómo Nina y Juan, Juan y mi padre, Nina y mi madre, mi padre y mi madre cruzaban besos y abrazos recíprocos. *Variétés*. La naturalidad me hizo sospechar que ya todos estaban al corriente de que el *coach* existía en la vida de mi madre desde hacía un tiempo. Las dos parejas compartían postureo e intentaban olvidar celos y comparaciones. Supuse que en eso consistía hacerse mayor. «Gracias por convidarme a esta celebración del amor», escuché decir en castellano antiguo a Juan. Luego, fue el turno de Alicia y mío. Correcto y afectuoso, sin aspavientos maliciosos. Nina dejó a Alicia una marca de carmín en la mejilla que mi hermana frotó hasta hacerla desaparecer de su epidermis en cuanto se alejaron para hacerse las fotos. Pensé en qué habría hecho mi madre con el álbum de su boda con mi padre hacía más de treinta años. Me dio por imaginar que, en una de esas sesiones de bienestar a golpe de risotadas, Juan le habría aconsejado quemarlo para simbolizar la desconexión del pasado y así tener vía libre para conquistarla. Entre pincho y vino, antes de sentarnos a comer, Nina decidió hacer «lo del ramo». Lanzarlo como dicta la tradición yanqui. Desde el micrófono, pidió a las mujeres «casaderas» —sí, empleó ese añejo adjetivo que yo asocio con ganado— que nos concentrásemos a sus espaldas. Alicia me retuvo la mano y dijo «Ni de coña». Mi madre, empoderada de felicidad gracias a su gurú, nos dio un leve empujón que significó: «No seáis aguafiestas, hijas. A veces, hay que ceder». Miré a Tino con escepticismo para advertirle de que no se le subiera a la cabeza porque esto era un juego bobo, y arrastré a mi hermana a regañadientes. Nos sumamos al grupo de unas diez mujeres, de entre treinta y sesenta años, que ya estaban preparadas para recoger el lanzamiento. A la de una, a la de dos y a la de tres. Las flores —lilium rosa, por supuesto, aderezado con paniculata— trazaron una parábola perfecta gracias al músculo de Nina. Casi a cámara lenta, vi que estaba a punto de descender sobre mi cabeza y la de Alicia. En una fracción de segundo —en la que me dio tiempo a preguntarme si es algo que se entrena, esto del lanzamiento del ramo— mi hermana y yo nos movimos a un lado para apartarnos de la trayectoria fatídica. El ramo pasó entre las dos, rozó nuestros hombros impávidos, y cayó sobre el césped como la piel de una mandarina.

En los manteles y adornos del comedor, también predominaban las flores rosas. Tal como mi padre me había descrito, un amplio ventanal permitía deleitarse con el paisaje montañoso mientras comías. A Alicia, a Tino y a mí nos habían ubicado en la mesa de los solteros, planteamiento que consideré óptimo. En un cartel, leí que esa era la mesa *body combat*, la de los peleones, inferí. Cada una tenía el nombre de una disciplina de gimnasio. Mi madre y su reciente adquisición estaban en la mesa yoga, que también iba acorde a su filosofía existencial actual. Se sentaban junto a los hermanos conserveros de mi padre para los que todo eso sonaba a chino. Había mesa *crossfit*, *body pump*, zumba, *spinning* y batuca, entre otras. Me imaginé a mi padre, agobiado, componiendo el puzle de a quiénes sentar juntos. En la nuestra, coincidimos con dos hijas de amigas de Nina que, para estupefacción de Alicia, eran bastante normales. Fauna de ciudad, sin hijos, con su licenciatura, trabajo mal pagado y piso de pocos metros cuadrados amueblado en Ikea. Una de ellas, la más desenvuelta, lucía una pequeña cresta coloreada de púrpura, en un amago *neopunky*. La excepción era un cuarentón guaperas que hablaba sin cesar de su afición por los automóviles clásicos y lucía en la muñeca un reloj dorado, con una esfera desproporcionada, pomposa. Su blanqueamiento dental era cegador cuando sonreía presumido de medio lado.

El hielo se rompió de cuajo cuando los novios hicieron su aparición en el salón bailando el tema de *Pulp Fiction*. Las cincuenta miradas se centraron en los movimientos descoordinados de mi padre, que era evidente que intentaba recordar la coreografía diseñada por Nina en lugar de dejarse llevar. Descalzos, emulaban los gestos de manos y pies de Uma Thurman y John Travolta, pero él lo hacía con una torpeza pueril que resultaba cómica y entrañable. Estaba enamorado y merecía comprensión y candidez por parte de la audiencia.

Después del pescado y la carne, la gente empezó a salir a fumar. Yo necesitaba tomar el aire, me notaba atiborrada del banquete y sus entresijos. Dejé unos minutos a Tino enfrascado en un debate sobre el efecto placebo con el tipo del reloj sobredimensionado —no recuerdo cómo llegamos a ese tema—, me puse el abrigo y me senté a respirar en una de las esquinas del jardín. Apacigüé mis ánimos admirando el paisaje. La bruma de la montaña se mezclaba con el olor a leña. De lejos, escuché los murmullos de un par de fumadores. Comentaban que se habían quedado con hambre, porque «es que en Madrid las cantidades son ridículas, tanta cocina moderna y tanta gaita, qué soledad de trozo de merluza con dos patatas en medio del plato», que eso allí no pasa y que a ver si con el postre saciaban su estómago. El soniquete gallego delató a mis tíos, pero ni me giré para comprobarlo porque consideré que, teniendo en cuenta sus barrigas bien nutridas por los manjares abundantes del norte, seguro que tenían razón. Mi pituitaria captó un aroma a hierba en aumento. No era el césped, sino marihuana. A unos metros, detrás de una especie de escenario y unos bafles, se fumaba un porro el DJ de la fiesta. Me vio y ocultó ligeramente el cigarro. También espantó un poco la humareda. No pretendía engañarme y estaba expectante. Me acerqué despacio y cuando llegué a su lado guardé silencio. Al cabo de unos instantes, me ofreció dar una calada. Rechacé la invitación, pero no la conversación. Le pregunté abiertamente:

—Me imagino que tú habrás hecho mil saraos. ¿Lo de «La bicicleta» y *Pulp Fiction* se lleva? —Él miró extrañado, como si le estuviera vacilando—. Es que el novio es mi padre y estoy intentando encajarlo.

Sonrió. Iba sin americana, solo en camisa color granate y brillante. Sus zapatos tenían una punta exagerada respecto a su altura media. Olía a una combinación de desodorante masculino y colonia. Le eché unos cuarenta y cinco años. Su pelo corto se mantenía de punta por una buena dosis de gomina. Intuí que ese era su atuendo para el *show business*. Cambió a una postura más cómoda antes de afirmar:

—La gente se casa —dijo como si fuese el título de su soliloquio—. Puedes estar tranquila. Esto no es nada.

—¿Han bailado a Shakira muchas novias en su recorrido hacia el novio?

—Si no es Shakira, es Beyoncé. O Pablo Alborán o Queen. O se montan un musical tipo *La La Land*. Los de sesenta tacos se quieren casar como los de treinta. Ya nadie baila el vals. Hoy en día, todos buscan espectáculo y *likes*. Como en el cine, como en la tele. Y la verdad, me parece legítimo. Que cada uno haga lo que quiera. Es su fiesta.

Hizo una pausa, con la intención de medir sus siguientes palabras:

—Quizás pedimos demasiado a la vida... y creemos que, por exigir mucho, valemos mucho.

El DJ se abstenía de juzgar. «Amén», me dije. Se produjo un silencio que habría sido embarazoso si el tipo no hubiese añadido:

—Bueno, la gente se casa y se separa, claro —apostilló así su primer titular de la noche.

Me entró la risa con la aclaración mientras observaba cómo varias personas regresaban al comedor.

—Me voy para adentro, que llega el postre.

—Claro, ¡a divertirse! Más tarde, te dedicaré «Paquito el Chocolatero», un *hit*. Se pone todo el mundo loco. —Agitó las manos como si tocase unas maracas—. Por cierto, ¿cómo te llamabas?

—María Jesús.

Lo que ni imaginaba era la guinda del pastel. Cuando volví a mi sitio los camareros repartían la tarta nupcial. Era de fresas con nata, la favorita de mi padre. Tino me acarició el pelo sin preguntar dónde había estado y le di un beso. Era dulce sin llegar a agobiar. Lo necesario. Noté revuelo en algunas de las mesas, invitados que se levantaban y otros que cuchicheaban. Lo achaqué a la desinhibición que el vino había proporcionado. Pero no, se avecinaba una sorpresa. El forzudo, monitor de zumba y maestro de ceremonias, era de nuevo el líder. Estaba de pie, frente a la mesa nupcial y se había cambiado la chaqueta por una chupa roja con hombreras. Otra decena de asistentes se situó detrás de él. Cada uno se había superpuesto una cazadora de corte ochentero. El forzudo hizo una señal a mi nuevo colega el DJ. «Thriller» de Michael Jackson comenzó a sonar en el comedor y los del gimnasio iniciaron su baile estilo zombi. El resto del salón se contagió, mi madre y su amigovio, piripis, elevaban los brazos como los no muertos del videoclip. A Alicia no le hacía ni puñetera gracia, pero como era seguidora del género zombi le dio un pase a la broma y no comenzó a rajar de manera indiscriminada. *You know is thrilleeeeer.* Los novios se unieron a los bailarines según un plan establecido. Estaba bien ensayado. Excepto mi padre, todos seguían los pasos de manera coordinada. Tino se sumó a la algazara y me llamó la atención su armonía. «Tampoco canto del todo mal», fardó divertido con los brazos en alto y dando una vuelta sobre sus pies al estilo Bisbal. La exhibición, que revolucionó a los comensales, estuvo a la altura de una gala de Nochevieja friki. Nadie preguntó por el clásico baile íntimo de los novios, se había obviado por anacrónico, según Nina me explicó más tarde en estado de embriaguez. Eran las seis, casi había anochecido, encendieron luces discotequeras en un espacio anexo al comedor. La barra libre ya estaba abierta.

—Voy a por un gin tonic. —Alicia ya se encontraba más animada—. ¿Quieres?

—Pues... —Me tomé mi tiempo. Tino apareció, me

cogió de la cintura, le dijo a mi hermana «La secuestro un minuto» y me arrastró a bailar—. ¿Sabes, Ali?... ¡Creo que no me gustan! —respondí, por fin, aunque sin tenerlas todas conmigo. Alicia subió y bajó los hombros para transmitirme un «a quién le importa» y desapareció entre el tumulto que se agolpaba para pedir una copa gratis.

Me lo pasé bien. La ebriedad arrojó escenas pintorescas. Mis tíos gallegos descorbatados y con el cerco del sudor en las camisas lo daban todo en la pista creyendo que eran los protagonistas de *Grease*. Los compañeros médicos de mi padre eran bastante arrítmicos, pero con Camilo Sesto y Raphael se desataron. Chaquetas fuera y expresiones operísticas. En la otra esquina del cuadrilátero, el entorno de Nina, fácil de identificar no solo por su físico esculpido, sino también por la capacidad de orientación motora. A veces, los grupos tan dispares se cruzaban y la intersección daba lugar a extrañas combinaciones: un provinciano especialista en latas de berberechos que pretendía seguir los pasos de la monitora recauchutada o un profesor pibón de *crossfit* que guiaba con torpeza en un pasodoble a la jefa de endocrinología del hospital. Mis padres exultantes, cada cual con su pareja. Luego, estábamos Tino y yo que, pese a mis presentaciones recatadas, éramos más que amigos y nos morreábamos al compás de cualquier canción, por mala que fuese. Pasadas dos horas, mis pies, doloridos por el tacón seminuevo, anunciaron retirada. «Voy antes al servicio», le dije a Tino, y me quité los zapatos mientras dejaba atrás el follón. Estiré los dedos entumecidos sobre las baldosas frías. Me devolvieron una sensación agradable, pero volví a calzarme para entrar al baño. Era amplio, con grifería dorada y predominaba el mármol. Me metí en la primera de las cinco cabinas. No parecía haber nadie hasta que oí un trasiego un par de retretes más allá. Con el culo en alto, seguí concentrada en el chorrillo de mi micción que parecía inagotable. Luego oí diversión sofocada y ligeros golpes en la pared. Pis, pis, pisss. Lo siguiente fue un gemido de mujer. Mi vejiga se vació a gusto y, al parecer, los de al lado también. Discerní jadeos, lenguas y demás notas asociadas a un polvo rápido en el baño. Tosí y pulsé la cisterna dos veces consecutivas con afán de ser escuchada para así evitar un posible encontronazo engorroso. Pero siguieron a lo suyo y me entraron los calores al reconocer un orgasmo ahogado por una mano en la boca. Salí sigilosa hacia el lavabo cuando estimé que ellos también habían terminado. Me sequé haciendo más ruido con la máquina de aire caliente. Tras la puerta de la lujuria, salió la chica de la cresta púrpura, la hija de una de las amigas de Nina con la que habíamos compartido mesa. Aunque la cresta, a consecuencia del revolcón, era más bien un nido de cigüeñas que se atusó frente al espejo. Se enrojeció, más aún, al reconocerme. «Hola», «Hola». Y me fui sin más, no le iba a preguntar qué tal. Lo que sí hice, a imitación de mi exvecina cotilla Josefa, fue quedarme expectante en un rincón del pasillo. Me intrigaba conocer quién era el otro afortunado que había pillado cacho en la boda de mi padre. Apostaba por el tipo del reloj rimbombante. Husmeé por el pasillo. Habían colocado una mesita con jabones, toallitas y otros productos de higiene allí fuera, así que permanecí curioseando hasta dar por concluida mi investigación. La de la cresta había abandonado el *toilette* detrás de mí. Dentro, solo quedaba una persona y tendría que ser el otro implicado. Pensé en las escasas ocasiones en las que yo había practicado sexo en un servicio. ¿Solo una vez? Sí, en mis inicios con Pablo. Da mucho morbo eso del aquí te pillo y aquí te mato. Me dio envidia y me prometí experimentar de nuevo ese folleteo rápido y emocionante con Tino en próximas ediciones. Probaba una fragancia fresca en la muñeca cuando por fin se abrió la puerta del baño y apareció Alicia. Me costó reponerme del pasmo. No me escandalicé, fue tan solo que no me lo esperaba. Otra novedad familiar más en pocas horas y en el mismo contexto. Solo faltaba que yo estuviese preñada. En esos instantes de bloqueo, repasé su historial de rollos más reciente y advertí que en pocas ocasiones me había presentado a sus parejas. Desde que vivía en Alemania, mucho menos. Regresé al presente en cuanto Alicia me vio y se acercó. Tenía la melena revuelta y la cara colorada. Sin hablar, las dos entendimos que la otra lo sabía.

—¿Qué haces aquí? ¿Ya nos vamos? —interrogó dando por hecho mis averiguaciones.

—Si tú quieres, nos vamos —sugerí.

—¡Claro! Estoy pedo y agotada —dijo desprendiéndose ahora ella de los tacones.

«Y totalmente poscoital, por descontado», añadí para mis adentros.

De camino hacia el coche, el pinchadiscos anunció que la siguiente canción estaba dedicada a María Jesús. Con los primeros acordes de «Paquito el Chocolatero» en la distancia, nos pusimos en marcha hacia Madrid. Nadie preguntó nada más a nadie porque, en realidad, todo estaba bien. Alicia se durmió y yo le di otro beso a Tino antes de dejarme llevar del mismo modo por el sueño fin de fiesta.

28

El congelador

El hilo musical siempre ha sido un misterio. ¿De dónde viene, quién selecciona las canciones, con qué extraña intención, cada cuánto se renueva, cómo se comercializa? ¿Hay un mercado de hilos musicales? Me hacía este cuestionario mientras sonaba un tema onírico de Enya. Pasado de moda. Me chocó que este sistema de ambientación prácticamente obsoleto se emplease en una habitación sacada de un anuncio futurista de detergente. Sillas lisas y blancas, pared blanca, suelo blanco y encerado hasta resplandecer y grandes halógenos de luz clara preparada para abducir a un terrícola. En ese entorno níveo, destacaba el único elemento decorativo, una lámina de la serie Desnudos Azules de Matisse, homenaje al cuerpo femenino. Reinaba desde lo alto dejando claro quiénes eran las protagonistas allí. Todo estaba ultradesinfectado, como a mí me gusta. Estornudé y temí no ser digna, pues mis gérmenes podían contaminar la pulcritud del espacio. En la mesita del centro, redonda y también de color blanco nuclear, había dos montones paralelos y con el mismo número de revistas cada uno. Eran de ese mes y no estaban demasiado desgastadas. Cogí una con miedo a sembrar la imperfección. En la portada, un bebé rubio de ojos azules sonreía a su supuesta madre, que le acariciaba la nariz. Dejé esa revista y seleccioné otra donde una embarazada en ropa deportiva mordía con alegría una manzana verde-Photoshop. El número incluía un especial sobre la lactancia materna, natural y mixta, especificaba, en el que decidí no recalar. Buscaba papel cuché con grandes fotos de *celebrities* para desconectar, pero allí solo había páginas de apología de la maternidad para ir preparando el terreno. Volví a estornudar. Pensé que era consecuencia del olor a colonia de niños. La infancia, simbolizada en un intenso aroma a vainilla y caramelo, flotaba en el aire de la sala de espera.

Se abrió la puerta y me dieron las buenas tardes. Era una chica de edad similar a la mía. Dije buenos días y me puse a revisar los mensajes y llamadas de mi teléfono, que estaba en modo silencio. Ella se quitó el abrigo y mantuvo una separación de tres sillas respecto a mi posición. Fue a por un par de revistas. Leía con interés y se detenía en las barrigas y biberones. La enfermera que me había tomado los datos entró para devolverme mi DNI con una sonrisa de amabilidad forzada. Llevaba una coleta de mechas rubias, bata y zuecos sanitarios actualizados. Todo blanco, sin desentonar con el resto de la nave espacial. Preguntó si queríamos un vaso de agua mineral. Decir «del grifo» no es tan sano y mucho menos en ese contexto de apariencia esterilizada. Ambas negamos con gratitud. Caminaba muy recta y hablaba con frases agradables pero cortas, las justas. Después de cada una, esbozaba un gesto comprensivo con cierto retardo como si su cerebro de autómata la alertara de que había sido seca y que era necesario afianzar la empatía. Robótica. Fue inevitable imaginarla como la guardiana de los congeladores. El ama de llaves de las neveras donde algunas de mi edad decidimos enfriar el debate reproductivo. Paralizarlo a ciento noventa grados bajo cero porque de momento no es el momento. En unos años, quizás. Sola o en compañía, pero con óvulos lozanos. Dormirían vitrificados un tiempo a la espera de coyuntura oportuna. La berrea humana no existe porque primero van el trabajo y el techo. No buscaba aparearme porque sí. Un «por si acaso quiero ser madre a los cuarenta» que costaba tres mil eurazos. Nuria insistía en que había sucumbido a una herramienta de opresión. Berta, que ya lo había hecho, decía que era cuestión de ser práctica. Y yo, que ni siquiera sabía cuál era mi plan para el siguiente fin de semana, mucho menos podía presagiar quién iba a ser y qué iba a querer dentro de unos años. Prefería dejar la puerta entreabierta. Explorando más argumentos para la decisión que había tomado, puse en marcha la bobina de últimos acontecimientos. Pensé en Ángela y su hijo al que nunca entenderá que encontró. También recordé a Mariano, el médico rural, emocionado después de ayudar a nacer a un bebé que había congregado la emoción del pueblo entero. Al final, decidí que entre las razones con más peso estaba el beso de azúcar y limón que me había plantado aquel niño murciano.

A los cinco minutos llegó otra paciente y se sentó en la esquina opuesta. No parecía tan seria como la anterior, pero también rondaba los treinta y tantos. Nos preguntó cuánto llevábamos esperando. Tuve un pequeño cortocircuito mental, pero enseguida me di cuenta de que la pregunta era literal. Le contesté que unos quince minutos. Se quejó del retraso. Supuse que era su primera consulta. Comenzó a cotillear en su móvil, como yo. Tenía un mensaje tranquilizador de Berta, que no notas nada de nada y tal. Pero tras dos semanas de hormonas y abstemia, más que nerviosa estaba ansiosa por acabar y tomarme unas cervezas. A mi salud. Me llegó otro wasap. Era de Ana, que constató lo que yo ya sabía desde la noche del teatro. Pablo tenía nueva novia estable. Aquella rubia con la que lo vi era colega de un compañero de Ana, también aprendiz de actor. Reconoció que había tardado en contármelo por precaución. Creía que me sentaría mal, ya que, según su razonamiento, solo había pasado medio año desde la ruptura. ¿Solo? Podría haber adoptado el rol de ex egoísta que odia que sus antiguos amores reconstruyan su vida sentimental porque ella todavía no lo ha hecho. Que ve con resquemor la felicidad del que fue su cónyuge porque tiene dudas sobre si hizo o no lo correcto al dejarlo. Pero no era mi caso. Tras el cruce con Pablo al final de la función, había conseguido llegar a ese punto de madurez en el que estás contenta si le va bien a tu antiguo amor. Abajo ese telón. Me aplaudiría aquí mismo si no fuera porque estas chicas creerán que estoy desequilibrada, razoné. Cambié de pensamiento tan rápido como entró en mi teléfono un mensaje de Tino. El hombre «con mochila» no se cansaba de proponer planes y yo no me cansaba de aceptarlos. Me había apuntado con él a clases de *swing*, la última fiebre urbanita. Después de la boda de mi padre, la frecuencia de nuestras citas había ido en aumento y podríamos hablar del inicio de una relación, cuando menos, interesante. ¿Me estoy volviendo exigente? No disponía de ninguna herramienta para medir la intensidad de la pasión, quizás no era tan arrebatadora como en anteriores noviazgos, pero nos gustábamos mucho, nos entendíamos, y a él un día se le había escapado un «Te quiero» que al principio me dejó patidifusa, pero más tarde lo consideré coherente. No obstante, no quería forzar el tempo. Ni ralentizar ni acelerar la película. Había descubierto que tampoco está tan mal vivir en puntos suspensivos.

A la segunda paciente en llegar se le cayeron varias revistas al suelo. Estaba nerviosa y encima se avergonzaba de haber roto lo que parecía una calma impoluta. La ayudé a recoger. Devolvimos las revistas a su lugar en la mesa. De nuevo, quedaron equilibrados los dos montones. Todo volvía a cuadrar, al menos, en apariencia. Percibí que la chica tenía ganas de comentarme algo para sobrellevar el retraso en la consulta, pero desechó la idea. Me alivió porque no me veía comunicando a desconocidas qué es lo que me había traído hasta ahí.

Estaba a punto de contestar a Ana con un «Gracias

por la sinceridad» cuando la puerta de la sala se abrió de un golpe rápido creando una corriente de aire que me despertó de mis disquisiciones. Las otras se sobresaltaron tanto como yo, que di un pequeño bote en la silla. La mujer biónica se dio cuenta de la brusquedad y mudó la expresión en otro esfuerzo de afinidad:

—¿Olga Colmeiro?

Tardé en responder. Las dos pacientes intercambiaron miradas y después volvieron sus cabezas hacia mí. Fue entonces cuando me reconocí. Asentí y la enfermera dijo abriendo del todo la puerta:

—Olga, ya puedes pasar.

Índice